ヤンデレ《Yan-Dere》に
喧嘩《ケンカ》を
売ってみる!
Gonna pick a quarrel with Yan-Dere!
花唄ツキジ
Tsukiji Hanauta

登場人物紹介 Main Charavters

シズマ

神殿の司教。
いつも穏やかな美少年。

イシュメル

神殿の修道士。
無口かつ無表情。

ユメ

乙女ゲームのヒロイン。
生真面目で純粋な女子高生。
ハルカのことを慕っている。

ハルカ

ヤンデレだらけの
乙女ゲーム世界にサブヒロイン
として召喚された女子大生。
サバサバした明るい性格。
元の世界に帰るため奮闘している。

レイナード
神殿の騎士。
爽やかな笑顔が
素敵だけれど……？
イース
神殿の騎士。
苦労性の地味な
お兄さん。
ミレイ
神殿の騎士。
女性慣れした色男。
ブレラ
王都の学者。
口うるさいが面倒見はいい。

CONTENTS

第一章　ミスティア国への召喚

不幸な話をしようと思う。

高校三年生の夏の初めから付き合っていた彼氏と大学一年生の年末に破局した。ついさっきのことです。私は高校卒業後、地元を出て都内の大学に進学したので、地元で進学した彼氏とは遠距離恋愛になってしまっていた。だけど、私が上京するときにお揃《そろ》いのリングを交換して、大好きだよ、と涙まじりのしょっぱくて甘いキスをしたこともあり、きっと大丈夫だろうと思っていた。あの時の自分に尋ねたい。その自信、どこから湧いてきたんですか？

遠くの彼女より近くのヤれる女とはよく聞いていたけど、そんなの私には関係ないと思っていた。しかし関係ないなんてことはなかった。彼氏は地元の専門学校に通う私の女友達と浮気し、にゃんにゃんしているうちに心変わりをしたようだ。ついさっき、謝罪と同時に一方的な別れをメールで告げられた。メール一通で済ませるとかお前は何様なの？　そう憤《いきどお》ると共に混乱した私は、もしかして季節外れのエイプリルフールだろうかと、彼氏と女友達に電話をした。しかし二人は出ず、私が諦めて通話終了した直後、女友達が彼氏とベッドに潜《もぐ》っている写真をわざわざメールで送ってくれました。

「末代《まつだい》まで呪《のろ》ってやるからな！」

それを見た途端、スマホに悪態《あくたい》をつき、コートをひっかけて一人暮らしの家を飛び出し、近くの神社まで走った。そして、スマホに表示されている元彼と元女友達の写真を掲《かか》げてじゃらじゃらと賽銭箱《さいせんばこ》の前の鈴を鳴らす。

どうかやつらの縁が切れますように！

縁結びと縁切りで有名な神社なので、これくらいたやすいことだろう。ぼろぼろ泣きながら一心不乱にお祈りする私の様子は、狂気じみていて恐ろしかったに違いない。運良く誰にも見られずに済んだようだが。

じゃらじゃらと神頼みし続けるのも馬鹿らしくなってきた頃、私は大人しく帰ることにした。それにちらちらと降り始めた雪のおかげで、涙に濡《ぬ》れた頬がとてつもなく冷たかった。

しかし、人を呪《のろ》わば穴二つという言葉通り、またしても不幸が私を襲《おそ》うのである。おそらく、この日の私の運勢は人生で一番悪かったに違いない。帰り道、体力と気力がつきてふらふらしながら歩いていたところに、雪でスリップした車が突っ込んできたのだから。

死にたくない！

そう思って目を閉じた瞬間、空気の匂いが変わった。都会の排《はい》ガスの匂いから、まるで森のような香りへ。

「な、に……？」

目を開けるとさっきまで立っていたはずの硬いアスファルトはなく、私はヨーロッパの古い教会のような空間に立っていた。ずらりと並んだ木製のベンチはどこまでも続き、千人は入りそうなほどの広さだ。

足下にはつるつるした大理石が敷《し》き詰められ、レリーフが施《ほどこ》された柱と白壁《はくへき》が高く伸びている。ドームのように丸みを帯びた天井にも、細かい模様が彫り込まれていた。私の右手には驚くほど大きな窓があり、繊細《せんさい》なステンドグラスから光が差し込んでいて神々《こうごう》しさを感じさせる。そのステンドグラスには、女の人だろうか——誰だかわからなかったけれど、美しい人物が描かれていた。どうやら、ここは礼拝堂みたいな場所らしい。

なにが起こったの？

私は驚きのあまり声すら上げることができない。さっきまで、どこにいたっけ？　神社の前だよね？

建物に気をとられて、ぽかーんとしていた私は、左隣に小柄な少女が立っていることにようやく気がついた。

「……こ、ここは、どこですか？」

同じことを私も尋ねたかったけれど、その言葉を発したのは私ではない。鈴を転がすように可憐《かれん》な震える声は、隣にいた少女のものだ。彼女は怯《おび》えた様子であたりを見回している。ブレザーの制服を身に纏《まと》っており、見た感じは高校生くらいだろうか。健康的に焼けた肌にすらっと伸びた手足。引き締まったふくらはぎからは少女の運動神経の良さがうかがえた。髪の色は赤っぽくて、大きな瞳がくりくりと小動物のように忙《せわ》しなく動いている。

これがいわゆる美少女ってやつですか。

現状を忘れて感心しながら彼女を見ていると、男の子の声が響いた。

「ミスティア国。もしくは緑と霧《きり》の国と呼ばれています。そしてここは、大精霊ミスティアーシャの神殿内にある礼拝堂です。ようこそ、私達の救世主様」

声のしたほうに目を向けると、前方に祭壇《さいだん》があったことに気がついた。その祭壇《さいだん》の前に立っているのはひげの生《は》えたお爺《じい》さんでも、貫禄《かんろく》のあるおっさんでもない。やや線が細い少年だった。

少年は微笑《ほほえ》みを浮かべて壇上から静かに下りてくる。歩みに合わせて丈《たけ》の長い白い祭服が揺れた。彼の肩先にはステンドグラスの光がきらきらと降り注《そそ》いでいる。

彼は私達の前へ来たと思ったら迷うことなく床に膝をつき、なにかを呟《つぶや》いて、まっすぐにこちらを見た。

その瞬間、エメラルドのように煌《きら》めくグリーンの瞳と目が合って息を呑む。少年の目を縁取《ふちど》るまつげの一本一本の長さはため息が出そうな程だ。

これが美少年ってやつですか……！

身体は少年らしく未発達なのに、どこか大人っぽい雰囲気を纏《まと》っており、それが見る者に悩ましさを感じさせる。ハニーブラウンの髪は柔らかそうで、光を反射しながら緩《ゆる》く波打ち、鼻梁《びりょう》はすっと通っている。形の良い唇は優雅に弧《こ》を描き、つやつやと赤く染まっていた。かっこいいよりも可愛らしいと思ってしまうのは、頬がまろやかな曲線を描いていて、幼い印象だからかな。

「我らが救世主様、歓迎いたします。どうぞ、ミスティア国に精霊の祝福を。また救世主様にもミスティアーシャの光が降り注《そそ》がんことを」

少年らしい響きの、高い声だったけれど、口調は落ちついていて、彼の内面が見た目より大人びていることがわかる。

そして、どこぞの教会の神父さんが着るような祭服の襟元《えりもと》には、細《こま》やかな刺繍《ししゅう》が施《ほどこ》されていて、高級そうだ。上品な雰囲気の彼は偉い人なのかもしれないと感じた。

「どうぞ、あなた方の祈りで我が国を救ってください」

だけどね、ちょっと待って。言っていることが理解できない。翻訳《ほんやく》プリーズ！

ミスティア国？　精霊の祝福？　どこかで聞いたことあるような、ないような。小首を傾《かし》げた私と同じく、隣にいた少女も理解できなかったらしい。不思議そうに少年を見つめている。

「お初にお目にかかります。私はこの神殿の司教を務めるシズマと申します。よろしければ、お名前を伺《うかが》ってもよろしいでしょうか？」

「……三月春賀《みつきはるか》、春賀が名前ですけど」

私が名乗ったのに続いて、隣の少女も小さな声で告げる。

「堀北結愛《ほりきたゆめ》、です」

「わかりました。ハルカ様にユメ様ですね。私のことはシズマとお呼びください」

「それで、その、ここは……」

ユメと名乗った少女の言葉には不安が表れている。ここは年上であろう私が代表して聞いてみよう。

「あの、すみません、状況がよくわからないのですが。詳しく教えてくれません？」

「申し訳ありません。突然のことですので、混乱していらっしゃいますよね……」

「私達の祈りで国を救う、ってどういうこと？」

思わずツッコミを入れると、彼は……なんだっけ、シズマくんだったかな。彼はただじろいだように言葉を探しながら説明してくれた。

「ええと、まずはミスティア国の成り立ちからお話ししてもよろしいですか?」

膝をついたまま見上げてくるシズマくんの言葉に頷《うなず》いたけど、もしかしてこのまま話すつもりだろうか。美少年が膝をついて上目遣いってのは、いけないことをさせているみたいで申し訳ない気分になる。

「ミスティア国が誕生したのは、今より千年も前です。このあたりは不毛《ふもう》の地と言われ、人の糧《かて》となる植物が育つことのない枯れた大地でした。大地より湧き出る澱《よど》みが地上を覆《おお》う、精霊の恩恵《おんけい》を受けることのない見捨てられし場所。もちろん、人が寄り付くこともなかったのです」

「はい、質問!」

千年前の話をされて面食《めんく》らったけど、そこはまあ良しとしよう。まずはファンタジーな用語の解説をお願いしたい。

「澱《よど》みってなんですか?」

「精霊が光だとしたら、澱《よど》みは闇に属するものです。魔と言い換えてもいいかもしれません。溜まって凝《こご》った澱《よど》みは人々の負の感情を呼び起こし、血を血で洗うような戦乱を招きます。その負の感情からも、さらに澱《よど》みが生まれるのです」

「精霊とは?」

「生けるものに光の祝福を与え、世界の調和を保つ役割を担《にな》っています。精霊には澱《よど》みを祓《はら》う力があるのです」

なるほど。頷《うなず》いて続きを促《うなが》す。

「荒《すさ》んだ大地と時代を嘆《なげ》き悲しんだのが、大精霊ミスティアーシャでした。ミスティアーシャは大地の澱《よど》みを自身の光で清め、やがて緑豊かな土地へと変えました。木々は健《すこ》やかに伸び、麦は重く穂《ほ》を垂らし、大地に清流が染み渡る、人の住める場所へと」

つまり、澱《よど》みという害虫の駆除をせっせとやってくれた大精霊ミスなんたらかんたらのおかげで、作物が丈夫に育つようになりましたってことか。生まれてこの方、精霊なんてものを見たことがないんだけど、この世界には精霊がいるらしい。

「またミスティアーシャと共に大地を旅したと言われている人がいました。旅人はミスティアーシャと結ばれて子を儲《もう》けたのです。その子どもが豊かになった大地にミスティア国を建国して初代の王となります。以降、ミスティア国は大精霊ミスティアーシャを信仰し、教えは現在まで続いているのですよ」

大体はわかったんだけど、精霊と人の間に子どもってできるんだ？　というのが正直な感想だった。でも、日本の神話にも人と結婚して子どもを産んだ神様の話があるし、精霊との間に子どもができるのはアリかもしれない。

彼の説明にどこかひっかかるものを覚えつつ、私は呟《つぶや》く。

「なんかさ、ファンタジー映画のあらすじを聞いてる気分になったよ」

「とてつもない話ですね……」

シズマくんの話を真面目な顔で聞いていたユメちゃんも、あまりに現実離れした内容に呆然《ぼうぜん》としているようだった。できれば手の込んだドッキリであってほしい。

「ええと、国の成り立ちはわかったけど、それがどうして、私達がここにいる理由に繋《つな》がるの？」

もっともな質問をすると、今まで微笑を浮かべていたシズマくんの顔が僅《わず》かに歪《ゆが》んだ。頬にまつげの影が落ち、言いづらいことでもあるみたいに、形の良い唇が薄く開いては閉じる。

そして、数秒後。彼はゆっくりと言い聞かせるように、私達が突然見知らぬ地にいる理由を教えてくれた。

「実は、ミスティアーシャの力をもってしても、澱《よど》みを完全に祓《はら》うことは無理なのです。澱《よど》みは自然と生み出されるものですから……大地から湧き出る上、人の持つ妬《ねた》み、悲しみ、嘆《なげ》きという負の感情は少なからず澱《よど》みを生み出します」

つまり、人間さんが普通に生活しているだけで澱《よど》みは生産されるらしい。

「普段ならミスティアーシャの加護によって澱《よど》みは浄化されるため、問題ないんです。ただ……ミスティアーシャの力が弱くなる時期がありまして……それが今なのです」

ヤバそうな上に、厄介《やっかい》なことに首をつっこみかけている気がする。

「澱《よど》みを祓《はら》うことは人にもできますが……ミスティアーシャからの強い加護を受けた者に限定されます。その人物を召喚して……澱《よど》みの浄化をお願いしているのです」

「召喚って、呼び出すことだよね……つまり、私とユメちゃんは、ここに呼ばれたってこと……？」

まるでファンタジー要素たっぷりのゲームみたいだった。召喚って本当にできるんだ……とあまりにも突拍子《とっぴょうし》のない話に、ずれた感想を抱いてしまった。

違う。そうじゃない。大事なのは召喚されたあとの話である。召喚されちゃったもんはしょうがない。けど、元の世界に戻れるのかな。不安だ。

「どうか、お力を貸してくださいませんか？　お願いします！」

床に膝をついたまま、額まで床につきそうなほど頭を下げたシズマくんに、ユメちゃんはうろたえたようだった。私もいきなり土下座のような真似をされて、びっくりしている。

そして、気づいたのだけど、私とユメちゃんを取り囲むように、三十名ほどの人々が立っていた。彼らの年齢は様々で、若者もいればおじさんもいる。共通しているのは、皆が同じ白い服だってのと、一様に静かなことだ。いや、立っていたというのはおかしいかもしれない。彼らはシズマくんと同様に、私達に深く頭を下げていたからだ。そんなに拝《おが》まれても……！

「あの、顔を上げてくれる？」

そう言うと、シズマくんは恐る恐るといったように、整った顔を上げた。その額が僅《わず》かに赤くなっている……床につきそうと思っていたけど、ぎゅうぎゅうに押し付けていたんだね！　どこかおかしくて、ぷっと笑いそうになるのを堪《こら》える。

「ごめんだけど、私には祈っただけで澱《よど》みとやらを浄化する力はないのよ、残念ながら。ユメちゃんはどうかな。できる？」

「できないです……」

だよね！

浄化できます！　と言われたら、目を剥《む》いていたところだ。首を横に振るユメちゃんに、内心で良かったと安堵《あんど》する。お互い一般人みたいで安心した。

「それはご心配に及びません。祈りとはミスティアーシャと繋《つな》がることです。その祈りが深ければ深いほど、ミスティアーシャと密に繋《つな》がり、その御身にミスティアーシャの光が宿ります。その光で澱《よど》みを抑え、祓《はら》っていただきたいのです」

いや、心配しかないって……シズマくんにそう言えればいいけど、どこまでも真剣で心苦しそうな少年の胸を抉《えぐ》るような真似はできなかった。それに、隣に立つユメちゃんのことも心配だ。先程から血の気が失せた顔だし、胸の前で握り締めた拳《こぶし》は震えている。

「ねぇ、大丈夫？　気分が悪い？」

ユメちゃんの肩にそっと手を置いて、彼女の顔を覗《のぞ》き込む。はしばみ色の瞳に不安が見て取れた。無理もないか。私が妙《みょう》に冷静なのは現実感がないだけで、あとからうろたえて喚《わめ》きだすかもしれない。

「大丈夫、です。その、それで、日本には帰れるのでしょうか？」

「……お二方《ふたかた》には言っておくべきことがあります」

ユメちゃんの言葉を受けて、シズマくんは決められたセリフを並べるように、淡々《たんたん》と告げた。

「ミスティア国があるこの世界は、お二方《ふたかた》のいらっしゃった世界とは違います」

そんな予感はしていた。外れてほしいことばかり的中してしまうのはどうしてなんだろう……だけど、ユメちゃんは想像もしていなかったのか、動揺している。

「待って、ください！　世界が違うって、どういうことですか？　ここは日本でも外国でもないんですか？　お、おかしいです……！　だって、私は部活帰りで……！」

「すみません。この世界には、ユメ様が暮らしていた国は存在しません」

言い切るシズマくんにはこちらの心境を考えてほしいところだけど、冷静な声とは裏腹に、彼の顔に浮かんでいるのは心苦しそうな表情だった。

「じゃ、じゃあ、私、どうなるんですか……？　このまま、ここで……？」

ユメちゃんの肩が震える。

「そんな、もう帰れないの……？」

そう言って、彼女はふっと力が抜けたように倒れた。どうやら世界が違うことと、家に帰れないかもしれないという衝撃《しょうげき》で気を失ったらしい。

「え？　なに？　私も気絶すべきなの？　したことないんだけど！　ちょっと、ユメちゃんしっかり！」

とっさにユメちゃんを支えるけど、筋力がないため腕がぷるぷるする。いかに運動不足かがよくわかる。

あ、だめだ。

私の腕があっさり限界を迎えたとき、さっと横から腕が伸びてユメちゃんを支えてくれた。シズマくんだ。さっきまで膝をついていたからわからなかったけど、彼は私より背が高い。そして、少年といえども力はあるらしく、ユメちゃんを支える腕が震えることはない。ちょっと意外。

「イシュメル、彼女を部屋まで運んでください」

シズマくんが指示を出すと、私達を取り囲んでいた人々の中からひときわ目立つ男性が歩み出て、ユメちゃんを横抱きにする。

イシュメルと呼ばれた彼は、白い髪に赤い瞳が印象的な男性だった。獰猛《どうもう》なネコ科の動物を思わせる身体つきで、身長は百八十センチを超えているだろう。彼もまたシズマくんのように白い服を着ている。周囲の人達も白い服を身に纏《まと》っているところからすると、白はミスティアーシャ教のシンボルカラーなのだろうか。

シズマくんのゆったりした祭服とは違い、ぴったりとした衣服は動きやすそうで、彼のしなやかな身体つきによく似合っていた。そして驚いたことに、服よりも彼の肌のほうが白い。美白が永遠のテーマである私にとっては羨《うらや》ましい限りだ。こんな状況だってのに思わずイケメンチェックをしてしまった。

しかし、男性はあまりにも無愛想で、私からユメちゃんを預かるときも目を合わせなかったし、仕方なく抱きかかえているといった様子で、気を失った彼女を気遣うこともない。任せても大丈夫かな……？　そんな私の不安が伝わったのか、シズマくんが口を開いた。

「イシュメルは信用できます」

さっきの話からして救世主ってのは大切な存在だから、無下《むげ》にはできないだろう。そう考えて大人しくユメちゃんを預けることにした。

「ハルカ様にも部屋を用意してありますので、ユメ様が起きるまで休まれてください。あと、その、きちんと元の世界に帰ることはできますので、ご安心なさってください」

それを早く言って！

「どうしたら……帰ることができるの？」

「……澱《よど》みを祓《はら》い終わり、ミスティアーシャの力が戻ればすぐに。すみません、ですが今は帰っていただくわけにはいかないのです。どうしても」

「……選択肢はないわけね。それはどれくらいの期間なのかな。一週間くらい、ではないよね？」

一週間程度だったら、プチ旅行気分で楽しめると思うんだけど、違うんだろうなぁ。

「よくわからないのです。ハルカ様とユメ様の光が強ければ数ヶ月で……」

「もしかすると、数年かかるかもしれない？」

「……はい」

数年はアウトでしょ。ええと、大学を卒業しちゃう年齢になったりするのかな。ヘタすると行方不明者届が出される。面倒くさいことになりそうだから、早く帰りたい。

「申し訳ありません。私の力が及ぶものではないのです……こちらで暮らしていただく間の衣食住は保障いたします。まずはお部屋まで案内しましょう。見たところ……ハルカ様は大変な目にあわれたご様子ですから。女性にそのような格好をさせたままでは忍びありません」

シズマくんは私の乱れた髪と、部屋着にコートをひっかけただけという格好にちらりと目をやって、困った風に微笑《ほほえ》んだ。真っ赤に腫《は》れているだろうまぶたもチェック済みに違いない。推定十五歳の少年に格好を気遣われるとは、女として失格である。

「ええと、すみません。いつもはもう少しちゃんとしてるんだけど……それにしても実感が湧かないというか……RPGやシミュレーションゲームみたいで……！」

あれ？　ゲーム？　ミスティア国？

そういえば、そんな名前をゲームで聞いたことがあるかもしれない！

このとき私は思い出してしまったのだ。

カッコイイ男の子と恋愛するゲーム――いわゆる乙女ゲームが大好きな友達が熱く語っていたことがある。確か『マイン・リヒト～あなたに捧げる祈り～』というタイトルのPCゲームで、R指定だったはず。そのゲームには、精霊を信仰するミスティア国が登場する。もうバッチリ、シズマくんが言っていることと同じだ。またカッコイイ男の子達……攻略対象は全員がヤンデレという、一部の女子にはたまらん設定なのだとか。

ヤンデレってなに？　と聞いたら、草食系男子みたいに流行《はや》っている男子の分類らしい。相手が好きすぎて束縛したり、監禁したり、食べたり、殺しちゃったりするという。そんなのと恋愛してなにが楽しいの？　怖くない？　私は怖い！

「ハルカ様？　顔色が優《すぐ》れませんが……もしや、気分が悪いのですか？」

「……休めば大丈夫だから、部屋に案内してもらってもいいかな」

「わかりました。でも、体調の変化を感じたらすぐにお知らせください」

シズマくんと視線を合わせずに頷《うなず》き、部屋に大人しく案内されることにした。脳内はパニックである。

ちょっと、これって危ないんじゃない？　もし、これがゲームの世界だとしたら？

……死に物狂いで内容を思い出して、状況を整理しなくちゃいけない。

案内された部屋は豪華な礼拝堂と違って、とてもシンプルだったけれど、丁寧《ていねい》に整えられていた。一人暮らしをしていたアパートより広く、部屋の奥には大きなベッドが置かれている。鈍《にぶ》い光が差し込む窓際にはソファとテーブル、また書き物をするための机もある。天井に電灯がないことを除けば、普通の部屋だった。

「なにか入り用であれば遠慮なく言いつけてください。着替えはクローゼットに準備されています。その、サイズは大丈夫だと思いますが、もし不都合があればおっしゃってください」

きょろきょろと物珍しそうに室内を見回すのも憚《はばか》られて、私はただ神妙に頷《うなず》く。

「あと、騎士達が部屋を警備していますので、ご安心ください」

「神殿に騎士がいるの？」

「はい。神に仕える修道士や修道女の他に、騎士がおります。彼らは神殿を守る役目を負っていますので、騎士と呼ばれているのです」

ふぅん。そうなんだ。

シズマくんとは翌日にまた話をしようと約束し、今日のところは休むことにした。衣食住の保障付きで、騎士による二十四時間ボディガードがオプションだなんて、破格《はかく》の待遇だよねぇ。なにか入り用なときには警備の騎士に言えばいいのだろうか。

最後まで私の体調の心配をしてくれたシズマくんは、気遣いのできる良い子だと思う。ま、ユメちゃんが倒れたあとだし、なおさらか。

その彼を見送って、ようやく一人になれたことに息をつく。

「結構、緊張してたんだなぁ……うわぁ、筋肉ガチガチしてる」

見慣れない場所に、知らない人ばかりというのは、どうしても気が張ってしまう。今も部屋の前には騎士が付いているらしいけど、見えないから良しとしよう。

とりあえず部屋の奥にあるベッドに座り、記憶を絞《しぼ》り出すことから始めようじゃないか。ヤンデレという不安要素がいっぱいのゲーム世界で、私はなにをすればいいんだろう。

「確か、異世界に救世主として召喚された高校生の女の子が奮闘《ふんとう》して、世界とイケメンの心を救うゲームだよね……」

友達はそう言っていた。お勉強や精神修業などをこなすことによって、ゲームの主人公であるヒロインの能力値が上がり、イケメン達の好感度がアップするのである。よくは知らないが、ヒロインの能力値が高ければ高いほど攻略しやすいらしい。

「ヒロインの名前は……忘れたけど、きっとユメちゃんがヒロインよね……見た目や制服が高校生っぽいし」

礼拝堂で倒れた美少女、ユメちゃん。ヒロインである彼女は正義感に溢《あふ》れ、まっすぐで明るいが、恋愛には臆病《おくびょう》なところがあるらしい。

「そんで、サブヒロインなるものがいて、これがライバルキャラか友人になると……おそらく、私だけど、なに？　ヤンデレを巡《めぐ》って恋のバトルするの？　そんなの無理でしょ」

手痛い失恋をしたばかりの私に、恋をする気力などない。

「確かゲームのストーリーに衝撃《しょうげき》を受けたんだよね……最後に元の世界に帰るか、ミスティア国で生きるかの選択があって……帰るには特別な薬を呑まなければいけない」

その特別な薬は、この世界の人が口にすれば一滴で死に至るという、効果抜群《こうかばつぐん》の猛毒《もうどく》である。けれど、ヒロイン達にとっては元の世界へ帰ることができる唯一の手段となる。

何故《なぜ》かは知らない。

「だけど、簡単には帰れないんだっけ……男性キャラがヤンデレだから」

ヒロインを愛するヤンデレ達は彼女に執着《しゅうちゃく》し、どうにかしてミスティア国に繋《つな》ぎとめようとする。すべての澱《よど》みを祓《はら》ったとしても帰ることが難しいこのゲームは、男性キャラを攻略するよりも元の世界に帰るルートに辿り着くほうが難関らしい。友達はよく愚痴《ぐち》を零《こぼ》していたっけ。

どこにも行かないように監禁され、精神を崩壊させられ、あるいはお互いに依存し合うように仕向けられるとか。実に様々な手段で帰ることを妨害されるだけじゃなく、ヒロインが死亡するという恐ろしいエンディングまで用意されていると聞いたときには顔が引きつった。

一方、そんなことにはならず、幸せいっぱいのエンディングだってあるみたいだけど。

でもさ、攻略対象が全員ヤンデレだなんて、とんでもないゲームにはまったな、我が友人よ！　お前が怖い。

「ヤンデレとかかわりたくない。死にたくない……！　ヒロインでさえ帰ることが困難なんだよ、私はどうなるっていうの」

ヒロインだろうユメちゃんはまだいい。うまくやれば生き残ることができるし、イケメンの恋人ができるのだから。

問題はサブヒロインの場合である。攻略対象ごとにいくつかのエンディングが用意されているヒロインと違って、サブヒロインが迎える結末はふたつしかない。

ひとつ目はヒロインと親友になり、澱《よど》みを祓《はら》うべく頑張るというもの。だけど途中で争い事に巻き込まれ、ヒロインの前で殺されるのである。

どんだけ鬱《うつ》展開だ。ヤンデレだからってなんでもしていいと思うなよ、シナリオ担当！

ちなみにこのひとつ目のルートは、サブヒロイン惨殺《ざんさつ》ルートという。惨殺《ざんさつ》って言葉からして生半可《なまはんか》なものじゃない。それを私にこの身で体験しろって？　冗談じゃない。想像しただけで寿命が縮むってもんだ。

「ふたつ目は……ヒロインと攻略対象の仲を邪魔して、ヤンデレに消されるルートだったよね……確か、これはサブヒロイン唯一の、元の世界に帰ることができるルート……！」

これだ……！

私が目指すべきルートはこれしかない。

「友達はなんて言ってた？　思い出せ思い出せ……毎日うんざりするくらい聞かされたじゃないの……！」

帰還ルートでは、ヒロインの行動が重要となってくる。ヒロインがサブヒロインとばかり行動すると、サブヒロインは攻略対象から邪魔者と認定される。そしてとうとう排除《はいじょ》されてしまうのだ。言葉は悪いけど、嫌いだからあいつを殺す、というものじゃないかな。

問題は、ゲームのプレイヤーはヒロインしか操作できず、サブヒロインはあくまでもストーリーの引き立て役にすぎないということ。つまり、サブヒロインにはルートを選択する権利はないし、惨殺《ざんさつ》ルートを回避しようにも手立てがない。これには参っちゃうよなぁ……どうすればいいんだろう。

それにしても穏便《おんびん》に事が済まないのは、ヤンデレの特徴なのだろうか。

「私の命運はヒロインが握っているのか……彼女の行動次第で攻略対象から消される……死亡フラグが立つわけね」

フラグというのは「なにかが起きるための条件」のことで、死亡フラグは「そのキャラクターが死亡するための条件」と言い換えてもいい。友人からそう教えてもらった。

例えば、戦地に赴《おもむ》く兵士が「俺さ、この戦争から帰ったら結婚するんだ」と言うと、彼はその戦いでお亡くなりになる、といったお約束事みたいなものである。

「サブヒロイン帰還ルートは、例の特別な薬で毒殺される展開だったはず」

ちなみにサブヒロインが毒殺され、かつヒロインが攻略対象からの妨害を振り切って奇跡的に帰還できた場合、二人が元の世界で再会するエンディングとなるらしい。再会後の二人は真の友情を築き、ミスティア国での出来事を二人の秘密にして生きていくという友情エンド。まあ、高確率でヒロインは帰れないんだけどね！

「そうだ！　彼女にべったりくっつけばいいじゃん！　確かにゲームではヒロインしか操作できないけど、私はこうして自分の意思で動けるんだし！」

突拍子《とっぴょうし》もない思いつきだけど、いい線いってると思う。ユメちゃんに付き纏《まと》っていれば、嫌でも一緒に行動する他ないだろう。

「彼女を溺愛《できあい》するヤンデレに毒殺してもらう。ヒロインが薬を呑んだときに、意識が遠のいたと思ったら元の世界に戻っていたって友達が言ってたし、きっと痛みはないってことだよね。万々歳《ばんばんざい》じゃない」

でも、うまくいくかはわからないわけで。

「うっかりすると、私も本当に惨殺《ざんさつ》されかねないのか……なるべく早くけりをつけたいところだな」

ここはひとつ、すみやかに事を運ぼうではないか。

「ヤンデレに喧嘩《けんか》を売ろう！　邪魔者らしく恋の妨害をすれば、確実に攻略対象に嫌われて、帰還ルートのフラグが立つはず！」

次から次へと現れる美形にきゃぴきゃぴしている場合ではない。この世界にいたら命の危険が常に付き纏《まと》い高確率で惨殺《ざんさつ》される。しかも私はゲームをプレイしていないので、どうしたら死を回避できるかもわからない。そもそも、回避できるものなのだろうか。

とりあえず、目下《もっか》の目標は生きて帰るために、帰還ルートへの道を探ることだ！

だから私は、ヤンデレに喧嘩《けんか》を売って毒殺フラグを乱立させることにした。

でも、その前にもうひとつ思い出すべきことがある。もうちょっと頑張ってくれ、私の記憶力！

「攻略対象って誰だよ……！」

名前まではさすがに覚えていないけど、断片なら思い出せそうだ。確か人数は多くなかった。そして各キャラについて、友達がなんだか恐ろしいキャッチフレーズを紹介してくれたはず。

「一人目は……年下の美少年で神殿のトップ、自分から離れて行こうとするヒロインに、思い余って……ナイフでお腹をざくざくするんだっけ」

言葉を濁《にご》してざくざくするって言ってみたけど、全然濁《にご》ってないね。

「年下の美少年で神殿のトップって、心当たりは一人しかいないじゃん！　絶対これ、あれだよ、彼じゃないの？」

先程別れたばかりの美少年を思い出す。綺麗な子だと思っていたけど、攻略対象だからか……。あの穏《おだ》やかで微笑《ほほえ》みを絶やさない気遣い屋さんが、ナイフを振りかざすのである。シズマくん怖い！

この世界でなにを信じればいいんだろう。ちょっと人間不信になりそうだ。明日から、シズマくんとは距離を取らせていただきます。

「二人目は……無表情だっけか……見覚えがある気がするなぁ」

無表情はヒロインに忠実で、彼女が望めば腕だってくれるのだそうだ。いらねぇよ。腕なんか貰ってどうするの。植えたら生《は》えてくるの？　乙女ゲームを通り越してホラーゲームだよ……！

「三人目は戦う……騎士だっけ。それで、乗馬と狩りが趣味」

三人目の彼は、プッツンしたらヒロインを森に放《はな》って狩るみたいです。本当にR指定だからといって、なんでもしていいわけじゃないんだからね！　一度こうやって巻き込まれる立場になってみろと、製作者にクレームをつけたい。

「最後の四人目は、えっと学者さんで、ヒロインのお勉強のサポートもするんだっけ」

この人に関してはさっぱりである。ただ、最初は面倒だけど仲良くなると可愛い、と友達が言っていた。学者っていうくらいだから、インテリ眼鏡とかだろうか。

細かいところは本人に接触したら思い出せるかもしれないし、そこに期待しておこう。ひとまず、この四人がユメちゃんと仲良くなったら、全力で邪魔したいと思う。

「一応、私も気をつけないとね……」

こんな性格だけれども、一度は彼氏ができた身である。

間違って、うっかり攻略対象との恋愛フラグを立ててしまう可能性だってあるかも。

「けど、可能性は限りなく低いよなぁ。私の容姿はどう見ても人並みだし、性格もこんなんだもん」

とりあえず、明日からうざいキャラを演じて、ユメちゃんと攻略対象の仲を掻《か》き回し、彼らを振り回すことにしようじゃないか。そして嫌われよう！　まだ生きたい。こんなところで死にたくない。我ながら、生まれて初めての切実な願いであることに、ちょっとだけ苦笑する。こんな状況じゃなきゃ考えもしなかったに違いない。

決意を込めて気合を入れる。

「よっし！　私はできる！　大丈夫！」

不思議なことに、元の世界では夜だったのに、ミスティア国は夕方のようだ。窓から差し込むオレンジの光で、部屋は全体的にぼんやり染まっていた。

＊　＊　＊

「おっはようございますぅ！　ハルカ、どきどきして眠れなかったにゃん☆　だってだって、異世界に来るのなんて初めてなんだもん！」

朝からテンションと声のトーンを高めに、向かい合ったシズマくんにぶりっこ風に挨《あい》拶《さつ》をしてみた。嫌われるための第一歩、うざいキャラ作りを実行中だ。明らかに昨晩までの私と違う話し方に、彼はほんの少し困惑の色を含んだ笑みを浮かべる。彼の隣にちょこんと可愛らしく座っているユメちゃんは、緊張をにじませた硬い表情で挨拶《あいさつ》を返してくれた。

「お、おはようございます。えっと、ハルカさん」

どことなく顔色が悪いのは、気のせいではないはずだ。昨日は倒れたもんね、まだまだ慣れるわけがないか。

「はい、おはようございます。ユメ様にハルカ様。こちらの生活に慣れるまではなにかとご不便かと思います。どうぞ、遠慮なくなんでもおっしゃってください」

シズマくんは、私に昨日と性格が違うんじゃないかという指摘などしなかった。それどころか、ユメちゃんと私を心配そうに窺《うかが》ってくる。

美少年で性格がいいって、なかなかハイスペック。将来はモテモテだろうなぁ。今も年下好きのお姉さんからの受けは良さそうだ。

「もし眠れない日が続くのであれば、お医者様にご相談しましょう。今日は大丈夫ですか？　寝不足は体調不良の一因となりますから」

本当にいい子だな、シズマくん……

純粋な瞳を向けられて、ちょっとだけ居心地が悪くなるけど、騙《だま》されちゃいけない。彼はナイフで人の腹に穴をあけるのである。ちなみに本当のところ、昨晩はベッドの上でぐっすりだよ。

そう、昨晩。攻略対象からの好感度を下げて帰還ルートを目指すことを決意したあと、とりあえずコートを脱いで部屋着のまま寝た。目が覚めたら実は夢でした～って落ちを期待していたのだけど、私がいたのは、確かにシズマくんに案内された部屋だった。そして窓の外を見れば、ここが日本じゃないことは一目瞭然《いちもくりょうぜん》。

「う、わぁ……森の中にあるんだ……！」

窓の外に広がるのは深い緑が特徴的な針葉樹《しんようじゅ》の森で、ちょうど朝日が東から昇《のぼ》ってくるところだった。霧《きり》のかかった森は光を浴びて淡く輝いているようで、ドイツの黒い森を思い出させる。神殿を見たとき、ヨーロッパの古い教会みたいだと思ったけど、もしかしたら文化や環境も似ているのかもしれない。また神殿は丘陵《きゅうりょう》に建っているらしい。比較的近い場所には塔のような高い建物があり、少しくだった先には木々の合間からちらほらと赤い三角形の屋根が見える。

「なんだか、ホテルに泊まった気分。ベッドはふかふかだし、景色は異国情緒《いこくじょうちょ》に溢《あふ》れてるし」

窓を開ければ、湿り気のあるひんやりした空気と共に、木々の清々《すがすが》しい香りが漂《ただよ》った。そして鐘の音がひとつ鳴ったと思ったら、あたりに反響して音が返ってくる。鐘が鳴るたびに音が反響し、まるで輪唱《りんしょう》するかのように森中に響き渡った。

朝を告げる鐘だろうか。

私はあくびを噛《か》み殺し、しばらく鐘の余韻《よいん》に浸《ひた》りながら、朝靄《あさもや》が晴れていく様子を眺めていた。

「ここが乙女ゲームの世界だとして……なにをしたら嫌われるのかな。人に好かれる努力はしたことがあっても、嫌われる努力はしたことがないし……どうすれば……」

ぼんやり考えていると、ふいに天啓《てんけい》を受けたようにいい案が浮かぶ。

そうだ、ぶりっこになろう！

軽いノリで思いついたそれだけれど、我ながら悪くないんじゃないかな。

男性の前で露骨《ろこつ》に態度が変わる、馬鹿っぽい女。しかも攻略対象の前でのみ、ぶりっ
こという、あからさまにも程があるキャラの皮を被れば、順調に好感度が下がりそうで
ある。それに攻略対象は多分イケメンばかりだろうから、顔のいい男だけに媚《こび》を売る女
とくれば、彼らの印象も悪くなるに違いない。偏見《へんけん》だが、イケメンどもは媚《こび》を売ってく
る女に慣れているだろうし、ぶりっこが物珍しく映ることもあるまい！

すっかり問題を解決した気分になって部屋のクローゼットを開けると、丈《たけ》の長いワン
ピースが掛けられていた。一人で着られそうなもので安心する。袖を通すと全体的に大
きめで少々不格好だったけど、部屋着で人前に出るよりはマシだ。ワンピースの胸元に
はレースがあしらわれ、ウエストを絞《しぼ》るようにリボンがついている。クラシカルな雰囲
気で好みかも。歩いたり振り返ったりすると、スカートがふわりと揺れるところが特に
気に入った。

「さて、今日は初日だし……シズマくんが案内をしてくれるよね。そして、攻略対象と
接触するはず！」

さっそく、ぶりっこキャラの皮を被っていこうっと。

——そういうわけで、朝からテンションと声のトーンを高めに、シズマくんと向かい合っているのである。ちなみにシズマくんの背後には、昨日ユメちゃんを運んでくれた背の高いお兄さんがポーカーフェイスで立っている。つい、しなやかな筋肉がついている腕を見てしまった……この腕をくれるのかぁ……

「今日は神殿全体を軽く案内いたします。昨日、自己紹介をしましたが、改めまして。私はシズマと申します。この地区と神殿を任されている司教になります」

まだ変声期を迎えていない声は澄んだ響きだ。慣れないこちらを気遣うように、柔和《にゅうわ》な笑みを浮かべたシズマくんは、やっぱり整った顔をしている。

でも、ひとつ質問。

「あのね、ハルカ、難しいことよくわかんなくてね？　シズマくんのぉ、司教ってどういうお仕事なんですかぁ？　教えてくださいにゃん」

もちろん、ぶりっこは忘れない。自分でも痛々しくて泣けてくるレベルである。お隣のユメちゃんがぎょっとしたようにこちらを見ているけど、スルーだスルー。私だって似合わないことはわかってます！

それでもシズマくんは、微笑《ほほえ》みを崩さないまま答えてくれた。彼、結構すごいんじゃない？

「このあたりは神殿が治める地区となっているんです。司教は領主と領民、そして神殿を纏《まと》める役職だと思ってくだされば」

「ええと、それってつまり、シズマくんはちょお偉いってことかなっ？」

「肩書きとしてはそうなりますが……ハルカ様とユメ様はそういったことをお気になさらずお過ごしください。お二人を無理やり……その、召喚したのはこちらですから……」

長いまつげを伏せたシズマくんは、申し訳なさそうに言った。それでも召喚したことを謝罪しないのは、神殿の立場があるからだろう。この神殿でトップの彼が召喚に関して謝罪すれば、私達を召喚したことが過《あやま》ちだと認めることに繋《つな》がりかねない。まぁ、別に謝ってほしいわけじゃないし、謝罪を受けたって帰れるわけでもないしなぁ。

シズマくんに、神殿がどれくらいすごいのかを聞いてみると予想以上だった。ミスティアーシャ教は影響力が強く、場合によっては王侯貴族と同等か、それ以上の力を持つのだそうだ。

「そして、紹介が遅れましたが、イシュメルです」

「よろしく、お願いします」

そう言って目礼をした彼は、声にも抑揚《よくよう》がなかった。どこかに感情を置き忘れてきたんだろうか。それとも表面に出ないタイプなのだろうか。

短く揃《そろ》えた髪の色は混じりけのない白で、彼はとても美しかった。まるで絵画の世界から抜け出してきたような、不思議な雰囲気を持っている。

「イシュメルは修道士ですが、武術が得意なので騎士団にも出入りしています」

「へぇ、すごいんですねぇ。ちなみに、修道士さんと騎士さんのお仕事の内容って、どんな感じなんですかぁ？」

小首を傾《かし》げて上目遣いでイシュメルさんを見たけど、まったくと言っていいほど動じていない。しかも、話を聞いているのかさえわからない。

「修道士はミスティアーシャを信仰します。神殿に仕えて奉仕活動を行《おこな》います。騎士も同じくミスティアーシャを信仰し、神殿の警護に当たります。そして、またいざというときに、戦地に立つことになるのです」

表情筋がぴくりとも動かないけど、イシュメルさんは丁寧《ていねい》に答えてくれた。

「神殿には騎士団が結成されているので、騎士達はそこに属しているんですよ」

補足をしてくれたシズマくんは、さらに、私達の警護も騎士団に要請していると教えてくれた。それにしても、神殿が騎士団を結成しているって不思議な話だ。ええと、十字軍みたいな感じなのかな。いや、話を聞いている限り、一時的な集まりではないみたい。だとすると……神殿は常に戦力を持つ必要があるってことか。

なにと対立してるの？

聞いてみたいけど、まだ踏み込むところじゃないかな。聞いて厄介事《やっかいごと》だったら面倒だしね。今のところは、ユメちゃんに近づく男どもにだけ気をつけておこう。そんなことを考えていると、シズマくんが立ち上がった。

「ちょうど騎士の話が出たから、というわけではないのですが、神殿の案内も兼ねて騎士団のところへも行ってみませんか？」

それは良い提案だと思う。ユメちゃんもようやく笑みを浮かべて頷《うなず》いた。

「はい、見てみたいです……そして、昨日は倒れちゃってごめんなさい。ちゃんとお話を聞けば帰れるってわかったのに……事情は理解しました……まだ、私でいいのか自信はないけど……お力になれるなら頑張りますから！」

どうやら、ユメちゃんはミスティア国へ協力することにしたらしい。どちらにせよ、帰りたいなら澱《よど》みを祓《はら》わなければいけないし、協力しなければ、澱《よど》みが増して最終的には戦争である。協力しないという選択は得策じゃない。

でも、ユメちゃんが頑張ってくれるなら安泰だ。多分、サブヒロインってどんなに頑張っても能力値がぐーんと伸びるわけじゃないと思うんだよねぇ。だって、もしサブヒロインが途中で帰っても、ヒロインは一人で澱《よど》みを祓《はら》えるのだから。

あれ……それなら私ってなんでここに……

「あの？　ハルカさん？　大丈夫ですか？」

「へ？　あ、うん、大丈夫」

ちょっと物悲しい気持ちになっていたら、ユメちゃんが可愛らしく小首を傾《かし》げて尋ねてきた。先程、私がイシュメルさんにやった仕草《しぐさ》とは大違いだ。これが天然ものの美少女の威力か……！　ちなみに私は、ユメちゃんには普段通りの言葉遣いで接している。

「ハルカ様、ユメ様。どうぞこちらへ」

シズマくんに声をかけられて、私とユメちゃんはシズマくんとイシュメルさんのあとを追った。

「どこに行くんですかねー？」

「とりあえず、お風呂がどうなってるのか知りたいなぁ」

「あ、私もです！」

ユメちゃんと他愛のない話をしながら、あたりをきょろきょろ見回す。修道士や修道女の皆さんは、すれ違うたびに「救世主様に祝福を」と声をかけてくれた。いつの間にか私達が召喚された人物だってことが知れ渡っているようだ。

「なんだか、こそばゆいですね」

「なんて返したらいいかもわかんないもんね」

ユメちゃんは声をかけられるたびに頭を下げている。律儀《りちぎ》というか真面目というか。いや、素直って言えばいいのかな。

対する私は軽いものである。お疲れ様です、おはようございますのふたつを交互に繰り出している。ここまできたら、ただの流れ作業だ。

それにしても礼拝堂とは異なり、神殿の居住空間はシンプルだった。廊下の壁には、ところどころレリーフが施《ほどこ》されていて、絵画のように見える。きちんと掃除が行き届いているのか、埃《ほこり》っぽくもないし、ゴミも落ちていない。

「この先が食堂になります。食事はお部屋で召し上がることもできますので」

初めに案内されたのは二百人は入るんじゃないかってくらい広い場所だった。基本的にはここで修道士も騎士も食事を取るらしい。大きなテーブルがいくつもあり、近くのテーブルには燭台《しょくだい》が置かれていた。部屋にも照明器具はなかったし、ミスティア国ではロウソクが主な明かりなのかもしれない。

「食堂の奥には厨房《ちゅうぼう》があります」

シズマくんが指す方向を見れば、人が出入りしている扉があった。救世主様に見せるものではないと判断したのか、厨房《ちゅうぼう》の中まで案内してくれなかったけど、今度、邪魔にならないようにこっそり覗《のぞ》きに行こうと決めた。こういう探検みたいなことって、わくわくするんだよなぁ。

「次は騎士団へ行きましょう。ミレイという男がいますから。彼は頼りになる人物です」

「ミレイさん、ですか？」

「はい。この神殿の騎士団団長を務めています」

団長？　これまた偉い人物みたいだ。もしかすると攻略対象かもしれない。

「わぁ☆　騎士団の団長さんなんて初めて見ますぅ、ハルカ楽しみっ！」

司教も初めて見たけどな。そこは言わないでおこう。

騎士団の方々は神殿の警護や街の見回り、もしくは鍛錬場《たんれんじょう》でせっせと汗を流していると道すがら教えてもらった。案内された鍛錬場《たんれんじょう》は神殿を一度出て、厩舎《きゅうしゃ》を通り過ぎた先にある。遠目からも、体格のいい男性達が汗を流しながら剣をふるっている様子が見えた。その光景はむさ苦しいの一言に尽きる。おい、こんな男ばかりの場所に、子羊のようなユメちゃんを連れて来て大丈夫なのか。

それにしても誰がミレイさんなのかしら。こちらにちらちらと目を向けてくる騎士達からイケメンを探す。うーん、わかんない。

そんな中、イシュメルさんがあっさりとミレイさんを連れて来てくれた。彼は筋肉質で逞《たくま》しく、胸板も男らしく厚みがあった。全身から色気がにじんでいるのは気のせいではないはずだ。

「こちらがミレイです。先程の紹介通り、団長を務めています」

「精霊の祝福があらんことを。よろしく頼むよ。ハルカにユメ」

シズマくんから紹介された彼はにっこり笑って、嫌味なく私達の名前を呼ぶ。これは女慣れしているなぁ。こいつには気をつけとこ。

初対面にして要注意人物にリスト入りした彼を、遠慮なくマジマジと見つめる。引き締まった身体には一切の贅肉《ぜいにく》がなさそうで、さすが団長というだけある。顔は彫りが深く、左目の下にうっすらと傷跡があった。少しクセのあるあざやかな赤毛が頬にかかっていて、セクシーだ。髪の色に対して瞳は琥珀色《こはくいろ》で、その対比が彼の魅力をいっそう引き立たせている。

「よろしくお願いします！」

ぺこりと頭を下げるユメちゃんの隣に立ち、私は猫撫《ねこな》で声で挨拶《あいさつ》をした。

ミレイさんは胸から腹にかけて鉄製の胴当てを身に付けている。夏になったら焼き肉ができるだろうなと思った。

だけど余計なことは言わずに、聞きたいことをさっさと聞くことにしよう。

「あのっ、ミレイさんってすっごくかっこいいんですね！　あ、言っちゃった！　ハルカ、思ったことが口に出やすいんですぅ、ふえぇぇ」

我ながら素晴らしいぶりっこっぷりである。いやんいやんと頬に手をあてて身を捩《よじ》るというオプションをつけたら、ミレイさんは引きつった笑みを浮かべていた。すぐに自然な笑顔に変わったけれど、バッチリ目撃した。良かった。彼にはぶりっこ作戦が有効らしい。

「それでぇ、お聞きしたいんですけどぉ……聞いちゃおうかなぁ。うーん。でもぉ」

もじもじしながらミレイさんを上目遣いで見上げると、彼はなんでも聞いてくれて構わないよと答えてくれた。では遠慮なく。

「趣味はなんですか？」

「趣味？　ああ、うん。乗馬と狩りかな。愛馬に乗って森へ行くのが息抜きなんだ」

予想通りの回答だ。やっぱり、ミレイさんが攻略対象その三に違いない。

「わー、そうなんですかぁ。ありがとうございますぅ、参考にしますねっ！　ところで好きな女性のタイプを教えてほしいにゃん」

「そうだね……芯《しん》が強い子が好きだよ。あと、できれば物静かなタイプがいいかな」

お前じゃねぇと暗に言われた。腹立つな！　私にだって選ぶ権利はあるもの！

「わぁあ、ハルカがぴったり☆　でもでもぉ、ごめんなさいなのぉ……ハルカはみんなのハルカだから！」

きゅるるんと瞳から星を飛ばせそうな勢いで笑顔を決めれば、彼の表情が一瞬だけ凍りついた。ちなみに、お隣にいるユメちゃんも私のノリについていけないのか、ぽかーんとしている。イシュメルさんは相変わらずの無表情だし、シズマくんに至っては穏《おだ》やかな微笑《ほほえ》みを崩さない。

パチリとミレイさんと目が合った。女性から「ごめんなさい」された彼は少々いらっいたようだったから、ペロリと舌を出してやった。そうですよ、わざとですよ。

＊＊＊

そしてそれから一週間ちょっと。ミレイさんは見た目通り、積極的に女の子にアタックするタイプで、初対面の日以来、事あるごとにユメちゃんをデートに誘っている。また、そんな彼を邪魔する私とは、出くわすたびに嫌味を言い合う仲になった。しかし当のユメちゃんは私達のやりとりを見て、仲良しさんですね～と笑うのである。

「ユメちゃん、今日は図書室でお勉強しない？」

ユメちゃんの部屋は私の部屋のお隣で、内装もまったく一緒だった。本日も朝から我が物顔で彼女の部屋のソファに陣取り、ユメちゃんを誘ってみる。

「はい、いいですよ～、あ、でも、ミレイさんが馬で森に行かないかと……ハルカさんも一緒に行きませんか？」

この世界に来てからというもの、私は自分の部屋よりユメちゃんの部屋にいることが多いくらい、いつも彼女と一緒にいる。なのに、ミレイさんはいつの間にかユメちゃんを誘っていた。どこで遭遇したんだよ……！

「ぜひ行きたい。森には素敵な湖があるんだって。楽しみだね。そうだ、サンドイッチを作っていかない？」

「いいですね！　じゃ、さっそく厨房《ちゅうぼう》を借りましょう！」

張りきって厨房《ちゅうぼう》に向かうユメちゃんのあとに続く。途中で修道士達とすれ違うと、彼らは礼儀正しく廊下の端に寄って道をゆずってくれた。まるで偉い人になったような気分だ。

そんな彼らに、困った顔をしながら頭を下げるユメちゃん。一方の私はお疲れ様でーすと軽い挨拶《あいさつ》をして彼らの前を通りすぎる。

騎士や修道士のための食堂に入ると、シズマくんとイシュメルさんが本を覗《のぞ》き込んでいた。ユメちゃんは数少ない知り合いに会えて嬉しいのか、無邪気に二人に近づく。

「おはようございます、シズマくんにイシュメルさん！」

「おはようございます。ユメ様にハルカ様」

ユメちゃんの言葉にシズマくんはにっこりと微笑《ほほえ》み、イシュメルさんはこくりと頷《うなず》く。

「お二人とも今日のご予定は立てられましたか？」

シズマくんの問いかけに、ユメちゃんは元気良く答えた。

「はい！　サンドイッチを作って、ミレイさんと森に行くんです。ね、ハルカさん」

「そうなんですよぅ、とても楽しみなんですぅ」

語尾を甘ったるく伸ばして、私はシズマくんとイシュメルさんに微笑《ほほえ》んだ。

けれど、シズマくんはぶりっこを見ても動じることなく、いつもどおり穏《おだ》やかに話し続ける。ちなみにイシュメルさんにぶりっこは通じない。彼は感情の起伏《きふく》が乏《とぼ》しく、おそらく私がパンツ一丁で反復横飛びをしても驚かないだろう。絶対にやらないけどね！

「楽しそうですね。……ただ、森の奥は澱《よど》んでいると聞きますから、深くは入らないでください。ミレイがいるなら大丈夫だと思いますが」

「はい、わかりました」

「……ハルカ様もですよ」

「はいはーい」

適当に相槌《あいづち》を打つと、シズマくんは困ったように私を見つめる。こんな風に、ハニーブラウンのまつげで縁取《ふちど》られた瞳に見つめられるのは居心地が悪い。口には出さないけど、彼の目は雄弁《ゆうべん》に心配だと語っていた。

「大丈夫だよぉ！　無理はしない主義だもん。それにミレイさんもいるもの、ハルカ、守ってもらうからっ」

「そうですが……ハルカ様は元気がありますから」

どういう意味だろう。おそらく褒《ほ》め言葉じゃないな。

本当はついて行きたいと表情が語っているが、私は絶対に誘ってやらない。できればシズマくんとはお近づきになりたくないのである。だって、ヒロインが離れて行こうとすると滅多刺《めったざ》しにする危険人物なのだから。顔はいいのに、残念だね。私がなんともいえない気持ちになっていると、ユメちゃんがシズマくんに声をかけた。

「シズマくんは忙しいんですか？」

「ええ……でも、困ったことがあれば呼んでくださって構いませんから」

「え！　いつも良くしてもらってるし、大丈夫です！　お仕事中なのにごめんなさい」

しゅんと項垂《うなだ》れたユメちゃんに、シズマくんは笑みを浮かべた。イシュメルさんもこのくらい笑えばいいのになぁ。さっきから一言も喋《しゃべ》っていない。こんなに無口な彼を、どうやったら攻略できるというんだろう。

「なにかなくても呼んでくださ……」

「あ、そろそろ行かないと！」

シズマくんがなにか言おうとしていたのを意図的に遮《さえぎ》り、私はユメちゃんの手を握って食堂の奥の扉へ入る。背中に視線を感じたけれど、振り返るなんて馬鹿な真似はしなかった。

厨房《ちゅうぼう》はすんなり借りることができた。まだ本格的に食事を作る時間じゃないらしく、数人の料理人が豆のさやを剥《む》いて中身を取り出し、下ごしらえをしている。

ユメちゃんと一緒に作ったのは、ベーコンレタスサンドとかぼちゃサラダサンドである。きゃっきゃうふふするユメちゃんを見て、料理人達が頬を緩《ゆる》ませていた。そうこうしているうちにミレイさんとの約束の時間がきたので、バスケットにサンドイッチを入れる。

待ち合わせ場所の厩舎《きゅうしゃ》に行くと、ミレイさんは爽《さわ》やかに髪をなびかせてユメちゃんを迎えた。心なしか、毛先のカールが絶好調のようである。セットしてきたのだろうか。

彼はユメちゃんに朝の挨拶《あいさつ》という名の口説《くど》き文句を垂れるのに夢中で、私の存在は目に入っていない。それで騎士達を束ねる団長だなんて、どうかしてると思う。もっと周りを見てほしい。黙って見ていると、ユメちゃんの手を取ってキスしようとしたので、彼女の身体を引き寄せて阻止する。はい、アウトー！　過度な接触は許しません！　そこでミレイさんは初めて私を見た。

「……ハルカ……なんで、君が」

「森に行くと聞いたんですぅっ！　ミレイさんはおっちょこちょいなんだから。ハルカを誘うの、忘れていたゾ」

「ユメが森へ行ったことがないって言うんでね。まさか、君も行きたいとは思わなかったから」

ミレイさんはそう言って首を傾《かし》げた。彼の燃えるように赤い髪がふわりと揺れる。ちなみに意訳すると、「お前を誘うつもりはなかった」である。

「あ、あの子に乗って行くんですか？」

私達のやりとりには構わず、さっきまでキスされそうになって顔を赤くしていたユメちゃんは、繋《つな》がれた白馬を見て感動していた。彼女はとても素直で、簡単に気が逸《そ》れる。恐る恐る馬に手を伸ばすユメちゃんに、ミレイさんが顔を綻《ほころ》ばせる。が、彼は私を見てゆっくりと近づいて来て、不愉快を隠そうともせず口を開いた。

「……毎回、俺とユメの邪魔をするんだね、君は」

「邪魔ですかぁー？　そんなのしてませんよー？　ミレイさんったら被害妄想ちょお激しいんだから」

ぶりっこをして背の高い彼を見上げる。意識しながら目を瞬《またた》かせると、ミレイさんは僅《わず》かに口元を歪《ゆが》めた。そうですよー、あなたの被害妄想ではありません。積極的に恋のお邪魔虫をしているのです。

そんなことはミレイさんだってわかっているはずだけど、ユメちゃんの前なので私を問い詰めることはしない。それに彼は皆が認める色男であり、女性に優しいと評判だ。

そこは利用しよう！

私がミレイさんと水面下で攻防を繰り広げていると、私達の様子には微塵《みじん》も気がつかないユメちゃんが、白馬を撫《な》でながら無邪気に尋ねた。

「私、馬に乗ったことないんですけど、乗れますかねー？」

その質問を受けて、ミレイさんは微笑《ほほえ》みを浮かべて一歩を踏み出す。しかし、その前

に私がユメちゃんに近づく。

「なら私と乗ろう。はい、ミレイさんはこのバスケットをお願いしますぅ、落としちゃいやんですよっ！」

「ちょっと待ってくれるかな。ハルカは馬に乗れるのかい？」

「もちろんですぅ、いけいけどんどんですよう！　ちなみにバスケットにはサンドイッチが入ってるにゃん」

「まさかと思うけどハルカの手作り……？　毒でも入ってるのかい？」

小声で辛辣《しんらつ》な言葉を口にするミレイさんの顔を見上げる。目の下にうっすら残る傷跡がセクシーだって修道女が騒いでいたな。

「ふええ、ミレイさんったら意地悪しちゃ、やだよぉ。ユメちゃんと作ったのにぃ、ねえ、ユメちゃん」

「あ、そうなんです！　ミレイさんの分も作ったので、あとで食べませんか？」

「ありがとう、嬉しいよ。ユメの作ったサンドイッチはきっとおいしいだろうね」

狙っている女の子に話しかけられて、ころっと態度を変えるミレイさん。ユメちゃんからの悪意のない誘いに微笑《ほほえ》んでいるけど、あなたは私を甘く見すぎです。ミレイさんにユメちゃんの作ったサンドイッチを渡すわけがないじゃない。

そのあとしばらく小競《こぜ》り合いをした結果、ユメちゃんと相乗りすることになったのは私だった。彼はユメちゃんと二人きりで森を散策する予定だったのだろう。仕方なくもう一頭の馬を連れて来たミレイさんは、私が馬を走らせるペースに合わせてくれた。

まぁ、こうするしかないよねぇ。

「そういえば、ハルカさんはどうして乗馬ができるんですか？」

「お家《うち》が田舎《いなか》にあって、馬を飼ってたんだよー」

「いいな～、羨《うらや》ましいです、うちはペット禁止のマンションなんで。私も乗馬できるようになりたいな」

ユメちゃんの言葉を受けて、すかさずミレイさんが口を開く。

「それならユメ、乗馬を教えようか？　今度の休みにでも」

「え、いいんですか？　やった！」

「ハルカは見たところ馬に乗るのは大丈夫なようだからね、二人で練習でもどうかな？」

お前は来るなよと言外に言われている。ちょっとスピードを速めてやるか。二人の会話を遮《さえぎ》るために、馬の腹を挟む足に少しだけ力を入れた。といっても道が悪いので、駈《かけ》歩《あし》はできない。

神殿の近くにあるのに初めて入った森は、木々が鬱蒼《うっそう》としげっており、思ったよりも薄暗かった。馬を走らせながら、ミレイさんがこのあたりについて軽く説明してくれる。

神殿から街へは、馬で駆ければすぐに着くそうで、街にはいろんなお店が並び、市《いち》も立つのだそう。また森の奥には旧神殿跡があり、現在は立入禁止になっているとか。

そのあとの休息では、ユメちゃんが作ったサンドイッチを私一人で平らげました。どちらが作ったものかわかるよう、ピックの色を目印にしたのだ。それを暴露《ばくろ》した途端、ミレイさんの額には青筋《あおすじ》が浮かんだ。私はそれを眺めながら、優雅に微笑《ほほえ》んで見せる。

「今度の休みが楽しみだねっ、ミレイさぁん？　ハルカも一緒に乗馬の練習するよおっ」

彼はゴミを見るような目で私を見下ろしてきた。順調に嫌われているらしい。この調子だ！

好感度が下がる手応《てごた》えに、にんまりしながら帰ってきた。そして名残惜《なごりお》しそうなミレイさんと別れ、ユメちゃんの部屋にお邪魔する。

今日は森にも行ったし、乗馬は筋力を使うから疲れている。お風呂でのんびりしたいなぁと思いつつ、ユメちゃんとお喋《しゃべ》りして過ごしていたら、湯浴《ゆあ》みの準備ができたと修道女さんに呼ばれた。やった、お風呂だ！　いそいそと準備をして、ユメちゃんと二人で案内された場所に行く。すると、なんだかいつもと様子が違っていた。首を傾《かし》げながら服を脱ぎ、すっぽんぽんになって準備万端。

「先に入るからねー」

「はい、すぐ行きます」

お風呂だお風呂。うきうきしながら浴場へ足を踏み入れる。もわもわと湯気《ゆげ》が立ち込める中、たっぷりと湯が張られた浴槽《よくそう》に近づいた。

こっちにきて良かったことは、銭湯並みに広い浴槽《よくそう》をゆったり使えること。私が元の世界で住んでいた安アパートの風呂より、格段にグレードが高い。なんせ今までは、膝をかかえて湯船に浸《つ》かってたんだからね。ちょっと窮屈《きゅうくつ》だった。

私達のあとには修道女が利用しているそうで、居候《いそうろう》が一番風呂を頂《いただ》くのは忍びないけど、ありがたく入っている。

しかし、今日は無愛想な先客がいた。

「……へ？　あれ？」

どうやってもイシュメルさんにしか見えない男が湯に浸《つ》かっている。ここって混浴だっけか。そう思っていたら「お風呂～お風呂～」と歌いながらユメちゃんが入ってきた。健康的な張りのある肌に、ふくよかな乳房が歩くたびに揺れている。

「あ、ハルカさん！　背中洗いっこしません、か……い、いしゅめる、さん……？」

イシュメルさんの姿を見たユメちゃんは、とんでもない悲鳴を響かせてくれた。耳を押さえて彼女から離れ、とっととその場を去って素早く下着を身に付け、脱いだばかりのワンピースを着る。今の悲鳴で騎士さん達が来るだろう。私は男に肌を晒《さら》す趣味はない。

そして予想通り、声を聞いて駆けつけた修道士と騎士達が脱衣所へなだれ込む。いやー、警備ご苦労様です。

「今の声は……ユメ様っ！　なにがあったのですか？　ま、まさか、暴漢《ぼうかん》に……！」

「大丈夫ですから。今、ユメちゃんは中で裸だからちょっと待ってて」

裸と聞いて顔を赤らめる修道士の若い男性に、微笑《ほほえ》みを投げておく。そうだよね、それが普通の反応だよね……はっ、いや、そうじゃない。放置していたユメちゃんを迎えに行かなければ！

ふかふかのタオルを持って浴場に入ると、イシュメルさんがユメちゃんを支えていた。

イシュメルさんの鍛《きた》えられた筋肉と、白い髪からしたたり落ちる雫《しずく》。ものすごい色気だ。

裸の男性を前に顔を赤くしているユメちゃんは、混乱してなにも言えないようだった。

初心《うぶ》ってやつですか。とりあえず、そっと近寄ってユメちゃんの身体をタオルで覆《おお》い隠してやる。

「現実に戻って、ユメちゃん。今、あなた、裸だから」

「……は！　それはハルカさんも、ってえええ！　なんで着てるんですか！　違う、う、うわあああイシュメルさん、大丈夫です、もう大丈夫なんで、離してくださいぃい！」

「わかった」

羞恥心《しゅうちしん》でいっぱいのユメちゃんは、身体を離したイシュメルさんにほっとした表情を浮かべた。しかしそれもつかの間、うっかりなにかを見てしまい、きびすを返して逃げようとした上に転びかけて、可愛らしいお尻を強調してくれた。ぷりぷりですね。女の私でさえちょっと恥ずかしい……のに、マッパのイシュメルさんは少しも赤くならない。

「イシュメルさん、ユメちゃんを見てなんとも思わないの？」

「救世主様は小さくて柔らかい」

彼は淡々《たんたん》とした口調で事実を述べる。どうやら支えたときの感触を言っているらしい。大変素直なことで。情緒《じょうちょ》が未発達のイシュメルさんは、花も恥じらうユメちゃんの裸に興奮した様子もなく、静かに赤い瞳を向けている。

とりあえず、マッパのイシュメルさんは羞恥心《しゅうちしん》を覚えることが先だよね。彼があまりにも堂々としているから、私は内心で動揺しつつも、表面上は恐ろしく冷静に振る舞えた。もしかして、この世界では裸って恥ずかしくないの？　そんなまさか！

このお風呂でバッタリ騒動は司教であるシズマくんの耳にも入ったらしく、私達を案内してくれた見習い修道女はこっぴどく叱られたらしい。見習いだったのか。道理でいつもと違うところに案内されたと思ったんだよね。

「ユメ様にハルカ様、申し訳ありませんでした。ユメ様に至っては乙女の肌を晒《さら》してしまい……」

「い、いいよ、事故だったことにする。わ、忘れたいし……！」

湯浴《ゆあ》みが終わったあと、くつろいでいたところにシズマくんがやって来て、深々と頭を下げた。私はビスケットをかじり、二人のやり取りを聞きながら、恋愛小説を読んでいる。ソファに寝そべって足をぱたぱたさせ、騎士団長様が竜の退治に出立《しゅったつ》する場面を読む。

ユメちゃんも隣でミスティア国の歴史書を広げていたんだけど、今はシズマくんに律儀《りちぎ》に対応している。そうやって丁寧《ていねい》に対応するからヤンデレを惹《ひ》き付けるのだ。

「イシュメルには私から話をしました。どうぞ、彼を嫌わずにやってくださいませんか？　イシュメルに悪気はないのです」

「もちろんです……私のほうが間違っちゃったわけだし……ね、ハルカさん！」

「ユメちゃんだってイシュメルさんの裸、見たもんねー」

私は適当に返事をしながら、物語の中で騎士団長に花飾りを捧げるお姫様を鼻で笑った。私だったらお金が欲しい。潤沢《じゅんたく》な資金は旅には欠かせない。装備品を揃《そろ》えるのにかかる額も、馬鹿にならないはずである。

「なんでハルカさんは普通なんですか！　ハルカさんだって裸を見られたのに！」

「だって、イシュメルさんだし、絶対になんとも思ってないから気にしてない」

嘘だよ、気にしてるよ。こちとらまだ成人前のぴっちぴちの乙女だ。すっぽんぽんを成人男性に見られて恥ずかしくないわけがない。でも、この世界では羞恥心《しゅうちしん》なんていらないのである。どうせ帰るのだから、なんてことない。そう自分に言い聞かせている。

だけどね、イシュメルさんが内心で私の胸とユメちゃんの胸を比較していたら、戦争だって辞さない。

思わず拳《こぶし》を握り締めていると、ユメちゃんの話を聞いたシズマくんが声をかけてきた。

「お話の途中、申し訳ありません。もしやハルカ様も被害を……?」

「私のことは気にしなくていいにゃん!」

「……申し訳ありません、ハルカ様。服をお召しになっていたと聞いたので、勘違いをしていました。ハルカ様もさぞ傷ついたことでしょう」

気にしないでと言ったのに、シズマくんはこちらに静かに近寄ってきて、ソファの脇に膝をついた。彼は寝転がっている私と目を合わせるように、顔を覗《のぞ》き込んでくる。そしてシズマくんはこちらにそっと手を伸ばした。本のページに置かれた私の手に、シズマくんの掌《てのひら》が重なる。意外と大きいそれに、どきりとした。あと顔も……近い。シミひとつないなめらかな頬にかかる、細く柔らかそうなハニーブラウン。思わず手を伸ばして触ってみたいという欲求に駆られたけど、ユメちゃんの視線に気づいてはっと我に返る。

良かった……うっかりしたら触っていたかもしれない。

身体を起こすついでに手を引き抜いて、彼から距離を取る。

「今回はいいけど、ハルカの裸は高いんだからねっ」

馬鹿っぽくウィンクをプレゼントし、本を閉じてユメちゃんの傍《そば》に移動する。そして、彼女が持っていた歴史書と恋愛小説を交換した。思うんだけど、異世界なのに文字は日本語で書かれているって変な感じ。便利だけどねぇ、やっぱり乙女ゲーム設定なんだろうな。

そのままシズマくんと距離を取りたいので、私はユメちゃんの傍《そば》から離れない。恋愛イベントは妨害させてもらうが、それ以外の接触ではユメちゃんを盾にしよう。ふがいない年上を許してください。

「はい。同じことが起きたなら、原因を作った者を破門いたしましょう」

「そこまでするんですか……？」

善意の笑みを浮かべたシズマくんの提案に、ユメちゃんは引いたようである。ざまーみろ。しかし、シズマくんって清らかそうに見えて、腹黒いことをさらっと言うな……余計に怖い。

「もちろんです。救世主様はかけがえのない存在です。ご自分で思っている以上に必要とされているのですよ。ええ、ハルカ様もです。忘れないでくださいね」

しっかりと私のことも付け加えたシズマくんから目を逸《そ》らす。用が済んだなら帰ってくれないかなぁなんて。シズマくんといると、変な意味でどきどきするのだ。それに正直、私の祈りで世界が救えるとは思えない。そもそも祈っただけで世界が救えるってイージーモードすぎるでしょ。

第二章　神殿の生活

今日は図書室の隣にある講義室でお勉強会が開かれる。私達の教育係として王都より学者様が派遣されたらしく、今日からさっそく講義なのだそうだ。そんな気遣いはいらないぜ！　と思ったけど、そうだよね、ユメちゃんの教養が上がれば上がるほど、攻略対象を落としやすくなり、彼女の祈りはゲーム世界の平和に貢献するんだった。

少しずつ救世主としての生活が整えられていく中、ユメちゃんは順調にシズマくん、イシュメルさん、ミレイさんと交流を重ねている。私のほうは、さすがに四六時中ユメちゃんといるわけにもいかないので、イベントっぽい匂いのあるものだけ潰させていただいている。

絶賛片想い中のみんな、ごめんな！　私は元の世界に戻りたいのよ！

修道女のお嬢さんが案内してくれた講義室には、すでに学者様が待っているという。ノックをして部屋に入ると、いきなり「遅い！」と険《けん》のある声がユメちゃんと私を出迎えた。

「講義は午前一番から始めるものだろう！　僕を何時間待たせれば気が済むんだ？」

「す、すみません！」

教卓の前には、私と同い年くらいの男性がいた。多分、この人が王都から派遣されたという学者だろう。

バリバリのインドア派に見える彼は、騎士達を見慣れたせいか、ひょろっとして頼りない印象だ。身長はもちろん私より高いけれど、痩《や》せているのでミレイさんのような威《い》圧感《あっかん》はない。

黒いローブは膝下までの長さ。几帳面《きちょうめん》にアイロンのかけられたシワひとつないシャツが彼の性格を物語っていた。日光に当たらないからだろうか、青白い肌をしている。伸びた髪は黒色だが、光の加減によって青みを帯びた色に見えた。尻尾のように結ばれた後ろ髪は可愛い。

「これからは起きたらさっさと来い。僕にも本業の研究があるんだ。まったく、なんで僕が講義なんか……」

嫌味ったらしくぶつくさ言う学者様は、ご機嫌斜めで初対面にもかかわらず愛想笑いさえ浮かべない。

え？　こいつが攻略対象の学者様だろうか？　すっごく印象が悪いんだけど、これでどうやって恋愛するの？

「あの、よろしくお願いします！　が、頑張ります！」

クラスでの自己紹介よろしく、ユメちゃんがぴょこんと頭を下げた。けれど、学者様は彼女を一瞥《いちべつ》してすぐ、興味なさそうに視線を逸《そ》らす。本当に攻略対象なのか？　他にも学者が来るのだろうかと疑ったところで、ある事実に気がついた。

よく見れば、彼もまたイケメンと呼ばれる類《たぐい》だ。長い前髪が目元に影を落とし、そのうえ表情が険《けわ》しいせいで、彼の外見がなかなか整っていることに気づくのが遅れた。いかにも神経質な顔は不機嫌そうに歪《ゆが》んでいる。

あ、こいつはぶりっこされると嫌がるタイプだわ。

おそらく、この学者様は語尾がやたら伸びる馬鹿っぽい女が嫌いだろうし、そもそも馬鹿であれば男でも嫌うだろう。あと、友達もいないに違いない。私にはわかる！

「とっとと席につけ。講義を始める。そこのお前、用がないなら出て行け。邪魔だ」

追い出された修道女のお嬢さんは、青ざめていて哀《あわ》れだった。可哀想に。

「おい、お前も席につくか出て行くかしろ。やる気のない救世主に教えることはない」

振り向けば淡白そうな顔がこちらを睨《にら》みつけている。カチンときた私は講義室のドアを開けて、外で待機している騎士のお兄さんの腕をひっぱった。いい機会だ、初対面で最悪の印象をキメておこう！

「ふええ！　不審な男が暴言を吐いてきますぅう！　この人誰なんですかぁ！」

「へ？　はい？　う、うあああ、ちょっと、ハルカ様、勘弁してくださいよお！」

「だって名乗りもしないし、睨《にら》みつけてくるしぃ、ハルカこの人こわーい！」

「あなたに怖い人なんていないでしょうがよ！」

騎士のお兄さんから「やめてください遊びに巻き込まないでください」と懇願《こんがん》され、しょうがなく「不審者だと思ったんだ。ごめんね？　テヘペロ☆」をして大人しく席についた。不審者だと言われた学者様は呆然《ぼうぜん》とした様子だったけど、すぐに顔を赤くして、

「ふざけるな！」と怒鳴る。

「やだぁ、ちょっとしたコミュニケーションですよん。学者様ってば、た・ん・き！」

攻略対象の学者って、やっぱりこいつだよなー。

「……期待はしていないが、救世主と呼ばれていい気になるなよ。特にお前、年増《としま》で育ちも悪いようだからな。お前は特別な存在じゃない、祈りで澱《よど》みを祓《はら》えば用無しなんだ」

「そう言われてもねー、私は元の世界に帰りたいだけだもん」

笑ってユメちゃんに同意を求めれば、彼女も遠慮がちに頷《うなず》く。けれど彼女は学者様をきっと睨《にら》みつけて、「ただ世界を救う手助けはきちんとするつもりです」と宣言した。ユメちゃんのまっすぐな視線を受けた学者様は、ふっと笑って、「ならば知識を身に付けることだ」と表情を少し柔らかくする。どうやらユメちゃんとのファーストコンタクトは上々らしい。

「今日は初日だからな……随分待たされたが。まぁいい。ミスティアーシャについての

知識はあるか？」

「ええと、大精霊で、大地を豊かにしたことしか」

ユメちゃんの言葉に学者様は頷《うなず》く。

「まず精霊というのは光に属するものと言われていて、どれくらいの数が存在するのかはわかっていない。何故《なぜ》なら、精霊が人と共にあったのは数百年も前の話だからだ。精霊が人から隠れたのか、それとも人が精霊を見ることができなくなったのか……それはわからないが、精霊は今でも存在している」

その存在は、澱《よど》みが祓《はら》われて世界の均衡《きんこう》が保たれていることから証明できるそうだ。

「大精霊ミスティアーシャは百年に一度、力が弱まる時期がある。これを睡眠期《すいみんき》と呼ぶ。この国はもともと澱《よど》みが蔓延《はびこ》っていた土地を浄化してできた場所だ……睡眠期《すいみんき》になると、澱《よど》みはすぐに国を侵《おか》す。救世主が祈るとミスティアーシャと繋《つな》がり、光を身に宿すことができる。この光で、澱《よど》みを祓《はら》うんだ」

「その澱《よど》みを祓《はら》うには……どれくらいの時間がかかるんですか？」

ユメちゃんの真面目な質問に、学者様は一概には言えないと首を振った。

「記録では数ヶ月が最短だが……通常は数年を覚悟すべきだな。救世主の能力と、澱《よど》みの量で変わる……救世主の祈りで、ある程度の澱《よど》みが祓《はら》われるとミスティアーシャが目覚める。そうすれば救世主の役目は終わる」

ざっくり纏《まと》めると、眠りこける精霊から力を貰って一時を凌《しの》ぐということらしい。ユメちゃんは熱心に学者様の高説に耳を傾《かたむ》けていて、わからないことは積極的に質問するという素晴らしい姿勢だった。

「次に神殿だが、神殿は国の各地に点在している。神殿は湧き出る澱《よど》みを抑えるために作られ、土地を清浄に保つための要所にもなっている。ミスティアーシャの加護を受けた人間は神殿に留まり、祈りを捧げることにより澱《よど》みを抑える力を強化するんだ。わかったか？」

学者様の話によると、加護を受けた人間は神殿にて保護され、澱《よど》みを祓《はら》うために奉仕しないといけないらしい。代わりにその家族は、神殿から生活の支援を受けられるそうだ。

私は学者様の言葉に茶々を入れず、いつか役立つかもしれない知識をとりあえずメモした。

こうして一回目の講義が終わり、お昼時に解散となった。学者様はしばらく神殿に滞《たい》在《ざい》するので、講義室か図書室に行けば会えるらしい。絶対に会いに行かないけどな。

その後、ユメちゃんの部屋でお昼を食べることにした。移動の際、食堂の前を通ると赤い影が動いた。

「ユメ、今から食事？　良ければこっちにおいでよ」

ミレイさんが声をかけてきた。正確には私の横を歩くユメちゃんにだ。ミレイさんはユメちゃんの隣を歩く私の姿が見えていなかったようで、目が合うと僅《わず》かに口元が引きつった。

「こんにちは、ミレイさん。はい、講義が終わったところなんです。それで、一旦部屋に戻って、私の部屋でお昼をハルカさんと食べようかって。ミレイさんはここで食べているんですか？」

「まぁね。昼食は食堂で取るようにしているよ。でも、残念だな。できればユメと一緒に食事をしたかったんだけど」

ちらりとこちらを見たミレイさんが、ユメちゃんの陰でしっしっと手を振って追い払う素振りをした。二人で飯を食わせろと言っているらしい。相変わらずのあからさまな態度に、ユメちゃんをこのままかっ攫《さら》っていこうかと思ったけどやめた。今日はごはんくらい二人で食べさせてやろう。何故《なぜ》なら、ミレイさんとユメちゃんのお出かけイベントを潰したからである。つい先日も、乗馬の練習イベントを台無しにした。確実に毒殺フラグを立てるためにも、そろそろヒロインへの好感度を上げてほしい頃合いだ。

そう決めたら行動は早い。

「ユメちゃん、ミレイさんと食べてきなよー、私は……彼とごはんを食べるから！」

さっとあたりを見回すと一人の騎士が目に入ったので、その肩をぽんと叩いたら彼は盛大にむせた。可哀想に。その隙《すき》に、ミレイさんはチャンスとばかりにユメちゃんを離れたテーブルに連れて行ってしまった。

「……勘弁してくださいよ、ハルカ様」

「ユメちゃんと一緒が良かったの？　上司に刺されるわよ、あんた」

「違いますよ、俺を巻き込むのはやめてくださいってことです……」

げんなりとした表情をする彼は、先程、講義室で被害を蒙《こうむ》った騎士のお兄さんである。

名前はイースと言った。聞けば田舎《いなか》からやって来て騎士団に就職したらしい。ここに勤めて三年になるという二十二歳。年上のお兄さんだ。私がイースの隣に腰を下ろすと、彼は少し席を詰めてくれた。

「お昼はどうしたんですか」

「今から取りに行く」

「じゃあ、早く取ってきてくださいよ、俺、もう食べ終わるんですから」

「なに？　午後は鍛錬《たんれん》するの？　それにしてもイースの顔って平凡で落ち着く。とっと田舎《いなか》に帰って嫁でも貰いなさいよ」

「言っときますけど、嫁き遅《いおく》れなのはそっちですからね」

「イースの常識と私の常識を一緒にしないでよ、やべ！　シズマくんが来た！」

「あ、本当だ。シズマ様がお昼時に来るなんて珍しい。って、なにやってるんですか」

イースの背中に隠れながら、食堂に入って来たシズマくんを見やる。このテーブルはむさい男達が食事をしているので、間に隠れることはたやすい。向かいのおっさんが私の様子を見て、シズマ様が怖いのかと笑ったけど、当然だろう。あいつ、人を滅多刺《めったざ》しにするからな。深夜に髪を振り乱して元彼に呪《のろ》いをかけた私も怖いだろうけど、シズマくんと違って実害がないからセーフ、のはず。

シズマくんはイシュメルさんを傍《かたわ》らにしたがえて、誰かを探すように食堂を歩いていた。その後、ユメちゃんとミレイさんに声をかけられて、彼らと話し始める。誰を探していたんだろうか。わからないけど、こちらには気づかなくて良かった。

「ハルカ様はイケメンに興味がないんですか？　ミレイ団長やシズマ様、それにイシュメル様にも気持ち悪い態度を取ってますよね」

「ある意味興味はあるんだけどね、祈りを捧げてお役御免になったらすぐに帰りたいの。そして、やりたいことがあるから」

「やりたいことってなんですか？」

「末代《まつだい》までたたってやりたい男女がいる」

「こええな！　その祈りじゃ世界は救われませんよ！」

「うるさい。私は立腹してるの、あいつら、許さない」

元の世界に戻ったら実家に帰って、あいつらの醜聞《しゅうぶん》を地元に広げるのである。

イースに隠してもらいながら厨房《ちゅうぼう》へ辿り着いた私は、そこでふかしたじゃがいもとバターを貰って食べた。この世界でも、じゃがバターはおいしい。料理番が呆れたように出したスープも綺麗に平らげた。

「ハルカ様、ちょっと救世主様の威厳《いげん》がないんじゃないですか」

「私、庶民の心を掴《つか》む庶民派の救世主様だから」

食後、イースは平凡な顔に精神的な疲労をにじませて、私を部屋まで送ってくれた。なんだかんだでいいやつなので、感謝の意を込めて、お金を拾いますようにとささやかな祝福の言葉をかけてやった。

学者様がやって来て以来、週末を除く午前中は強制的にお勉強タイムだ。しかも朝の八時から昼の十二時までである。途中でお茶やお菓子タイムが設けられているのが救いだけど、自堕落《じだらく》な大学生活を送っていた私にとっては苦行だ。朝日がとても眩《まぶ》しい……。ユメちゃんは部活の朝練のため早起きをしていたので余裕だと笑っていた。すごい。

「今日は王宮と神殿についてだ」

挨拶《あいさつ》もなしにいきなり始まる講義にはすっかり慣れてしまった。こいつ、やっぱり友達いないだろうなー。

「ミスティア国は、大精霊ミスティアーシャと人間の間に生まれた子が建国したことは知っているか？」

「はい。その子孫が現在の王室だと聞きました」

「その通りだ。この国の権力はほぼ二分されていると思ってくれ。権力の持ち主は、ミスティアーシャを祀《まつ》る神殿とミスティアーシャの子孫である王族だ」

それを聞いてぴんと来た。

先日、神殿に騎士団があると聞いて不思議に思ったけれど、おそらく権力闘争が繰り広げられているのだろう。

「このあたりは神殿の支配地区だが、王都は王宮の支配地区になる。別に仲違《なかたが》いをしているわけじゃないが……政治と宗教で折り合いがつかないこともままある」

なるほど。それで負が澱《よど》みになり、澱《よど》みが人々の負の感情を生み出すという連鎖反応が起こって戦争になるということか。その連鎖をたち切らなくちゃいけないんだから、救世主は思いの外、大役である。ユメちゃんってそこら辺は自覚しているのだろうか。

ふと彼女を見ると、みんなが仲良くできたらいいのにと感想を呟《つぶや》いていた。

「そうだな。それができれば一番いいんだが」

微笑《ほほえ》む学者様だけど、普段、顔面の筋肉をあまり使わないのか、笑顔がどこか引きつっている。それにしてもミスティアーシャの加護のあるなしって、どうやったらわかるんだろう。光を身に宿すって学者様は言ってたけどさ、いまいちわかんないなぁ。

あと、この世界の人々は基本的には大精霊ミスティアーシャへ祈りを捧げることしかできないみたいだ。そんなんでよく生き残れましたね。

それから小一時間ほど、学者様による神殿と王宮の関係の変遷《へんせん》などを聞いた。もうそれって救世主様の教養うんぬんの話ではない。お前の研究発表会だろってくらい、マニアックで熱が入っていた。申し訳ないけどわからないのでお茶にする。

ああ、ビスケットがおいしいな。紅茶に浸《ひた》して食べよ。

「ティータイムは終わったぞ！　まだ食っているのか！　ハルカ、不真面目なお前には課題を出す！　これを読んで来い！」

どん！　と渡されたのはいかにも専門書です、という表紙の本だった。タイトルには『ミスティア国と精霊の加護』と書いてある。どうやら今日の話がまるっと書かれているらしい。結構な分厚さなんだけど、まさか明日までに読めってことじゃないよね？

「いつまでに読めばいいんですかぁ？」

「もちろん明日の講義までにだ。大体、天才と名高い僕がわざわざ教えにやって来ているのに、お前ときたらビスケットをぼりぼり食べてばかりだろうが！　ユメを見習え！お前には教養が足りない！　女らしさもない！」

「はぁーい、ごめんちゃーい」

「お前は僕をいらつかせる天才だな！」

「褒《ほ》められた、ハルカ、嬉しいっ！　でもでもぉ、明日までに読むのは無理ですぅ」

褒《ほ》めてなんかいない！と怒鳴った学者様は、こめかみに青筋《あおすじ》を浮かべ、とりあえず読めるところまで読め！と続けて言った。読めるとこまでね、じゃあ、あまり頑張らなくても良さそうである。これ以上つつくと短気な学者様は講義室を飛び出しかねないので、そのあとは終わりまでビスケットをかじらずに講義を受けた。

しかし、私が黙っていると、ユメちゃんと学者様の間の空気が桃色に染まるのである。なんで、いちいち頭を撫《な》でる必要があるんですかね？　理解できません。けっ。

ぶりっこ作戦は驚くほど順調だった。おかげで私はミレイさんと学者様とはすこぶる関係が悪いし、いい経過を辿っている。ところが、思わぬ弊害《へいがい》が出た。そう、シズマくんだよ……！

「ハルカ様、ミレイとうまくいっておらず、講義にも身が入らないとお聞きしました。なにか悩み事でもありますか？　私で良ければどうぞお話しください」

講義後、ユメちゃんと神殿の中を散歩しようと約束していたのに、途中で捕まってシズマくんの執務室へと連行されてしまった。うわー、大きくて立派な机と椅子だ。椅子なんて見るからにふかふかしてそうで、長時間のデスクワークでもお尻が痛くならないだろうな。

そして、私はその椅子にも負けないくらいふかふかのソファに座らされ、シズマくんは当然のように絨毯《じゅうたん》に膝をつく。どこぞの忠犬のようなのでやめてほしい。

「ミレイさんとも学者様ともうまくいってますよぉ！　順調ですぅ、バッチリ！」

「私にはお隠しにならなくても結構です。ユメ様だって……夜毎《よごと》に泣いていたのです。ハルカ様も突然のことについていけなかったことでしょう？　理不尽だと、私達を罵《ののし》ってくださって構いません」

そう労《いた》わりの言葉をかけるシズマくんの瞳には、慈愛《じあい》の光が宿っている。長いまつげに縁取《ふちど》られた目をこちらに向ける彼は、心から私の心配をしているようにしか見えない。

たまに変なことを言うけど、どう見ても病《や》んでいる様子はなかった。

本当に、帰ろうとするヒロインをナイフで滅多刺《めったざ》しにする子なの？

年齢の割には落ち着いているシズマくんをまじまじと見つめて、どこかヤンデレ要素がないか観察してみる。

「ハルカ様？　私ではお役に立てないでしょうか」

その途端、シズマくんの瞳に影が差す。憂《うれ》いを帯びたその表情にくらりとした。

「そんなことないよ？」

衣食住はお世話してもらってるし、充分だと思う。欲を言えば、お買い物できるお金が欲しいかなってくらいで。

「それならいいのですが……私は神殿を纏《まと》めるという立場がありますし、救世主様には不自由なく過ごしていただきたいのです」

ユメちゃんが夜毎《よごと》に泣いていたから、同じ救世主様として私のことも気遣ってくれたということだろうか。私だけを心配しているわけじゃなさそうでほっとする。だって、こうやって心配されて、それが恋になったらどうしようもない。

そうなればきっと死ぬな。お腹を刺されて死ぬかも。やっぱりシズマくんは避ける方向でいこう！　恋の芽は摘んでしまうに限る。そんなことを考えていたら、無意識のうちに身を乗り出して見つめていたらしく、シズマくんが戸惑いの声をあげた。

「あの……ハルカ様？　そ、その、そのように見つめられますと……」

「へ、え？」

「……申し訳ありません……女性と接触することに慣れておらず……」

彼の頬がうっすらと赤く染まった瞬間、私はシズマくんとの距離が近いことに気づいてはっとした。慌てて身体を離す。ついさっき、恋の芽は摘もうと決めたばかりなのに、私はなにをしているんだろうか……！　ちょっと迂闊《うかつ》だった……！

恥ずかしがるシズマくんに、私の羞恥心《しゅうちしん》が、もそもそと顔を出す。やめて！　まだ冬眠していて！　春はだいぶ先だから！　シズマくんもシズマくんで、そんなに恥ずかしそうにしないでほしい。私の顔まで赤くなってしまう。

「そ、そっか、その、頑張れ、大丈夫」

動揺のあまり、わけのわからない励《はげ》ましをしてしまった。なにを頑張らせるつもりだ、なにを。

桃色に変わりそうな部屋の空気を払拭《ふっしょく》すべく、ぶりっこキャラを再開する。私が欲しいのは恋愛フラグじゃない、毒殺フラグだ。

「こほんっ！　それで、シズマくんに聞きたいことがあるんだけどぉ？」

「はい。なんでしょう？」

「シズマくんってユメちゃんをどう思うかな？　可愛い？　好き？」

唐突な質問に、シズマくんは目をぱちくりさせた。そして少し考えたあと、慎重に言葉を選びながらユメちゃんの印象を語り始める。その内容はまどろっこしかったので纏《まと》めると、ユメちゃんは溌剌《はつらつ》としているから見ていて気持ちがいい。けれど気丈な振る舞いをしつつも、夜中一人で泣くなど、不安を隠しきれない様子に胸が痛い。どうにかして彼女の憂《うれ》いを取り除いてやりたいが、澱《よど》みを祓《はら》ってもらわねばこの世界に悪い影響が出るので、帰すわけにはいかない。

――だそうだ。

「ねぇ、シズマくん。ユメちゃんを異性として好き、とかないの？」

好感を持っているようには見えるんだけど、シズマくんはいまいちはっきりしない。

「いえ、その、私は司教ですから」

「え？　司教様って恋愛しちゃだめなの？」

「そのようなことはありません。ですが、私は神殿を纏《まと》めるのが務めです。だから恋は……」

顔を伏せた彼は、艶《つや》やかな唇をきゅっと引き結んだ。なにを考えて拒むのかよくわからないけど、恋愛オッケーなら構わないと思うのになぁ。

「司教様だからなんて気にせず、シズマくんはシズマくんらしくいればいいんじゃないかにゃ！」

もう語尾に猫語をつけても恥ずかしさは湧かない。成長してしまった。

「私は私……」

顔を上げたシズマくんに先程までの憂《うれ》いはなく、ただ驚いたように目をまん丸くしている。

「そうそう、シズマくんはシズマくん。それでいいじゃない。ところでさ、ユメちゃんの力になりたいんならさー、協力したげるよぉ？」

「協力、ですか？」

いーこと思いついた。実を言うと、私にもユメちゃんにも別け隔《わへだ》てなく接しようとするシズマくんが、私は怖い。万が一にも恋愛フラグを立てたらと考えると、おちおち近づけないのである。ならば、シズマくんをユメちゃん一直線に向かわせれば問題ない。

私の発想、天才的じゃない？

心の中でこの素晴らしい計画を褒《ほ》め、きょとんとするシズマくんに笑みを向けた。この真っ白天使系な少年が実はお腹真っ黒だなんて信じられないけど、ヤンデレとは見抜けないものだと、『マイン・リヒト』をプレイした友達は言っていた。

「そうそう。ユメちゃんも心細いと思うんだぁ！　だからね、まずシズマくんがユメちゃんの支えになればいいんじゃないかなぁ！」

「……それは……でも、私なんかがユメ様の支えになろうなどと……おこがましいことです」

「なんで？　それはシズマくんじゃなくて、ユメちゃんが決めることだし！　まずは行動しなきゃ」

適当なことを言って、渋るシズマくんの背中を押しまくると、彼はようやく小さく頷《うなず》く。

「ではよろしくお願いします。私は女性に疎《うと》いので、適切にユメ様を支えられるとは思えません。まずはその……ハルカ様のお力を借りたいと思います」

「はいはい～、じゃ、よろしくぅ」

「もしよろしければですが、私と二人でいるときはユメ様と話しているようにしてくださいませんか？」

つまりぶりっこをやめろと。そう言われてもなぁ。でも、シズマくんには最初から効いてなかったみたいだし、元々そんなキャラでもないからいっか。そこまで考えて軽い気持ちで了承すると、シズマくんはほっとしたように胸を撫《な》で下ろした。

こうして、シズマくんによるユメちゃん会議が週二回開かれることが決定したのである。いや、週二回も話し合わなくていいんじゃね？　と言ったよ。でも、妙《みょう》なやる気スイッチが入ったシズマくんは、やんわりと丁寧《ていねい》な口調で却下してくださいました。変なところで頑固《がんこ》だ。

「いやー、シズマくんって、十五歳くらいでしょ？　しっかりしてるね」

「そういえば、ハルカ様には年齢を言っていませんでしたね。私は今年で十三となります」

「……は？　じゅうさんさい？　中学一年生！」

「ちゅうがくいちねんせい？　聞きなれない単語ですが、そうです。十三です」

嘘だろ……確かに外人さんって小さい頃から背がにょきにょき伸びるけど、シズマくんはどう見ても中学一年生には見えない。大人びているし、私よりも頭良さそうに喋《しゃべ》るし、なんて言ったたって神殿のトップだ。権力のある美少年ってことですか、めっちゃハイスペック！

けれど、十三歳の少年にユメちゃんをあてがってもいいのかな……いいよね！　ここじゃ日本の法律は関係ないしね！　ユメちゃん、ごめん。保身に走る私を、どうかお許しください。

＊＊＊

そして次の日、講義が終わってから、午後はどうしようかとユメちゃんに相談したところ、鍛錬場《たんれんじょう》に行くとの答えだった。

どうやらミレイさんに遊びにおいでと言われたらしい。ユメちゃんってイベントのフラグを立てるのがうまいよなぁ。このままいくとミレイさんルート確定だと思いきや、彼女は鍛錬場《たんれんじょう》を見学したあとは、図書室に行って学者様と講義の復習をするのだとはにかむ。

つまり、本日は学者様、ミレイさん、学者様のローテーションだ。私なんか必須の講義を受け、ユメちゃんについていき、のうのうと出された食事を食べ、風呂に入って眠るくらいしかないのに。ユメちゃんが忙しいとくっついて回る私も忙しくなるので、できればもう少し部屋でゆっくりしてほしい。

「もう、ハルカさんってば、あんなこと言うから、講義はめちゃくちゃだったじゃないですか」

話の途中、眦《まなじり》を少しつり上げたユメちゃんが、責めるように言った。

実は、今日の講義は嵐のごとく荒れたのである。原因はもちろん私だ。昨日、課題として渡された厚い本について、学者様に感想を求められたのだ。

「だって、あれが正直な感想だったんだもん」

「……ええと、堅苦しくて面白味がない文章だった、でしたっけ……書いた本人に言っちゃうなんて」

「いや、作者名までチェックしていないしさー、怒ってたね。講義室を飛び出されなくて良かったよ」

「もう二度とごめんですからね。私達は救世主なんですから！」

まぁね。今回は私も悪かったと反省している。学者様スマン！

拳《こぶし》を握るユメちゃんは、救世主様として自覚しつつある。この前は礼拝堂で祈っていたユメちゃんが隣で淡く光り出して、マジでびびった。発光ダイオードでも呑み込んだの？　と心配したんだけど、違うらしい。シズマくんの説明によると、ミスティアーシャの加護を受けて光が宿ったのだとか。他にもユメちゃんの祈りにミスティアーシャが呼応しているとか言っていたけど、あまりにもファンタジーすぎて笑ってしまった。

天使のように輝くユメちゃんに、「蛍光灯いらんね！」と親指を立てたら、シズマくんに諌《いさ》められたのだけど。救世主様は親指を立てて笑わないらしいです。美化しすぎだって。

それ以来、ユメちゃんは世界を救う救世主様に向かって一直線だ。おかげさまで講義にも力が入っている。

「それにしてもミレイさんの鍛錬《たんれん》なんかさ、見て楽しい？」

「今日はミレイさんとイシュメルさんの模擬試合があるらしいんです。それを見に行こうかなって……それに神殿を守る騎士さん達のこと、私はよくわからないので、この機会に」

「ふぅん？　模擬試合なら退屈しなさそうだね」

「ええ、ハルカさんもどうですか？　あ、そうだ、三時にはシズマくんとお茶する予定なんです」

「模擬試合は見に行こうかな……でも、シズマくんとのお茶か……」

模擬試合はイベントの匂いがするので、乱入させていただこう。けれど、シズマくんにはユメちゃんとくっついてほしいから、お茶会については露骨《ろこつ》に邪魔もできない。

「お茶会、行きますか？」

ユメちゃんは私を見てにこりと微笑《ほほえ》む。そして「ハルカさんはお菓子好きですよねー」と言い出した。どうやら、彼女の中で一緒にお茶をすることは決定しているようだった。

でも、私としてはシズマくんにはしっかりユメちゃんを想ってほしいところだ。二人の恋の芽を摘むのはよろしくない。

「……んー、いや、模擬試合だけ見るよ」

「え？　行かないんですか？　でも、シズマくんが出してくれるお菓子っておいしいと思いますよ？　いいんですか？」

「いや、お茶は一人で適当にするから。それで、模擬試合ではどっちを応援するの？」

「どっちって……ミレイさんにもイシュメルさんにも頑張ってほしいかな、なんて」

苦笑するユメちゃんに、無難だねと返して一緒に鍛錬場《たんれんじょう》に行く。途中で騎士達とすれ違ったんだけど、その中にいたイースが私を見てすごいいやそうにしていた。なんだ、私がなにをしたっていうんだ。

到着した鍛錬場《たんれんじょう》では騎士達が剣をふるっており、むき出しの上半身には汗がきらきらと光っていた。はっきり言って女が踏み込む場所ではないし、私達を見つけた彼らは顔を赤くしてさっさと服を着てしまった。上半身といえど見られるのは恥ずかしいらしい。私もむきむき筋肉パラダイスなんて見たくなかったよ！

「やあ、ユメ！　……に、ハルカ」

「ミレイさん、イシュメルさん！　約束通り来ました。今日は楽しみです！」

「ハルカも一緒に来ちゃいましたぁ～！　頑張ってくださいにゃん！　ハルカ、二人の強いところが見たいなっ」

ばちこんとミレイさんにウィンクを投げると、彼の美しい顔が歪《ゆが》んで面白かった。イシュメルさんはというと、ただ頭を上下させて頷《うなず》くだけだ。

「ユメ、今日は応援してくれると嬉しいな。もちろん、君の声援に応《こた》えて勝利するよ」

「もちろん応援します！　……けど、イシュメルさんも頑張ってください」

「わかりました」

「妬《や》けてしまうね。君を独占したいんだけど、いつか了承してくれるかい？」

「え、え、あ、あの！」

ミレイさんがさり気なくユメちゃんに近づいて彼女の腰を取り、顔を覗《のぞ》き込む。イシュメルさんはその隣で黙って成り行きを見守るだけだ。赤くなったユメちゃんはミレイさんの腕を掴《つか》んで離れようとするけど、傍目《はため》には縋《すが》り付いているようにしか見えない。それを見て、男という生き物は縋《すが》り付く弱々しい女が好きなのだろうかと思考が飛んだ。

かつて元彼は「ハルカはさ……たまに俺より男らしいっていうか、強すぎるっていうか」とぼやいていた。当時は理解できなかったけど、今思えば、私は遠距離恋愛になったことを嘆《なげ》き、会いたいと電話すれば良かったのだろうか？

「ハルカさん？」

「ごめん、聞いてなかった」

名前を呼ばれてはっと我に返る。先に腰を下ろしていた彼女に手をひっぱられ、隣に座らされた。どうやらミレイさんとイシュメルさんの模擬試合が始まるらしい。やがてすぐに開始の合図が鳴らされた。模擬試合だというのに真剣を手にして打ち合う二人は、すさまじいの一言に尽きる。優雅ではないが、流れるように打ち合い、力強くぶつかり合う。男にしかできない剣技だと思う。けど、別に興味ないんですよね。ぼんやり鑑賞していたら、ミレイさんの剣の切っ先が私の鼻先ぎりぎりを掠《かす》めていった。

「やだ、ミレイさんってば！　手元が狂っちゃったんですかぁ？　へ・た・く・そ☆」

「ハ、ハルカさん、大丈夫ですか！　わあああ、前髪が！　ちょっとだけ切れてます！」

「いいよ、これくらいならね」

「よくないですってば！　え、あ、ひゃああっ!!」

私を心配してくれたユメちゃんは、こちらを覗《のぞ》き込もうと立ち上がった途端に転んだ。慌てていたため、長いスカートの裾を踏んづけてしまったらしい。そして、パンツが見えている。白くて眩《まばゆ》いパンツだ。

「ひ、ひ、ひぃやあああ!!」

「はい、隠した隠した。誰も見てない見てない」

「う、うわあああんっ！　どうして私ばかり！」

泣きべそをかくユメちゃんを宥《なだ》めるけど、パンツを見られたことがショックだったらしい。私だってこんな大勢の男の前でパンツを晒《さら》したら、ショックで部屋に籠《こも》るだろう。さっとあたりを見回すと、騎士達が頬を赤らめて目を逸《そ》らす。そして、この騒ぎで試合を中断したのだろう。ミレイさんがユメちゃんに寄って来た。

「ユメ、すまない。部屋まで送るよ」

「ううっ……ミレイさんも見たんですか！」

「そりゃね、可愛らしかったよ」

だめだ、そこは頷《うなず》いてはいけない。

「イシュメルさんも……？」

「……白い下着なら視界に入りました」

だめだ、そこも素直に答えてはいけない。

「み、み、皆さんも……見たんですか……!!」

「いいえ！　なにも見えませんでした！」

騎士達一同、首を横に振って否定したので、ユメちゃんは一応良しとしたらしい。目を赤くさせながら、今日のことは誰にも言わないでください！　とその場の全員に念押ししたあと、イシュメルさんとミレイさんに連れられて行ってしまった。いや、いいんですけどね。いいんですけどね。髪をちょっと切られた私は、どうしたら？

絶対にミレイさんわざとだよ、お前も呪《のろ》ってやろうか！

第三章　レイナード

パンツの一件以来、騎士達が彼女に注《そそ》ぐ視線の熱いこと熱いこと。お堅い神殿で女性のあられもない姿を拝《おが》んだことにより、彼らはユメちゃんに傾倒している。なんて単純なやつらなんだろう。まぁ、その調子で救世主様を守っていただきたい。

「……ええと、今のところ有力候補がミレイさんなんだよね。あ、でも学者様ともいい感じだわ」

ここに来てからの日課は、眠る前にユメちゃんと各攻略対象の関係を見直すことだ。今のところ、ユメちゃんはよくミレイさんのお誘いに乗っている。ミレイさんは隙《すき》あらばユメちゃんを誘うので、私は三回に二回は邪魔するようにしている。あと、学者様からもまた高い好感度を得ていると思う。何故《なぜ》なら、彼とは毎日のように講義で接触しているからだ。

けれど、シズマくんも負けてはいない。彼は忙しい身なのであまり話はできないみたいだけど、ここぞというときにユメちゃんを落としにかかっている。よくわからないけど、そうだと願いたい。願望だ！

そして、好感度が一番低いと思われるのがイシュメルさん。彼は基本的に喋《しゃべ》らず、愛想も攻めの姿勢もない。イシュメルさんはユメちゃんと二人になっても静かに立っているだけだし、そこにミレイさんが乱入してもなにも言わない。あっさり身を引いて去るか、ぼんやりとユメちゃんを眺めているだけだ。大丈夫かな……

「……喉が渇いたな……ちょっと飲み物を貰いに行こう」

いつになったら毒殺フラグが立つのか。もしやぶりっこのパンチ力が足りないのだろうか。もっと積極的に喧嘩《けんか》を売って、不興を買ったほうがいいのかも。

唸《うな》りながら部屋のドアを少し開けると、外で警備をしてくれている騎士二人のうちの一人と目が合った。おお、お前は。

「イース、いいところに」

「……なんで今夜に限って顔を出すんですか」

「水を飲みにいこうと思って。一緒に行くでしょ？　ほら、そしたらお礼にイースのささやかな幸せを祈ってあげるから」

「いらないです、激しくいらないです」

顔を青くするイースを見て、もう一人の騎士がくすりと笑い声を上げる。

「ああ、すみません。お二人が楽しそうだったので、つい笑ってしまいました」

そう言った彼はイースと同じくらいの身長なのに、横幅がないせいか、イースと比べて小柄に見えた。女性よりはしっかりしているけど、男性としてはかなり細身ではなかろうか。細くて薄っぺらい、そんな身体つきだった。騎士としてやっていけるんだろうか、この人。

「俺は楽しくない。まったくな……！」

「そうかな。まぁ、以前ハルカ様の祝福を受けたあと、イースは散々な目にあったからねぇ」

「……おい、レイナード」

咎《とが》めるような声を出したイースに、レイナードと呼ばれた騎士は楽しそうに肩をすくめた。

レイナードは目が覚めるほどの美形ではないけど、品のある整った容姿をしていた。すっとした眉のラインと涼《すず》やかな目元に、爽《さわ》やかな印象を受ける。通った鼻筋となめらかな肌が羨《うらや》ましい。男性的な顔立ちというよりは、やや中性的。また、少し暗めの金髪は肩甲骨のあたりまでの長さがあり、背中で緩《ゆる》く三つ編みにされている。

物腰の柔らかさから、貴族の出身ではないだろうかと思った。

どうやら救世主様の部屋は二人でお守りしてくださるらしい。ありがたいんだけど、身の危険があることを暗に告げられているようなものなので怖い。

「散々な目にあった？　なに？　不幸なことが起きたの？　すっごく聞きたい！」

「ハルカ様って本当に救世主様なんですか……」

人の不幸は蜜の味というじゃないか。まあ、でも、不謹慎《ふきんしん》だったね。今の会話をシズマくんに聞かれたら、叱られてしまうに違いない。救世主様のイメージを壊しちゃったかなぁとレイナードさんを見ると、彼は私に視線を向けてくすくすと笑いながら、好奇心が強いんだねと呟《つぶや》く。セーフのようだ。

「この間、礼拝にいらした貴族の財布が落ちていたのを、イースが拾ったんですよ」

「そうなんだ」

「ええ、それでお届けしたら盗まれたと騒がれまして……誤解は解けたんだけど、イースは泥棒呼ばわりされて、司祭まで出てくる始末だったんですよ」

「うわ、イースって運がないんだね」

可哀想にと彼を哀《あわ》れみの目で見れば、イースは深々とため息をついて私を睨《にら》みつけてきた。不敬罪に当たるぞ不敬罪に。

「他人事《ひとごと》のように言わんでくださいよ！　ハルカ様が俺に祝福を授けたんでしょうが！」

「そんなことあった？」

「ありましたよ！　お金を拾うようにって言ったでしょ！」

「あ、あー……ハイハイ、あれね。良かったじゃん、お財布拾えて！」

どうやら私の祝福は斜め下の結果になるらしい。まさか自分にそんな力が発現するなんて。ぼそりと付け加えると、イースはなにかを堪《こら》えるように拳《こぶし》を震わせ、レイナードさんは笑いを隠すことなく、目じりにシワを寄せている。

「ハルカ様は随分と面白い方ですね。噂がまちまちなので、どんな方かと思っていました」

「救世主には向いてないと自分でも思いますよ……ええと、レイナードさん？」

「どうぞレイナードとお呼びください。イースのことも呼び捨てにしているようだし。それに、私はハルカ様と同い年なんですよ」

レイナードがよろしくお願いしますと口にし、にっこり笑いながら手を差し出してきたので、快《こころよ》く握手を交わす。

それにしても本当に私と同い年なの？　シズマくんが十三歳だってことにも驚いたけど、こっちにもびっくりした。どう見ても年上のお兄さんだよ。

二人と少し会話したあと、水を貰いに行くため三人で廊下を歩く。夜更《よふ》けなのでもちろん人はいない……と思ったら話し声が聞こえた。なんだろうと耳を澄ますと、中庭のほうからである。中庭には池があって、睡蓮《すいれん》が見事に咲き誇っている。池のほとりには東屋《あずまや》が設《もう》けられていて、声はそこから聞こえた。

「……うわっ、シズマくんだ……それとユメちゃん」

「どうやら泣いているみたいですねぇ……慰《なぐさ》めに行きますか？」

「よし、イースよ……行け」

「絶対に行きませんからね、あの空間に割り込めるわけないじゃないですか」

イースのもっともな意見に心の中で同意する。無茶振りはしたけれど、いかに恋愛イベントクラッシャーの私だって、今の東屋《あずまや》に突撃はできない。なにしろ、泣いているユメちゃんをシズマくんが抱き寄せているのである。

「ハルカ様、今日は邪魔しに行かないんですか？」

「今回は無理。普段からユメちゃんに近づく者は牽制《けんせい》しているけど、あれはちょっと……相手が怖いし」

「怖いって、シズマ様はよくできたお人じゃないですか」

「だから怖いんだよ……ナイフで刺されたらどうするのよ」

「ナイフで？　司教様が？」

意外なことを聞いたと言わんばかりのレイナードに真面目に頷《うなず》くと、彼は小首を傾《かし》げて「そうは見えませんけどねぇ」とシズマくんを遠目に眺める。一見そうは見えないからかえって怖いんじゃないか。でもよく考えれば、私がナイフで刺されることはないのかもしれない。

だって、ナイフで刺されるのはバッドエンドだし、その相手ってヒロインのユメちゃんだし。

あれ？　そう考えるとシズマくんって怖くない……？

「……私、なにに怯《おび》えていたんだろ……そうだよね、冷静に考えれば私が刺されるはずないし……むしろ私なんか藁人形《わらにんぎょう》を作って釘を打ち込もうと思ってたくらいだし……」

「わらにんぎょう？」

「相手を呪《のろ》うときに使う人形です」

「ハルカ様は物知りだねぇ」

そう感心しながらレイナードが私の頭を撫《な》でる。するとイースがぎょっとしたように私達を見た。いや、構わないよ。それにしてもレイナードって、結構いい性格をしているのかもしれない。おっとりしているというか、動じないというか。

そのあと厨房《ちゅうぼう》で水を一杯貰ってから、ユメちゃん達と鉢合《はちあ》わせするのも気まずいという理由で、少しだけお喋《しゃべ》りをして戻ってきた。そしたら私の部屋の前に佇《たたず》む白い人影が見えるではないか……！　よく見たら、寝間着用なのか、白いローブをラフに纏《まと》ったシズマくんだったんだけどね。人生で初めて幽霊と出くわしたかと思った……！

「ああ……おかえりなさいハルカ様。随分と遅い時間にお出かけなさっていたんですね」

「すみませんでした」

「いえ、咎《とが》めているわけではありません。けれど……護衛をつけているとはいえ、夜間の外出はお控えください」

「はい、すみませんでした」

素直に謝りながらも、どうしてシズマくんがここにいるんだろうと思った。それが顔に出ていたらしい。シズマくんは困ったように小首を傾《かし》げ、ユメ様が部屋を抜け出していたので、こちらにも来たのだと告げた。なるほどと頷《うなず》けば、シズマくんは眉を八の字にして、ユメ様のことでお話をしたいのですと切り出す。

「でも、もう夜も遅いので明日……午後三時頃にでもお時間を頂《いただ》ければ嬉しいのですが」

「うん、わかった。じゃあ、三時ね……シズマくんの執務室に行けばいいのかな？」

「申し訳ありませんが助かります。ではお待ちしています」

丁寧《ていねい》に頭を下げたシズマくんに「おやすみー」と軽く手を振ると、彼はちょっと驚いたように目を丸くする。そして少し考えるようにしたあと、ふんわりとした笑みを浮かべて私の手を軽《かろ》やかに取った。

手の甲に、シズマくんの額をこつんと押し当てられる。柔らかくうねったハニーブラウンの前髪が肌をくすぐり、同時に甘い匂いが香った。

「おやすみなさい。ハルカ様に安らかな眠りが訪れんことを」

彼がそう言って手を離す直前に、私の指先に当たったのは、ふにふにしていて、マシュマロのように柔らかな唇……。スキンシップに慣れていない日本人に、なんてことをするんだ。確信犯なわけ……ないよね？

美少年だとは思っていたけど、こんなセリフも様になってるし、その笑顔は反則だ。

普通の挨拶《あいさつ》ひとつでこんなに喜ばれるなら、最初から友好的にしとけば良かったかな。

シズマくんは私が部屋に入るまで動かないつもりらしいので、イースとレイナードにもおやすみと告げてから、ドアの内側に引っ込んだ。二人にさっきのを見られていたと思うと恥ずかしくて、ドアを閉める直前、照れ隠しにシズマくんの真似をして、イースに良い夢を見ますようにとささやかな祝福の言葉をかけてやった。

さて、吉と出るか凶と出るか。結果は後日、イースに尋ねてみようと思う。


「ハルカ……お前が本当に救世主様なのか、修道士や修道女から疑問の声が出ているらしいな……」

その次の日の講義室。こめかみをぐりぐりと押さえながら小言を並べる学者様に、私だってどうして選ばれたのか自分でも不思議だと、真面目な顔をしつつ、ふざけた口調で返した。

思うんだけど、救世主なんてユメちゃんだけで充分じゃないですか。だって、私は途中で惨殺《ざんさつ》か毒殺により排除《はいじょ》されてしまうわけで。つまり——私が祈らなくても澱《よど》みとやらは祓《はら》えるということだ。

「あーあー、早く帰りたいなぁ……」

「聞いているのか！」

「学者様うるさいですよぅ～……えーなになに？　本当に救世主様なのかでしたっけ？　ハルカにわかるわけないじゃないですかぁ、知りませんよ、そんなの」

「……お前には自覚と責任感が微塵《みじん》も感じられん！　僕から直々に司教様に提言してやろう！　お前を即刻、元の世界に帰すようにな！」

とうとう学者様がぶちぎれた！　ありがとうございます！　その言葉を待ってました！

本で教卓を叩いた学者様は、顔を真っ赤にして講義室を出て行こうとした。今日はボイコットだなと呑気に見ていると、ユメちゃんが学者様の腕を引いて止めてしまう。いいところだったのに。そこは止めちゃいけないでしょう。

「ハルカさんは不真面目な態度だけど、根はちゃんと真面目なんですよ！　そうは見えないかもしれないけど！」

「フォローになってないぞー」

「ハルカさんは黙ってください！」

小声で言った途端、ユメちゃんにものすごい形相で睨《にら》みつけられたので、口を閉じて大人しくすることにした。はっきり言って、ヒロインの顔じゃなかった。

「そうは思えないな。大体、学者様という呼び方も僕を馬鹿にしているのだろう？」

「そ、それは、そう聞こえますけど……」

ユメちゃんのフォローは、むしろ、学者様の私への不信感を煽《あお》っている。彼は一旦落ち着いたものの、その眉間に刻《きざ》まれたシワは深い。よっぽど「学者様」と呼ばれるのがいやなのだろう。でも、そう言われても仕方ないじゃないの。

「だって、学者様の名前を知らないもん」

まだ一度も自己紹介されてないし、みんな高名な学者様と言うばかりだ。ユメちゃんだって先生と呼んでいるのに……私だけが悪いわけじゃないと思うんだけど、いかがだろうか。

そんなことを考えていると、学者様は驚いたように目を見開いた。

「は？」

ユメちゃんもまた、目をぱちくりさせて言う。

「え？　えぇーと、そういえば、自己紹介の機会を逃《のが》して、私も図書室で聞いたくらいですし……」

「……つまり、礼を欠いたのは僕のほうだったのか。すまない。確か本の著者名も読んでなかったと言っていたな」

あまりの事態にあっけに取られた学者様は、気まずそうに謝罪してくれた。そして、僕は自己紹介もしてなかったのか……と一人ごちる。どうやら研究ばかりしていて、対人スキルを磨いてこなかったようだ。まあ、聞かない私も悪いが。

「ブレラだ。神殿とミスティアーシャの研究をしている、王都の学者だ」

「……はぁい、呼び捨てでいいよね？　ブレラ？　ハルカはハルカですぅ」

ぶりっこをしながら返せば、ブレラはいやそうに、なんで一人は優秀なのにもう一人はイマイチなんだとため息をついた。おい、イマイチって私のことか。そんなにぶりっこが嫌いか。上等である。

そしてどういうわけか、ブレラはシズマくんに、私を元の世界に帰すよう提言をするのをやめたらしい。すっごく残念。


その日の午後はユメちゃんにひっついて神殿のお掃除をし、イシュメルさんの上に落っこちたユメちゃんが胸を鷲掴《わしづか》みにされるのを眺めた。思うんだけど、イシュメルさんとユメちゃんが顔を合わせると、高確率でなにかが起きる。しかも、ラッキースケベという類《たぐい》のハプニングが。顔を真っ赤にしたみんなの救世主様に、顔色ひとつ変えないイケメン。これが現実じゃなければ楽しめたのになぁ。

「あ、ユメちゃん……もしもだけど」

お掃除が終わった直後、私は片付けをするユメちゃんに話しかけた。

「はい？　なんですか？」

「もしも辛かったら、話だけでも聞くからね。なんていったって……ユメちゃんと私は同じ世界の人間なんだし。私は我慢しないで帰りたいって言ってるけどね、ユメちゃんも言いたいことを言っていいと思うよ」

昨夜、泣いていたという彼女の頭を撫《な》でると、大きな目をうるうると潤《うる》ませたユメちゃんに抱き付かれた。

「ありがとうございます……ハルカさんがいてくれて良かった……今度、お互いの話をしませんか？　家族や友達について」

「いいよ。じゃあ、私の部屋に泊まりにおいでよ」

「……行きます！」

目じりの涙を拭《ぬぐ》ったユメちゃんは嬉しそうに笑ってくれた。家族や友達の話くらいならするよ。なんなら元彼と元女友達の話だってしてやろう。ユメちゃんがやめてと頼み込むまでしてやる。

ユメちゃんと別れたあと、約束の時間にシズマくんのもとへ向かう。司教の執務室に続く階段や廊下ですれ違った皆さんに軽く挨拶《あいさつ》をし、これから三時のお茶をたかりにいくと話すと苦笑を返された。修道女からはスコーンを、騎士からは花を貰ったんだけど、みんなの視線がすっごく生あたたかい。おっさんの修道士からは「あんまりシズマ様の邪魔をするなよ」と頭をわしわしされた。

皆さん、私をいくつだと思っているんですか。

「お……イース！」

「……シズマ様のところに来たんですよね、わかってますよ、どうぞ」

執務室の前で扉を守っている騎士は、見慣れた平凡顔のイースだった。気安く声をかけたものの、いやそうな表情をされる。イースの眉間に刻《きざ》まれたシワの深さはブレラ並みで、マッチを挟んでも落ちないいんじゃないだろうかと思う。ぜひやってみたい。けれど、この様子ではぶちぎれられそうだ。もしかしたら私がかけた祝福によって、「イイ夢」が見られたのかもしれない。夢の内容はあとで詳しく聞くことにして、ご機嫌斜めのイースに手を振ってから、シズマくんの執務室に入る。

「やっほー、シズマくん？」

「ああ、ハルカ様。どうぞこちらに」

立派な椅子に座り、大きな机に向かっていたシズマくんは、書類になにかを書き込んだあと、私をソファに案内してくれた。ソファの前に置かれた赤い艶《つや》のあるテーブルには、ポットとカップがふたつ用意されている。シズマくんは紅茶をカップへ注《つ》ぎ、あらかじめ用意していたケーキを出してくれた。ドライフルーツとナッツがたっぷり入ったケーキは、小さいながらも食べ応《ごた》えがありそうだ。

「お茶、淹《い》れさせちゃってごめんね？」

「慣れていますから大丈夫ですよ」

シズマくんは私の座るソファではなく、横にスツールを置いて座り、お茶の世話をしてくれる。十三歳の男の子にお茶を注《つ》がれケーキを出される大学生の図は、情けない気がする。

と言っても、おいしい紅茶の淹《い》れ方なんてわからないしなぁ。

「どうぞ、ハルカ様」

「ありがとう……おいしいよ。こういうの、いつも食べてるの？」

「いいえ、今日はハルカ様がいらっしゃるので特別に用意してもらったんです。ところで、その手にお持ちのものは？」

「花とスコーンだよ……貰ったはいいんだけど、部屋には花瓶もないしなぁ」

「用意させましょうか？　花がお好きでしたら毎日届けますよ」

それは困る。花は嫌いじゃないけど、毎日貰えるからいいってものでもないだろう。

やんわり断ると、シズマくんは私の手元にある花をじっと見た。白と紫の可憐《かれん》な花は一見しただけで野の花だとわかるけど、その素朴《そぼく》さは嫌いじゃない。

「シズマくんは花、好きなの？」

「好きですよ。その花、騎士から貰いましたね？」

「そうだけど。なんでわかるの？」

「鍛錬場《たんれんじょう》の裏に咲いていますから……ハルカ様が慕《した》われているようで、私としても嬉しい限りです。もしかしてそのスコーンも誰かから？」

「これは通りすがりの修道女の子から」

「そうですか」

にっこり笑ったシズマくんはそっと私の手から花を取り席を立つと、すぐに戻ってきた。彼がいたほうを見ると、水の入ったグラスに花がいけられている。心なしかぐったりしていた花が生き返ったようだ。ありがとうと言うと、シズマくんは柔らかく目を細めて、可愛らしいですねと呟《つぶや》く。

彼の視線は明らかに私に向けられていて、ちょっとだけ身体が熱くなった。違う違う、勘違いしちゃいけない。シズマくんは私に言ったんじゃないから。

「そうだね、可愛い花だね。ケーキ、食べてもいい？」

「ええ、どうぞ」

くすくす笑うシズマくんと目を合わさないようにしながら、ケーキを小さくカットして口に運ぶ。あ、おいしい。ドライフルーツはブランデーに漬けられていたのだろう。ふわりと芳醇《ほうじゅん》な香りが広がり、弾力のあるフルーツとナッツの香ばしさが口の中で絡み合う。

「おいしいですか？」

「うん、とてもおいしいね。うわあ、こんなの食べてもいいの？　贅沢《ぜいたく》じゃないかな……」

「今日は特別ですから大丈夫ですよ。よろしければ私の分も召し上がりますか？」

「え……いや、いいよ。年下の子からおやつを取り上げられないし」

一瞬だけ頷《うなず》きそうだったけどね！

そういえば、肝心のユメちゃんの話はいつするのだろう。私からもシズマ君に聞きたいことがあるんだよね……先に聞いちゃおうっと。

「あのさ、聞きたいことがあってね。その……元の世界に戻るためのさ、方法ってあるよね？」

「はい、ありますよ。ミスティアーシャの加護が戻れば、救世主様を送り出します」

「ふぅん？　それで、その方法って具体的には？」

「……具体的にですか？　失礼ですが、どうしてそのようなことをお尋ねになられるのです？」

いつも穏《おだ》やかなシズマくんの声のトーンが下がった。もしかして聞いちゃいけないことだったのかな。不安になって見つめると、彼は顔をしかめている。

「……ハルカ様に怒っているわけではないのですよ。確かに、具体的な方法を知りたいと思うのは道理です。ですが……あまり教えたくありません」

「どうして、って聞いてもいい？」

「その様子では教えずとも調べるおつもりですね。仕方ありません……薬なんですが……特別な薬でとても高価です。それに、本来は人を殺すための毒薬ですから、救世主様に呑んでいただく場合は細心の注意を払います」

それはわかっているので、その入手方法が知りたい。でも、そこまで聞いたらだめかなぁ。

「ええと、その薬を持ってるようなお偉いさんが、私達に毒を盛る可能性とかは……」

「絶対にさせません。万が一そのようなことがあれば、私の権限で犯人を異端審問にかけます」

異端審問ってなに!?　やっぱりシズマくんって怖い！

私がひっと身体を離したら、シズマくんは我に返ったらしく、いつもの柔らかな顔つきになった。そして眉を下げて唇を引き結び、項垂《うなだ》れる。しょぼんとしたわんこのようなシズマくんに先程までの恐怖心が薄れ、うっかり彼のハニーブラウンの髪に手が伸びてしまった。いつも柔らかそうだと思っていたけれど、こうやって指で触れると、まるで絹糸《きぬいと》のようだ。絡まることなく指が通る。いやがられるかと思ったけど、シズマくんは大人しく私に撫《な》でられていた。

「……ハルカ様が心配なのです」

「そうかなぁ、私は帰れるなら嬉しいけど」

「はい、それは承知していますが……ハルカ様、私が必ずお守りします。けれど、もしあなたになにかあったらと思うと、不安で仕方がないのです」

そう言われても、私は薬を呑んで元の世界に帰るという希望以外、なにも浮かばない。

しかし一応、神妙に頷《うなず》いておいた。

「申し訳ありません、怖がらせてしまいましたね」

「大丈夫だよ」

「……ところで、ハルカ様はイースとレイナードと仲が良いそうですね。聞けば、レイナードとは同い年だとか。やはり、同い年とは話しやすいものでしょうか？」

「レイナードはのほほんとしたところがね、話しやすいっていうか。でも、最初は年上だと思ったよ」

「イースは年上でしたね」

「平凡な顔が落ち着くんだなー、ユメちゃんの周りってイケメンばかりだからさー」

「なるほど……年齢は関係なく交友関係を築いているのですね」

同世代のほうが話しやすいのは確かだけれど、この世界ではユメちゃんが一番話しやすい。なんというか……彼女は同じ世界から来た子だし、常識人だから好きだ。

あれこれと神殿での暮らしを答えるうちに、いつの間にか趣味の話になった。シズマくんは天体観測が好きらしい。

「仕事が夜遅くまでかかりますから……気分転換に星を見るんです」

「そうなんだ。じゃあ今度、ユメちゃんも誘って一緒に天体観測しようよ」

快《こころよ》く了承してくれたシズマくんに、にんまりしてしまう。天体観測をセッティングしたら、私はトンズラしてユメちゃんと二人きりにしてしまおう。天体観測かー。小学生の頃にあった自然教室以来やってないよなー。ユメちゃんも楽しみにすることだろう。

そして、今日はここでお茶会は終わりとなった。お茶もケーキもおいしかったし、シズマくんとは年齢差を感じないくらい楽しい会話ができた。それに、薬を呑めば帰れることが確実だとわかったし、収穫は大である！

るんるん気分で執務室を出た私は、自分の部屋に戻って、ユメちゃんは今頃なにをしているかなーって考えたところで、あることを思い出した。

あれ？　ユメちゃんの話をするために呼び出されたんじゃなかったっけ？　ユメちゃんの話、まったくしてないんですけど。もしかして、私が話を脱線させたからかなぁ。シズマくんは気を遣って切り出せなかったのかもしれない。私のほうがお姉さんだというのに情けない。今度はこちらからユメちゃんの話を振ろう。

第四章　救世主のお仕事

この世界では月に数回、礼拝の日が設《もう》けられている。今日はその日で、朝から修道女に叩き起こされ、祭祀用《さいしよう》のワンピースに着替えさせられた。

白い清楚《せいそ》なワンピースは首元まで覆《おお》うデザイン。袖は指先がかろうじて出るほどに長く、スカートも足首まで隠れるほどの丈《たけ》だ。顔は、ワンピースの上から羽織《はお》ったローブのフードで隠している。真夏には着用を遠慮したい代物《しろもの》だ。

「今日は動物園の日かぁ」

「動物園？　そんなもの、この世界にありましたっけ？」

「いや、礼拝の日を動物園の日って呼んでるのよ」

礼拝堂に向かう道中、私の一人言に反応したユメちゃんは、きょとんとした顔をしている。意味が理解できなかったみたい。

私がどうして礼拝の日を動物園の日などと呼んでいるのかというと、礼拝に来た貴族や庶民の皆様が、動物園の珍獣を見物するがごとく、私達に熱視線を向けるからである。

ブレラの講義がないのは嬉しいけど、正直言って礼拝の日ってあまり好きじゃない。

そして本日も祭壇《さいだん》の向こうにシズマくんが立ち、祭壇《さいだん》を挟んだ正面に私とユメちゃんが並んで座り、礼拝が始まった。見物人達からの視線を痛いほど感じる。

頭《こうべ》を垂れて敬虔《けいけん》そうなポーズをしていると、シズマくんの柔らかな声が聞こえてくる。彼は人々に向かって、ミスティアーシャの加護がなんたらとか、澱《よど》み多い世を憂《うれ》うけれども光が必ずどうたらとか話していた。申し訳ないけれど、話は右耳から左耳に抜けていく。うっかりすると眠ってしまいそうだな。気をつけよう。

「さぁ、皆様。祈りを捧げてください」

その声を合図に、礼拝に来た全員が両手を組んで、大精霊ミスティアーシャの素晴らしさを讃《たた》えて加護を乞《こ》い始めた。ミスティアーシャを実際に見たことがないのでなんとも言えないけど、乙女ゲーム世界の神様だし、おそらく美形に違いない。あと、歴代の救世主様は全員女性らしいので、ミスティアーシャは男嫌いなのだろう。その精霊様にお願いしたいのは、私を現代に帰すこと。そのためにも、さっさと起きてほしい。

どうぞ、起きてください。この国は季節などないらしいけれど、日本にはもうすぐ春がきます。眠りこけている場合ではないのです。ここで燻《くすぶ》っている私ではないのです。

一心不乱に起きろ起きろと念じていると、「おお～」というどよめきが背後から聞こえた。とうとう私も光ったのかと思いながら目を開けば、隣のユメちゃんが前回よりも強く輝いていた。そのファンタジーな光景に、つい苦笑を浮かべてしまう。

そして、礼拝が終わったあと、ざわめきの中そそくさと自室に戻る。

自室に引っ込んですぐ、最近仲良くなった修道女の子に着替えを手伝ってもらった。この祭祀用《さいしよう》のワンピース、背中にずらりとボタンが並んでいて、一人では着替えができないので不便だ。どうしてこんなデザインを採用したのだろう。なんて思ったけどね、忘れていたよ、『マイン・リピト』がR指定だったことを。一人で脱げないワンピースって絶対になにかのフラグですよね、わかります。

「ハルカ様？　顔が青いけどどうかした？」

「重要なことを思い出したんだけど、肝心なところがわからないのよ」

「はぁ、そうですか」

着替えを手伝いつつ、私の背後で適当な相槌《あいづち》を打つ修道女はエミリアという。彼女は神殿に入って二年目になるそうだ。鼻がつんとしていて、眦《まなじり》がきゅっと上がった猫目の美人さんだ。彼女いわく、神殿にいる修道女の半数は行儀見習いのいいとこのお嬢さん達らしい。修道士達も似たようなもので、神殿はお見合いの場も兼ねているのだと教えてくれた。神聖な場所で異性を狩り合っていると知って、人間って罪深いねと思わずミスティアーシャに同情してしまう。

「エミリアは誰か狙ってるの？」

「ううん。あたしはお目付け役っていうの？　お父様が仕えている屋敷の坊ちゃんがここにいるの」

「それで変な虫がつかないか見てるんだ？」

「そんなとこ。坊ちゃんのことは話さないからね」

チッ。いい話のタネだと思ったのに。でも、エミリアが見張っているのが男で、金持ちだってことはわかった。わざわざ従者の娘を神殿に入れて見張らせるくらいだから、よっぽどぼんやりしているか問題児なんだろうなぁ。絶対にかかわりたくない。

着替え終わると、タイミング良くノックの音がした。エミリアが扉を開ければ、来訪者はシズマくんとイシュメルさんだった。

「本日の神々《こうごう》しいお姿に、礼拝に来た皆様も感心していらっしゃいましたよ」

「わぁ嬉しい！　ハルカには朝飯前ですよぉう！　それで、イシュメルさんと二人でどうしたんですか？」

イシュメルさんには、無駄だけど一応ぶりっこを続けている。

「はい。そろそろユメ様とハルカ様に森の澱《よど》みを祓《はら》っていただこうと思っていまして……そんなに心配なさらずとも、難しいものではありません」

「……ええとぉ、それって辞退できないよねぇ？　うん、わかったぁ、ユメちゃんが一緒なんだよね？」

「大丈夫です……必ず守ります」

不安が顔に出ていたのか、珍しくイシュメルさんが喋《しゃべ》った。驚いたことに、その発言にはお砂糖のような甘さが含まれている。守るって私をイシュメルさんが守るんですか？　いつの間にそんな甘いセリフを言えるように……！

でもね、私、無理だから、イシュメルさんとくっつくわけにはいかないんだからね。

大きく息を吸い込んで、お前は恋愛対象外宣言をしようとしたら、赤い瞳の彼は言葉を続けた。

「ですから、お好きな者を連れて行ってください」

「……ちょっと待って。オーケイ、それは私から指名して護衛にしていいってこと？」

「はい。護衛として二名、ユメ様にも選んでいただいています」

よくわからないな。

少し頭の中を整理することにしよう。救世主様の初仕事で、森の澱《よど》みを取り除くってことは、きっとイベントだ。ゲームのヒロインにとって、お近づきになりたい攻略対象の好感度を上げるチャンスになる。おそらくゲームではシズマくん、ミレイさん、イシュメルさん、ブレラの四人から一緒に行きたい二人を指名するのだろう。

まぁ、これはゲームの話である。私としては攻略対象と認定した四人とは、イベントに参加したくないのが本音だ。それにイシュメルさんはお好きな者をと言っていたので、ここはゲームにとらわれず自由にしようと思う。幸運なことに、顔見知りの騎士がちょああもう。イシュメルさんが紛《まぎ》らわしいことを言うから焦ってしまった。少しだけ速くなった鼓動を落ちつかせるために、意識してゆっくり喋《しゃべ》る。

「……参考までになんですけど、ユメちゃんは誰を連れて行くんですかぁ？」

「ユメ様にはミレイ様とブレラ様が付きます」

「……ブレラ……？　学者なのに護衛できるんだ……？」

「それはわかりかねます」

正直に答えたイシュメルさんに、シズマくんは苦笑いを浮かべる。そして「ミレイがいれば大丈夫でしょう」と言い切った。ミレイさんはやはり強いらしい。模擬試合を見たときも強そうだとは思ったけど、武道の心得のない私には、その強さがどのくらいなのかわからなかった。でも、シズマくんが言うなら問題ないだろう。

「森の中は安全なほうだってぇ、聞いたんですけど？」

「はい、神殿に近い分、澱《よど》みも少ないはずです。ですから……万が一がない限り、お怪《け》我《が》をされることもないと思いますよ」

「……わかりましたぁ、じゃあ、イースとレイナードを連れて行きまーす」

「ではその二人を手配しましょう。出発までになにかあれば、遠慮なく執務室をお訪ねください」

シズマくんはそう言って頭を下げて、イシュメルさんと一緒に去って行った。

「ハルカ様もようやく救世主様らしいことをするのね」

「祭壇《さいだん》前で光ったほうが良かった？　今日は真面目にお祈りしたんだけど」

「なに言ってるの？　ハルカ様も弱々しいけど光ってるじゃない」

「……うっそ！　本当に？　私も光ってるの？　人間じゃなくなったの⁉」

「ユメ様に失礼よ。ミスティアーシャの加護があるって証拠でしょ。でも、ユメ様もまだシズマ様には及ばないわね」

「シズマくん？」

どうしてシズマくんの話になるのだろう。首を傾《かし》げる私を見て、エミリアは眉をひそめる。

「自分が養ってもらっている神殿のトップのことくらい知っておきなさいよ」

「すみません」

「……まぁ、いいわ。シズマ様もミスティアーシャの加護を受けているの」

「シズマくんが……？　あ、だからあんな若いのに一番偉いんだ」

それを聞いて納得した。ブレラの講義によると、加護を受けた人間は強制的に神殿入りらしいから、神殿での待遇も厚いのだろう。エミリアいわく、シズマくんは破格《はかく》の加護を受けており、彼が祈りを捧げる際にその身から放《はな》つ輝きは、清らかで鮮烈《せんれつ》なのだという。それにしてもショックだなぁ。私も光るのか……いつの間にか人間蛍光灯デビューしていたみたい。

＊　＊　＊

森の澱《よど》みを祓《はら》う予定日の早朝、エミリアが私の部屋にやって来て、祭祀用《さいしよう》のワンピースへの着替えを手伝ってくれた。

これが救世主様スタイルってのはわかるけど、白いワンピースで森に行ったら汚れるだろう、絶対。そんな心配事をエミリアに零《こぼ》したら、そういうところが庶民よねと言われた。その上、「ハルカ様が洗濯するわけじゃないんだからどうだっていいじゃない」と心に刺さることも言われたので、「洗濯じゃなくたって手伝いくらいするよ！　なんならじゃがいもの皮剥《かわむ》きだってやってやる！」と宣言する。だけど、エミリアは素っ気なく受け流して、着替えの終わった私の背中を押した。クールです。

「じゃ、いってらっしゃい。さっきから迎えが待ってるみたいだから」

「あ、はい。いってきます……おお！」

エミリアがドアを開けると、そこにはイースとレイナードが並んで立っていた。二人とも森を馬で駆けるのにふさわしい格好をしている。外套《がいとう》なんかつけちゃってさ。馬で走るとき、絶対かっこいいに決まってる。

私が驚いていると、レイナードが笑顔で口を開いた。

「おはようございます、ハルカ様。本日はお供させていただきます」

「おはよう、レイナードにイース。突然でごめん……好きなやつ選べって言われたから」

「大丈夫ですよ、二人でハルカ様をお守りしますから」

朝から爽《さわ》やかなレイナードにありがとうと微笑《ほほえ》みかけて厩舎《きゅうしゃ》へ向かい、ユメちゃんと合流。そこには彼女の他、シズマくんとイシュメルさん、ミレイさんにブレラがいた。結局、攻略対象が全員大集合している。みんな、そんなにユメちゃんと一緒にいたいのだろうか。

「わああ、皆さんお揃《そろ》いでぇ。今日はよろしく、ミレイさんにブレラ！」

顔を合わせてすぐウィンクを投げれば、ミレイさんは顔を背《そむ》け、ブレラはお前は朝の挨拶《あいさつ》もまともにできないのかと小舅《こじゅうと》のように怒り出した。心なしか、ブレラの尻尾みたいにきゅっと結ばれた後ろ髪が逆立っているように見える。

「ユメちゃんもおはよう。初仕事、頑張ろうね。シズマくんによればちょろいらしいから、さっさと行って帰ってこよう」

「……ハルカさん……本音は隠しましょう？」

「みんなの不安を早く取り除こう」

胸に手を当て空をきりりと見上げると、ユメちゃんは呆れたような視線をくれた。けれど、肩から力が抜けたみたいだ。もちろん、呆れ顔はブレラやミレイさんからも頂《いただ》いた。ここでも無表情なのはイシュメルさん。絶対にこの人の前で一発芸はやらない。

「では、行こうか」

ミレイさんの一声で神殿を出発することになった。用意された馬の数は人間の数より少ないけど、もしかして相乗りしないといけないんだろうか。

「ハルカ様は私と一緒に」

レイナードがスマートに私の手を引いて、灰色の馬の背中に乗せてくれた。一人でも乗れるんだけどなぁ。ま、いっか。

そして、シズマくんとイシュメルさんに見送られて、森の奥へ向かう。ユメちゃんはと言えば、ミレイさんと相乗りすることになったらしい。このまま二人一組の法則でいけば、まさかブレラとイースが一緒に乗るの？　と思っていたら、別々に馬に跨《また》がったのでほっとした。

出発後、手綱《たづな》をレイナードに任せながら揺れる馬上で景色を楽しんでいると、背後でくすくすと笑い声がする。

「ハルカ様とユメ様は印象が違うけど、こうして見ると、やはり同じ世界の人なんですねぇ。物珍しげに周りを見ているところがそっくり」

「そう？　ユメちゃんのほうが可愛げあるよ」

「まぁ、ユメ様は素直な方ですからねぇ」

馬上にいるため振り返ることができず、横を向いたまま言葉を返す。揺れる視界には木々が枝葉を広げ、朝露《あさつゆ》に濡《ぬ》れた森には土や草の匂いが立ち込めている。今日は生憎《あいにく》の曇《くも》り空。雲の隙間から淡い光が注《そそ》いでいるけれど、森の奥までは見通せない。以前、ミレイさんのイベントを潰しにやって来たときは、鳥達の声が聞こえていたのに、今はしんと静まり返っている。これが澱《よど》みの影響だろうか。

「レイナードはユメちゃんに興味があるの？」

「どうでしょう。話をしたことがありませんからねぇ……ああ、でも、ユメ様はみんなに好かれているようで」

「そっか。なら、ユメちゃんはこっちでやっていけそうだね」

良かった。彼女を盾にして暮らしている上、先に元の世界に帰るつもりの身としては、ミスティア国に馴染《なじ》んでもらったほうが心は痛まないし、都合がいい。ミレイさんは明らかにユメちゃんに好意を抱いていて、最近はブレラもユメちゃんを熱く見つめている。シズマくんだってなにかとユメちゃんを気にかけているんだけど、それと同じくらい私にも声をかけてくれる。週に二回のお茶会の話題の中心は、私とユメちゃんがなにをして過ごしたか。まぁ……ユメちゃんの趣味嗜好《しこう》に関する情報を提供しているんだけど……同時に私の趣味嗜好《しこう》も聞き取られているような気はしている。ユメちゃんの話をしているはずが、いつの間にか、私とシズマくんの話になっているのだ。気をつけてはいるんだけどなぁ。

あとはイシュメルさんだけど……あの人のことだけはどうすることもできないので、ユメちゃんに頑張ってもらおう。

つらつらと考えていると、ふいにレイナードに質問された。

「そういえば気になっていたんですよ、あのような口調はどうして？」

「ぶりっこのこと？　あれはね……ミレイさんとブレラの神経を逆撫《さかな》でしたいから！」

「……それは、効果的ですねぇ」

「そうだ、あとでレイナードにユメちゃんを紹介するね。良い子だよ」

手綱《たづな》を握るレイナードの手首は細くて、おまけに指もほっそりしている。男性らしく筋張《すじば》ってはいるけど。何気なく見ていたら、彼の袖口から覗《のぞ》く手首に、白いものが巻きついているのに気がついた。

「レイナード、怪我《けが》でもしているの？　包帯が」

「ああ、手首の筋《すじ》を痛めないようにサポートをしているんです」

そう言ってすぐ、レイナードは「みっともないですからねぇ」と服の袖を伸ばして隠してしまった。ちらりと見えた肌は赤かった。包帯が合わないいんじゃないかなぁ。

やがて着いた森の奥は日が差さず暗くじめじめしていて、石碑が立っていた。うっすらと漂《ただよ》う黒い靄《もや》に顔をしかめると、あれが澱《よど》みですよとレイナードが教えてくれる。馬から降りてユメちゃんの傍《そば》に行くと、彼女は「冷たい感じがする」と私に囁《ささや》いた。

ごめんね、私はなにも感じないわ。でも、そう言うわけにはいかないので、真面目な顔で頷《うなず》いておく。そこでブレラが、澱《よど》みを祓《はら》うためにはミスティアーシャの加護を受けた者が精霊に呼びかけ、光を身に宿さないといけないと講義の復習をしてくれた。

「澱《よど》みが溜まると動植物も人も凶暴になり、治安が乱れる。この程度なら人に害はないが……祓《はら》ってしまうに越したことはない」

「そうなんですね……ハルカさん、頑張りましょう！」

やる気充分なユメちゃんに気圧《けお》されるように、私も祈り始める。

背後からブレラがアドバイスをしてくれるそうだ。さすが攻略対象かつサポート役である。

「そうだ、まずはミスティアーシャに呼びかけるんだ。集中しろ……なにか、波のようなものを感じないか？」

精霊様、精霊様、どうぞ応《こた》えてください。ハローハロー精霊様？　おーい。

呼びかけてみるが、やっぱりなにも感じない。

「なんだか、温かな……これは、光？」

でも、隣のユメちゃんはなにかを感じたらしい。さすがはヒロインだ、こっちはうんともすんとも言わないよ……！

「そうだ。それに合わせて呼吸をしろ……おいハルカ……眉間にシワが寄ってるぞ」

「話しかけるな。今の私は非常に忙しい」

思わずブレラに向かってそう言うと、彼は深いため息をついた。

「…………ユメ、その調子だ」

しばらくして、しゃららら～とレベルアップを告げるような音が鳴った。目を開けると、さっきまで暗かった森が嘘のように明るくなっている。驚いて空を見上げれば、木々の枝の間から綺麗な青空が覗《のぞ》いていた。気味の悪いところだと思ったけど、本来は明るい場所らしい。先程は暗くてよく見えなかった石碑には無数の名前が刻《きざ》まれており、慰《い》霊碑《れいひ》だとわかった。

ミレイさんいわく、百年前のミスティアーシャの睡眠期《すいみんき》に重なった天災で亡くなった人を祀《まつ》っているのだという。その説明をしてすぐ、彼はユメちゃんに向き直った。

「どうやら澱《よど》みはなくなったようだね。ユメが祓《はら》ったんだよ」

「そんな……ハルカさんも一緒にやりましたから、ね！」

「いやー、ちっとも精霊様と交信できた気がしないわ。なにが足りないんだろ」

「純粋な心じゃないかな」

「やだぁ！　ミレイさんに根こそぎ奪《うば》われたものじゃないですかぁ！」

「えっ、ミレイさん、じゅ、純粋さを、奪《うば》った……？」

「誤解だよ、ハルカは趣味じゃないし、俺はユメに夢中だからね」

引きつった表情を一瞬で立て直したミレイさんは、ユメちゃんの手を取ってちゅっと口付ける。それを見たブレラは女性になにをするんだと怒鳴り、私は顔を真っ赤にさせたユメちゃんの手をワンピースで拭《ぬぐ》う。そして彼女をイースとレイナードのもとへ連れて行く。

「仲良くしてもらってるイースと、最近になって知り合ったレイナードだよ」

「こ、こんにちは！　えっと、イースさんにレイナードさん？　私は結愛です。えっと、お二人は騎士ですよね？　イースさんは……ハルカさんと仲が良いと修道士さんから聞きました！」

ユメちゃんの言葉に、イースは乾いた笑い声を上げた。

ユメちゃんの言う修道士って、豪快な修道士のおっさんのことかなぁ。イースとレイナードを前に緊張した面持《おもも》ちをしていたユメちゃんは、私の傍《そば》に寄ってきて小声で話しかける。

「あの、ハルカさん……ちょっとお話が……」

くいっと袖をひっぱられて二人から離れたら、ユメちゃんはとんでもないことを尋ねてきた。

「ハルカさんは、あの二人のどちらかと付き合っているんですか？」

「そんなことないわよ……なんでまた？」

「だって……仲が良さそうだったし、レイナードさんと馬に乗るハルカさんは楽しそうでしたよ？」

気のせいだと思うけどな。レイナードとどんな会話をしたのか思い返してみたけど、ごく普通の世間話である。「私だって相手に合わせて話をするし、笑顔だって見せるよ」とユメちゃんに言うと、驚かれてしまった。ちょっと待って、ユメちゃん。あえて好き勝手しているが、私だって元の世界に戻れば普通の大学生だからね。

……そう。彼氏を寝取られた普通の大学生だ。

「ハ、ハルカさん？　ちょっと、お顔が怖い……」

「作戦会議だ……ちょっとイース！　次はイースの馬に乗る！　聞きたいこともあるし！」

「レイナードじゃだめなんですか！」

「祝福するよ？」

「喜んでお乗せします」

私の祝福はそれほどまでにいやなの……ちょっとだけショックだ。そういうわけでイースと私が相乗りし、ユメちゃんはブレラと馬に乗ることになった。ゆったりした速度で神殿への道を戻る。前にはミレイさん、ブレラとユメちゃんが並び、続いて私とイース。レイナードは後方だ。

「なんか祈ったら疲れたわー」

「ハルカ様はなにもやっていないじゃないですか……!」

失礼な男だなと言うと、イースは「なんで同じ世界から来たのに、ユメ様とは性格がこうも違うんですか」とぼやいた。当たり前である。どこか苦労性でツッコミ気質のイースと、おっとりした口調のレイナードの性格が違うのと同じ理由だ。

澱《よど》みも祓《はら》い終え、しばらくイベントはないんだろうなーと思うと気が緩《ゆる》むものである。それに、今日はいつもより早く起きたので眠気が襲《おそ》う。いかんいかん、私にはまだやることがあるのだ。

「ちょっとイースに相談事があってさ」

「それって一介の騎士の手に負えることですか?」

「もちろん、救世主とは関係ない個人的なことだから。前に、末代《まつだい》までたたってやりたい男女がいるって話したのを覚えている?」

「忘れるわけないじゃないですか」

「良かった。そいつらに報復《ほうふく》したいんだけど、どうしたらいいと思う?」

「どこが俺の手に負えるんですか! いやですよ、そんなことに手を貸したら寝覚めが悪いじゃないですか！」

ちょっと、声が大きいってば！

案の定、後ろで馬を走らせていたレイナードが近寄って来て、なにかありましたか？と私に聞いてくる。

細面《ほそおもて》のレイナードの顔は木漏《こも》れ日に彩《いろど》られ、髪の先がきらきらと光っている。彼は華美な顔立ちではないけど、ご婦人の目を引くには充分なほど整っている。なんというか……ミレイさんは自《みずか》らいい男オーラを出しているので、肉食系女子にモテるのだけど、普通の女性には近づきがたい部分がある。その点、レイナードは端整だけど控えめな作りの顔なので、少々ひっ込み思案《じあん》のお嬢さんでも勇気を出せば声をかけられる存在だ。いわゆる隠れイケメンというやつだろうか。

考えてみれば、私はその隠れイケメンと一頭のお馬さんに乗り、密着してうふふと笑い合っていたのか。

行きの自分を客観的に思い返してみたら、なるほど、ユメちゃんが恋人だと勘ぐるのも頷《うなず》ける。けれど悲しいかな。私自身はこれといってときめかなかった。

「ああ、帰りたい……」

「そういえばハルカ様は帰りたいとよく言いますよねぇ。やっぱりホームシックに？」

いや、どうだろう。日々、命の危機を感じていてホームシックどころではない。

「澱《よど》みを祓《はら》い終われば帰れるってわかってるけどさ、できれば今すぐ帰りたい」

「うーん、ハルカ様も救世主様ですからねぇ、今すぐは難しいでしょうねぇ」

ですよね。私が項垂《うなだ》れてこれからのことを考える間にも、森には日の光が差し込み、木々の間を小鳥達がさえずりながら飛びかう。自然って素晴らしい。けれど、私がこうやってマイナスイオンをたっぷり取り込んでいる間にも、元彼と元女友達は乳繰《ちちく》り合っているのだろうか。許せない。

「やっぱり早急に帰ってけりをつけないと……！」

「おやまぁ、なんだか物騒な様子で」

「実際に物騒なんだよ……ハルカ様、間違っても危ないことはしないでくださいよ」

そう言って呆れた様子のイースだけど、私だって危険を冒《おか》してまで二人に報復《ほうふく》したいわけじゃない。理想としては二人の不幸に高みの見物を決め込み、なんやかんやあって土下座してもらうのだ。

「そういえば、ちょっと前の話になっちゃうけど。祝福のあと、イースはどんな夢を見たの？　怖い夢？」

「……怖くはないんですけど、ただ……悪夢には違いないですね」

「悪夢？　どんなの？　いい夢じゃなかったの？」

一体どんな内容なんだろうか。気になってしつこく聞いてみるけれど、イースは答えてくれない。代わりに、いつの間にか近くに寄ってきていたユメちゃんとブレラが遠慮がちに会話に加わる。

「夢占いですか？」

「いや、イースが見た夢について聞きたくてさ」

「イースさんの夢？」

大きな瞳でイースを見上げるユメちゃんに、レイナードが事の起こり——財布事件についてかいつまんで教える。するとその話が聞こえたのか、先頭のミレイさんは振り返って私を睨《にら》みつけてきた。彼の目は、お前が原因か！　と語っている。どうやら迷惑を蒙《こうむ》ったのはイースだけではないらしい。すみませんでした。まさかそんなことになるとは思わなかったんです。今度から祝福するときは内容に気をつけねば!

「でも、今度のは悪夢のように良い夢だったよね？　なにせ裸の美女が……」

「やめろレイナード！　それ以上は言うなよ！」

「ほほう、独身男性には良かったんじゃないの！」

「ハルカ様は反省してください！」

先程ちょびっと反省しました。しかし、心中察するぞ、イース。すまない。

悪夢ではないとはいえ、イースが可哀想になる。いつの間にか私達と馬を並べて話を聞いていたミレイさんはおやおやと眉を上げ、ブレラはくだらないと鼻を鳴らした。ユメちゃんだけは最初、意味がわからなかったみたいだが、やがて察しがついたのだろう。顔をほんのり赤くさせて俯《うつむ》いてしまった。

初心《うぶ》で可愛いな……！

「それにしても、ハルカの祝福はろくなことにならんな。いや、救世主にそんなことができるとは初耳だが」

「でも、救世主様としての品格を疑ってしまうよ。やはり祝福にも品性が出るのだろうね？」

ここぞとばかりにブレラとミレイさんが私を貶《おとし》めてくる。

「傷つきましたぁ～ハルカをいじめるなんて、そんなにハルカのことが好きなんですかぁ！」

「僕は事実を述べただけだ！　お前に好意なんてない！」

「冗談がきつい。誰が誰を好きだって？」

「えええー、でもハルカはお二人のことは、ほどほどに好きですよぉ」

私が棒読みで言うと、ユメちゃんが顔を上げて、気になる人が四人もいるんですか！

とトンチンカンなことを言い出した。四人って誰？　もしかしてイースにレイナード、ブレラ、ミレイさんのことだろうか。ありえません。

「やだ、一番の仲良しはユメちゃんだから。今日は講義もないし、帰ったら一緒にじゃがいもの皮剥《かわむ》きでもしながらガールズトークする？」

「……ま、待て！　今日はユメにお薦《すす》めの物語の本が……！　ユメが良ければあとで講義室に来い。ま、まぁ、強制じゃないがな」

ユメちゃんのスケジュールを押さえにかかったら、ブレラがしゃしゃり出てきた。最近、ユメちゃんのベッドサイドには数冊の本が置かれている。それらはすべてお姫様と騎士の恋物語や、ドラゴンを倒したり、国を救うために旅立ったりする勇者の物語だった。眠る前に読むようになったのだと話してくれたけど、その本の出所はブレラだったのか。高名な学者様が少女の好みそうな恋物語を薦《すす》めるとは、想像だにしなかった。

だけど、ブレラはもっとスマートに女性を誘えるようになるといいね。聞いているこちらが恥ずかしくなるくらいぎこちない誘い文句に、思わずにやけてしまう。私の帰還が絡まなければ、第三者として応援したのになぁ。我が身可愛さにブレラの恋は葬《ほうむ》ることにしたので残念だ。

「もしかして今日は先約でいっぱいかな？　俺もユメと二人きりで過ごしたいんだけど、どうか一緒に過ごしてくれないかい？」

負けじとミレイさんも参戦する。私、ブレラ、ミレイさんのお誘いに、ユメちゃんは困ったように眉を下げ、少し考えてから私を見た。彼女が誰を選ぶのか、背後のイースがごくりと唾を呑み込む。

「ハルカさんとじゃがいもの皮を剥《む》きます！」

マジで。じゃがいもの皮剥《かわむ》きを選んじゃうの？　いや、私は嬉しいんだけどね。

「そ、そうか……じゃがいもの皮剥《かわむ》き……」

「俺はハルカのじゃがいもの皮剥《かわむ》きに負けたのか……？」

うるさいな、そこ。デートのお誘いとしては赤点かもしれないけど、ユメちゃんがじゃがいもの皮を剥《む》けば、彼女のファンが喜ぶに決まっているじゃないか。可愛いみんなの救世主様が手伝った料理が食卓に並ぶわけだから。

「んじゃ、じゃがいもの皮剥《かわむ》きしながらガールズトークしようね。イースは暇？」

「暇なんかありませんよ」

間髪《かんはつ》いれずに答えてくれたんだけど、絶対にいやがってるよなぁ。イースにさらに怒られるのもいやなので、渋々からかうのをやめると、レイナードがたしなめてきた。

「ハルカ様、みだりに男性をからかうものではありません。恋人も作りにくくなりますよ。せっかく可愛らしく、出会いもあるんですから」

「でも、ハルカを恋人にするような男がいるのか？」

「元恋人ならいますよぉ、残念でしたー」

ブレラの言葉にさらっと返すと、その場の全員がこっちを見て目を丸くした。特にユメちゃんなんか、元々丸くて大きい瞳をさらに丸くして、まるで小動物のようだった。

「……おい、まさか、報復《ほうふく》したい男女の、男のほうって……」

「イースったら勘がいいね？」

そうだよ、今となってはどうして付き合っていたのかわからない――あのろくでなしで甲斐性《かいしょう》なしで浮気者の男の顔を、泣きっ面《つら》に変えたい。そのため、今日からその一歩として、元彼と元女友達が悪夢に苛《さいな》まれるようお祈りする所存である。できれば枕元で恨《うら》み言のひとつでも言ってやりたい。

「えっと？　報復《ほうふく》って物騒な言葉が聞こえたんですけど……」

「ちょっと事情があるのよ。ユメちゃんにはあとでたっぷり！　話してあげるね！」

「は、はい、お手柔らかにお願いします……！」

引きつった顔で無理やり笑ったユメちゃんは、じゃがいもの皮剥《かわむ》きを選んだことを後悔しているようだった。


神殿に帰還すると、シズマくんとイシュメルさんが出迎えてくれた。それにしても、ミレイさんがユメちゃんを抱きかかえて馬から降ろしているわけなんだが、どうして私は一人で降りようとしているのだろう。イースはこういうところがなっていない。レイナードだって乗るときには手を貸してくれたってのに。

いや、レディ扱いされたいわけじゃないので、別に構わないけど。

「ハルカ様、とっとと降りてくださいよ」

「ハイハイ、今降りますよっと……はい？」

手綱《たづな》を持って馬を宥《なだ》めているイースに急《せ》かされつつ降りようとしたら、無表情のイシュメルさんがすぐ横に立ち、両手を広げてきた。まるでこの腕の中に飛び込んでおいでと言っているようである。思わぬ行動に、私は固まってしまった。

ど、どうすればいいのこれ……！

困惑が顔に出たのだろう。イシュメルさんは長身を活《い》かして私の腰を遠慮なく掴《つか》むと、そのままそっと抱きかかえ、思った以上に優しく地面に降ろしてくれた。ワンピースのスカート部分がふわりと広がり、靴の底が軽《かろ》やかに地面へつく。まるで映画のワンシーンのように。

「あ、ありがとう……！」

平常心を心がけたのに、随分と上《うわ》ずった声が出てしまい恥ずかしくなる。うわぁ、うわぁ、人畜無害《じんちくむがい》と侮《あなど》っていたイシュメルさんにしてやられた！　なんだ、これ、ちょっとだけ気分が上がるわ！　ちょっとだけね！

「女性の扱いはミレイ様を見習えと言われましたので」

けれど、イシュメルさんは淡々《たんたん》と告げる。少しでもテンションを上げた私が馬鹿だった。ですよね、イシュメルさんですもんね。

それにしても、彼にミレイさんを見習えなどと言ったのは誰だ？　イシュメルさんが他意のない小悪魔になっちゃうだろうが。それはいけないと思います。私の心臓にも悪いし。

「イシュメルさん、お願いですからミレイさんのような軽々しい行動は、意中の人だけにやってくださいよぉ」

「意中……好きな人ですか？」

「はい、例えば……ユメちゃんとか！」

うわ、出た無茶振り！　とイースが突っ込んだのは許してやる。あと、私達の会話が聞こえたのかミレイさんはむっとし、ユメちゃんは「ちょっと待ってください！　なんでそうなるんですか！」と顔を赤くしてなにか言っている。しかし、今の私にユメちゃんの言い分を聞く余裕はないのです。

「私はユメ様が好きなのですか？」

「そうですよぉ！　大船に乗ったつもりで、イシュメルさんはユメちゃんラブっ！」

ということにしたい。言葉の使い方はめちゃくちゃだけど、このキャラになってからは適当に喋《しゃべ》っているし、今さらだ。

「……私はシズマ様も好きです」

しかし、イシュメルさんは私が思う以上に素直かつ難解なお人だった。シズマくんが好き？　そういや二人はよく一緒にいるもんね……親鳥シズマくんについていく雛鳥《ひなどり》イシュメルさんのように。そんな彼らを微笑《ほほえ》ましく見守っていた時期もあった。シズマくんが怖くてすぐに避けたんだけど。

「じゃぁ、シズマくんも好きってことで！」

「ミレイ様もよろしいですか」

「よし、ミレイさんも追加ね！」

にこりともくすりともしないイシュメルさんが、好きな人の名前を淡々《たんたん》と連ねていく。うん、いいけどね。それにしても、好きな人が意外に多いね。どうやら好きの違いがわからないらしいイシュメルさんは、修道士や修道女、あげくの果てには礼拝に来るおばあちゃんの名前まで挙げ始めた。

私の視界の端では、シズマくんが申し訳なさそうに笑みを浮かべ、ミレイさんはしょうがないなぁと言うように頬を掻《か》いていた。ユメちゃんはというと、みんなと仲良しでいいですねとニコニコしてる。ユメちゃんにはもっと努力をして、イシュメルさんの情緒《じょうちょ》開発に貢献してほしい。あと、できるだけ早急にシズマくんの心も奪《うば》ってほしい。もっと言えば、攻略対象全員から好かれてほしい。

ニコニコと笑っている場合じゃないぞ、ヒロイン！

「あとは」

「まだいるんですかぁ……？　いいですよ、追加しますよ、覚えてませんけどー」

「ハルカ様も好きです」

「は？　え？　あー……ありがとうございますぅ、ハルカ感激ですぅ」

とりあえず、彼は相手に好意を告げるときでさえも無表情であるということがわかった。嫌われこそすれ、好かれることは特にしていないのになぁ。しかし、待てよ私。よく考えてみれば当然ではないだろうか。

おそらくイシュメルさんとユメちゃんのイベントは、いわゆるラッキースケベの類《たぐい》である。突発的なイベントは予知することができず、私が四六時中ユメちゃんにひっついていても事故のように起きてしまう。お風呂場しかり、パンチラしかり、胸もみしかりである。イベントの邪魔をしていないため、私への好感度が下がるはずもない。それに加え、ぶりっこも効かないとなれば、私は彼にとって、普通にフレンドリーな救世主様である。

「嘘でしょ……イシュメルさん手強《てごわ》すぎでしょ……」

つまり、私はイシュメルさんのイベントをひとつも潰すことなく現在に至る。あまりのことに、開いた口がふさがらない。

「確かにハルカ様より強いと思います」

そういう意味ではない。

だめだ、ぶりっこだけでは毒殺フラグは立たない。もっと積極的に喧嘩《けんか》を売りに行かないと帰れないではないか。もし……もしだけど、実際のゲームの進行とはまったく異なり、惨殺《ざんさつ》も毒殺もされないまま、攻略対象の誰かが私を好きになったとする。そしたら、いろいろな手段を用いてミスティア国に縛り付けられてしまう可能性が高い。そんなことは望んでいない。私は元の世界に家族もいるし、大学生活を謳歌《おうか》している途中だ。ここにずっといても良いと思えるほど、イケメンに惚《ほ》れ込んでいるわけでもない。

呆然《ぼうぜん》とし続ける私の隣に、ユメちゃんが歩み寄って来た。

「ハルカさん？　おーい、ハルカさん？」

「……ユメちゃん！　私、頑張るから、ユメちゃんも頑張って！」

「はい？　なにを頑張るんですか？」

「今日からずっと一緒にいよう」

ぎゅっとユメちゃんの手を握って真剣に迫ると、彼女は「これ以上一緒にいて、どうするんですか」と呆れ顔をした。確かに、眠るときと私になにか別の用事があるとき以外、私達はほとんどの行動を共にしている。というか、私がユメちゃんのあとをついて回っている。

「もういっそのこと同じベッドで寝ちゃおうか？」

そう冗談まじりに言えば、ユメちゃんは僅《わず》かに顔を赤くして、「それはちょっと困ります」と答えた。可愛いなぁ。

でも、さすがに眠るときも一緒だといやだよね……夫婦じゃあるまいし。

そのあと、私に刺すような視線を向けるミレイさんと、恨《うら》みがましい顔をするブレラにドヤ顔をしてから、ユメちゃんとじゃがいもの皮を剥《む》きに行った。気になったのは、一人だけ沈んだ様子のシズマくんだった。表情は笑顔だったけど、どこか瞳に陰りを感じた……さっきまでは普通だったのに、なにかあったのかなぁ。


そのあと、解散した私達は、予定通り厨房《ちゅうぼう》に乗り込んだ。

「ハルカさん、怖い怖い、手元見てください！　手元！」

じゃがいもの皮剥《かわむ》きはすぐに頓挫《とんざ》した。この世界には文明の利器、ピーラーが存在していなかったのだ。すっかり失念していた。渋々貸し出された小さなナイフは、思った以上に使いづらい。人差し指を少し切ってしまい、うっすらと血の筋《すじ》が浮かび上がる。

しかも私がじゃがいも一個を剥《む》いている間にユメちゃんは二個剥《む》き、ベテランのお姉さんは十個を処理していた。これって手伝いじゃなくて邪魔してるだけじゃないの。と、そんな私を見兼ねたのか、途中でお姉さんが剥《む》いた林檎《りんご》をくれた。

「ハルカ様はこれでも食っときな」

「わー、うさぎさんの林檎《りんご》だー」

林檎《りんご》はありがたいけれど、どうしてうさぎさんカットなのだろう？　釈然《しゃくぜん》としない思いを抱きつつ、大人しく林檎《りんご》をかじると、ユメちゃんがため息をついた。

「ハルカさんって黙っていればお姉さんみたいなのに」

「あははは、違いないねぇ！」

あれ？　私の地位がどんどん低下していません？

そのあと、林檎《りんご》を食べながら元彼の話をしてほしいとねだられたので、あることないこと喋《しゃべ》ることにした。元彼の名前は大田康隆《おおたやすたか》。サンドバッグに顔写真を貼り付けて、金属バットで打ち据《す》えたい男ナンバーワンである。

「同じ学校でクラスメイトだったの。学校は学び舎《や》のことね。高校三年生のときかな……たまたま委員会……ええと、学び舎《や》での役割が一緒になって、挨拶《あいさつ》するようになって、打ち解けて、他愛ない話で盛り上がって、今となっては七不思議のひとつなんだけど、何故《なぜ》かすごく楽しかったわけ。何故《なぜ》かね」

じゃがいもの皮剥《かわむ》きをしながら始まった恋バナに、厨房中《ちゅうぼうじゅう》からちらほらと女性が集まってくる。そんな中、私はひたすら口を動かし続けた。

大田とは当時はまっていたバンドが一緒で、それがきっかけで親密になった。また高校三年生っていえば、受験勉強に追い込みをかけないといけないわけで。二人きりで放課後の教室に残って、机をくっつけて参考書を広げるのは、ちょっとどきどきして楽しかった。

　お姉さん達が知らない単語が出るたびに説明をするので、話すのに時間がかかってしまう。でも皆、興味津々《しんしん》のようだ。

「一学期の後半……夏頃に告白されて……いや、されてねーわ、俺のことどう思う？　って聞かれたんだよ……遠回しにお前って俺のこと好きだよね、みたいな？　今思えば、お前なんてどうでもいいよって言えば良かった」

　あまり感情的にならないように抑揚《よくよう》をつけずに喋《しゃべ》る。

「あら、ハルカ様はまだまだねぇ。告白は男からさせるものよ。自分から言うなんてまだ青いわぁ」

「それにしてもヘタレな男ですわ。花のひとつや装飾品のひとつも用意できないのかしら」

　お姉さん達が艶《あで》やかに笑う。修道女の服を着て外見は楚々《そそ》としているのに、中身は百戦錬磨《ひゃくせんれんま》みたいだ。人は見かけによらないって本当だよね……！

「それでハルカさんは、告白しちゃったんですか？」

「可愛らしく、特別だと思ってるよなんて言っちゃったよ……ユメちゃんは告白されたことは？」

「えーと、告白ですか……二度ほど受けたことはあるんですけど……」

「やっぱり。それで付き合ったの？」

「いいえ、よく知らない人でしたし……」

「そうなんだ？　まぁ、知らない人から言われても困るかもね」

うんうんと頷《うなず》くと、ユメちゃんから曖昧《あいまい》な笑みを貰った。あまり話したくないのかな。

でも、恋愛の話が苦手ってわけではなさそうだ。

「それで大田さんのどこが好きだったんですか？」

「よく聞いたねユメちゃん。話が合って普通に楽しかったんだよね。でも遠距離になって、会いたいってメールが来てさ。あ、メールって手紙のことね。私だって会いたかったよ……でも一人暮らしを始めたばかりで、慣れるのに精一杯。寂しいよ、でも遠いんだっての！　引っ越しや入学金で金なんてないわ！」

お前が会いに来る根性くらい見せろ！

「馬には乗れませんの？　馬車は？」

「ごめん、馬車はない。私は馬に乗れるけど、大田は大きい動物が怖いって近づかなかったね」

答えながらも、自分の唇の端がひくひくと痙攣《けいれん》したのがわかった。現代日本では、馬車にはお目にかかれないんじゃないかな！　真面目に質問してるってわかるから、なおさらおかしい。

「そういえば、ハルカ様はどうして一部の人達に……あのような態度をされていますの？　もし彼らを狙っているのでしたら、逆効果じゃないかしら」

「……特に深い意味はないんですけど。見ていていらつきます？」

「まったく。あからさますぎて笑えます」

はっきりと言われてショックを受ける。いらつくどころか、笑えるってどういうこと？

まぁね、私もね……ぶりっこ作戦はあまり効果がないんじゃないかと疑うことはあるよ。ミレイさんやブレラは気持ち悪がっているけど、イシュメルさんやシズマくんは普通の顔をしているし。

「で？　本当のところはどうなの？」

「お近づきになりたくない、というのが本音です」

そうきっぱり言えば、修道女の皆さんはあらまぁとわざとらしく驚いてくれた。そのあとすぐ、元彼から謝罪と別れを告げるメールが来た日の夜のことに話題が移ったので、ほっとした。

「あのメールは信じたくなかったんだけど……元彼が女友達とアッハンな感じになってる写真も送られてきてさ……写真ってのは本人そっくりの絵のことね。一瞬で風景が絵になって便利だよ。で、ぶちぎれた。なんか怒りが湧いた」

「最低。浮気？　しかもハルカ様、寝取られたんですの？」

「アッハンな絵を送る女もすごいわよねぇ……それって本当に友達？」

アッハンってこの世界でも通じるんだ……妙《みょう》な親近感が湧いちゃった。もうこの百戦錬磨《ひゃくせんれんま》のお姉様達に頼るべきじゃない？「親友との三角関係はスリルがあるわよ」なんて、ディープな話をさりげなく入れてくるんだもの！

「よって、私は浮気男とそいつを寝取った女に、なんらかの制裁を加えたいです！　どうかお知恵をお貸しください！」

そう叫び、私は清々《すがすが》しいまでの勢いで頭を下げた。やがて恋の話が怪《あや》しい方向へ流れ始める。

「潰しちゃえば？」

なにをって聞いちゃいけないよね。

「切り取る？」

これも、なにをって聞いちゃいけないよね、そうだよね。

過激な発言にユメちゃんが慌てたように私の腕を掴《つか》む。

「危害を加えると捕まるのはハルカさんですよ！　その案はやめたほうがいいのでは……もっとこう、ばれない方向で」

的確なアドバイスありがとう！　でも、君も相当なことを言っていると思うよ！

元彼の話をユメちゃんと修道女のお姉さん達に打ち明けた翌朝。眠気を抑えながら臨《のぞ》んだブレラの講義が始まってすぐ、シズマくんがやって来た。朝早くからどうしたのだろうか。

「講義を妨《さまた》げてしまってすみません。ハルカ様、よろしいでしょうか？」

「ハルカなら構わず持っていけ」

「ブレラとユメちゃんを二人きりにできませんよぉ！　危ないですし」

「馬鹿なことを言うな！　僕は簡単に手を出すような男じゃない！」

「冗談ですよぅ！」

それにしても行きたくないなぁ。今日はユメちゃん会議の日ではないし、なんの用でわざわざ呼び出しにきたのだろうか。しかも、シズマくん自《みずか》らである。ぐずぐずしていたら、ユメちゃんが「私なら大丈夫ですから！」と言葉を加えた。

「申し訳ありません……ハルカ様についての噂が流れてきたのです。私の執務室でお話を伺《うかが》ってもよろしいでしょうか？」

「はぁい、わかりましたぁ、しょうがないから行ってあげます〜」

憂《うれ》い顔で俯《うつむ》くシズマくんに上から目線で返すと、ブレラが「相手が誰だかわかっているのか」と自分の額に手を当てた。お前だってさっきシズマくんにタメ口をきいていたからな！　私のこと言えないからな！

それにしても、十三歳の少年を悩ませる私の噂とはなんだろうか。また救世主様らしからぬことをしたという内容だろうか。それならば心当たりはいくつかある。浴場でリサイタルを開いたこと？　ユメちゃんには上手だって褒《ほ》められたんだけどなぁ。救世主様がじゃがいもの皮を剥《む》いたこと？　あのあとエミリアに怒られたんだよね……それともぶりっこについての苦情？　いや、もっと重大なことがあるな。私が救世主様として役立たずだってことだ。これは否定できない。

「とにかく、私の執務室にお願いします」

「はいはーい」

暗い空気を背負って先に歩くシズマくんのあとを、三歩ほど離れてついて行く。すれ違う人が道をゆずって彼に頭《こうべ》を垂れるのを見て、シズマくんって本当に偉いんだなーと改めて実感した。ユメちゃんと一緒のときも挨拶《あいさつ》されるし、道をゆずってもらえるんだけど、私は気安いのか「よ！　元気かハルカ様！」なんて、近所のおっさんみたいな挨《あい》拶《さつ》をたまにされる。修道士のおっさん達からなんですけどね。

そうしてシズマくんの執務室に入ると、中ではイシュメルさんが黙々と書類の整理をしていた。彼はこちらを見ると立ち上がって丁寧《ていねい》に頭を下げる。

「ご機嫌はいかがですか、ハルカ様」

「中の下」

「……中の下とは、普通よりいささか機嫌が悪いと解釈しても構いませんか?」

「はい」

「それは大変です」

無表情でこちらを眺めるイシュメルさんに、意思の疎通《そつう》って難しいとしみじみ思った。

この一ミリたりとも動かない顔面の筋肉。絶対に大変だと思っていない。けれど、出会った頃のイシュメルさんは命令を忠実にこなすだけで、今のように挨拶《あいさつ》をしても、相手の機嫌を尋ねるセリフは一切出なかった。おそらく、イシュメルさんは少しずつ成長しているのだろう。

「すみません、イシュメル。ハルカ様と話がありますので、しばらく席を外していただけますか?」

「はい」

でも、やっぱり言われたことには忠実だよね。不満を漏《も》らすことなく素直に退室するイシュメルさんを見送ってから、勧《すす》められる前にさっさとソファに座った。シズマくんはあらかじめ用意していたのか、ポットからカップにお茶を注《つ》いで私の前に出してくれる。

「どうぞ、ハルカ様のお口に合えばいいのですが」

「いつもおいしいよ。まずいって思うものを出されたことがないし」

「それは良かったです。また紅茶とケーキを用意しますから、どうぞいらしてください」

「ありがとう、いつもいつもご馳走様です。そうだ、そろそろユメちゃんも一緒にお茶をしようよ」

「そうですね。皆さんとゆっくりするのもいいかもしれません」

自分の分の紅茶を淹《い》れたシズマくんはにっこり微笑《ほほえ》むと、何故《なぜ》か私のすぐ隣に座った。

十三歳とはいえ、シズマくんはれっきとした男の子だ。ちょっと近いんじゃないかな……けれど、彼は意識していないのかもしれない。

「それで、話は変わるのですが」

「あ、はい」

なにを言われるんだろう。どきどきしながらシズマくんを見る。すると彼は、迷うように濁《にご》りのないグリーンの瞳を揺らしていた。きゅっと唇を噛《か》み締め、なにかに耐えているような表情だ。ありありと浮かぶ不安に、こちらの気分まで沈んでしまう。シズマくんをそこまで不安にさせる私の噂って一体……

私がぎゅっと拳《こぶし》を握ったそのとき、シズマくんはなにか恐ろしいことを尋ねるみたいに、そっと声を出した。

「ハルカ様には……好きな人がいらっしゃるのだとか」

「は？」

焦《じ》らされたあげく、出てきたのは身に覚えのない話だった。

「好きな人？　いないけど」

「……でも、殺したいほどに好きな人がいるから……だから帰りたいのだとお聞きしました。それは本当ですか？　その人のために帰るのですか？」

「ちょっと待って！　心当たりはある！　だけど違う！　違うから！」

「ですが、厨房《ちゅうぼう》で恋人の話をしたそうではないですか……」

「したけど、元恋人だって！　今はなんの関係もないし、今さらどうこうなりたくもない」

どうやら、昨日の話がシズマくんのところにいったらしい。噂話が流れるの、早くないか……！　一応誤解を解くために、元彼と別れた話を教えても、まだ眉を寄せている。

「もし、よりを戻したいと言われたらどうするんですか？」

「ないわー」

「……本当に？　信じてもいいのですね？」

「もちろん。天地がひっくり返っても、アイツとよりを戻すことはない」

元彼との復縁の可能性をはっきり否定すると、シズマくんは肩から力を抜き、噛《か》み締めて白くなった唇を綻《ほころ》ばせた。

けれど、まだ緊張した面持《おもも》ちのまま、私の真意を探るようにじっとこちらを見つめる。

「では、イシュメルのことを好いていますか？」

なんでまたイシュメルさん？

「先日、ハルカ様はイシュメルに、その、好きと言われて慌てていました。それで、もしやと思ったのです……すみません。本当は聞くべきではないのに」

イシュメルさんに好きと言われたのは、石碑の澱《よど》みを祓《はら》ったあとだった。確かに好きだと言われたけど、誰が聞いたって彼の好きは、恋愛の好きではない。犬猫が好きだというように、私にも好きだと言ったのだ。

「もしかして、あのときに表情が暗かったのは……」

「はい。気になってしょうがなくて、すみません」

「大丈夫だけどさ。うーん、イシュメルさんのことは好きだけど、恋愛的な意味ではないよ。言われたときは、確かにちょっと慌てたけどね」

あっさり否定してみせると、シズマくんはようやく安心したように表情を和《やわ》らげた。花が綻《ほころ》ぶような笑顔を向けてくれるのが眩《まぶ》しい。でもね、思うんだけど、この展開っておかしくないかな。なんで私に恋人の有無を確かめたのだろうか。シズマくんが気にするべきなのは、私ではなくユメちゃんでは？

今のシズマくんは、まるで好きな人に彼氏がいないことを喜ぶ片想い中の男の子のように見えた。

激しくいやな予感がするっ……！

私はヒロインの恋路を邪魔するライバルキャラか、ヒロインを応援する友達キャラのどちらかなんだよね？　まだルートが分岐《ぶんき》していないみたいだけどさ……ゲームのストーリーには、私に攻略対象が惚《ほ》れるという「もしも」はないんだよね？

「ま、しばらくは彼氏とかいらないしー、恋愛はごめんだなー！」

とりあえず、恋をする気はありませんよとアピールしてみたら、シズマくんは柔らかく微笑《ほほえ》みながら頷《うなず》いた。

「わかっています。どうやらユメ様も、恋愛に関しては積極的になれないようなのです」

「あー、うん、最近はミレイさんのアプローチを受け流しているもんね」

「私が申し上げるのはおこがましいのですが……でもユメ様は、ハルカ様がいることで随分救われているようですよ」

そうなのだろうか。私はあまりユメちゃんの役に立っていないと思うんだけど。それとも、お互いの家族の話や学校の話をぽつぽつするようになったことが、彼女の心を慰《なぐさ》めているのだろうか。確かに寂しいもんなー、ユメちゃんは私より年下で高校生。大人とは呼べないよね……かといって、子どもでもない難しい年頃だ。

「ねぇ……シズマくんはユメちゃんが好きなんだよね？」

「ユメ様のことは心配ではありますが……。それに、少しばかり……憎らしいと感じてしまいます」

「……憎らしい？」

シズマくんが使うにしては過激な言葉に驚いて彼を見ると、苦笑しながら頷《うなず》く。

「ユメ様は慕《した》わずにはいられない……その雰囲気が羨《うらや》ましいのです」

「……まぁ、ユメちゃんは好かれているよね。でも、シズマくんだって好かれているんじゃない？」

「そうだといいのですが」

「シズマくんは十三歳でしょ、その年で神殿のトップだなんて、辛いのによく頑張っていると思う。私にはできそうにないよ。あと、この神殿の修道女さん達や修道士さん達はみんな仲良しだよね。それってシズマくんのおかげでもあると思うし」

言いたいことが纏《まと》まらなくなってしまった。でも、シズマくんって本当に偉い。愚痴《ぐち》も零《こぼ》さず、いつも穏《おだ》やかにしていて、信者さんが泣きついてもいやがらず話を聞き、なにかあればすぐに飛んで来る。そのため、私がシズマくんを怖いって言うと、みんな首を傾《かし》げて不思議そうにするのだ。

「だから、シズマくんは自信を持っていいんじゃないかなー……って！　泣いてるの⁉　ごめん！」

ぼろぼろと水晶のように透明な涙を零《こぼ》すシズマくんに、ぎょっとした。彼がぱちぱちとまばたきをするたびに、涙が頬にきらきらした筋《すじ》をつけていく。

その様子がなんだか可愛く思えて、ついシズマくんの頬に手を伸ばして涙を拭《ぬぐ》ってしまった。私の指先がちょっぴり体温の高い彼の白い肌を擦《さす》ると、シズマくんは目を大きく見開き、泣くのをやめる。そのまま柔らかな頬の涙の跡をなぞると、指先がしっとりと濡《ぬ》れていった。彼は頬を僅《わず》かに染めて、潤《うる》んだ瞳で私を見つめてくる。

頬に当てたままの私の指に、そっと、シズマくんの掌《てのひら》が重なった。

「心のどこかで、司教として模範《もはん》にならねばと思っていたのです……前に、ハルカ様に私は私だと言われたとき、ほっとしました。神殿では、私は司教でいなければなりません。司教が正しく皆を治めるのは当然のことなのです……けれど、ハルカ様は私をただのシズマとして扱ってくださって……それがどんなに嬉しかったか」

ゆっくり胸の内を話すシズマくんは、息を詰めて、恐る恐る尋ねてきた。

「……ハルカ様も……私を少しは好ましいと思ってくださると……そう思ってもいいですか？」

「は……い……？」

「良かった……あなたは私を毛嫌いしているとばかり思っていました。嬉しいです」

蕩《とろ》けるような笑みを浮かべたシズマくんは、両手で私の手を包み、その指先に唇を押し当てた。やわやわとした熱に、身体が硬直する。待ってください待ってください。「はい」とは言ってません、それはイエスではないのです、肯定の返事ではないのです……！

ちゃんと疑問符が語尾についていたでしょう！

「ハルカ様にミスティアーシャの加護がありますように」

そんな加護はいらないから、どうか早く帰してほしい。もしかして、私はシズマくんとの恋愛フラグを立ち上げようとしているのでしょうか。あまりの恐怖に気絶できれば良かったのに、丈夫な私は引きつった笑みを浮かべて、執務室からそそくさと退散するしかなかった。

自室に帰り、ほっぺたにぺたんと手を当てると熱くて……シズマくんに触れた箇所が、さっきよりもさらに熱を帯びている気がする。指先に残るつやつやした唇の感触に、また鼓動が速くなった。

私に嫌われていなくて良かったと微笑《ほほえ》んだシズマくん。頬をバラ色に染め、涙で濡《ぬ》れたまつげがきらきらと光って、息を呑んでしまうほど綺麗だった。

「指先のキス……いやじゃないって言ったら、どうなるんだろう」

シズマくんのことは避けたいと思っているのに、お茶会をすること、こうやって触れられること。どれもいやじゃない。矛盾してるなぁ。

第五章　街へお出かけ

平日はブレラの講義を受けて、そのあとはたまに料理を作る。そして攻略対象に会いに行って、ちゃほやされるユメちゃんを見守るのが日常となりつつあった。規則正しい生活を送っていると思う。以前は、昼過ぎに起き出すことも珍しくない、自堕落《じだらく》で平凡な大学生だった。

それが今では救世主様扱いで、世界を救うための教養を身に付け、顔面偏差値の高い野郎に囲まれて傅《かしず》かれる生活である。祈っただけで感謝される立場というのは、気楽に見えて実のところプレッシャーでもあった。いや、私に救世主としての素質がないことは周知の事実なので、皆の期待を背負っているのはユメちゃんだけだ。しかし、最近のユメちゃんはなんだか元気がない。それを心配したのか、ある週末の日、ユメちゃんと二人で食堂で朝食を取っていると、ミレイさんがやって来て街へ行こうと誘ってくれたのである！

「今は精霊祭の直前だから、街もにぎやかで楽しいよ。ユメをエスコートさせてくれないかな？」

「街……行ってもいいんですか？」

「もちろん、ずっと神殿にいては気も滅入《めい》るし、たまには普通の女の子として息抜きをしても、怒られやしないさ」

ミレイさんの提案はとても魅力的だった。街へ行くと聞いて、ユメちゃんはテンションが上がったようだ。さっきまで落ち込んでいたのに、今は嬉しそうに顔を輝かせている。

「行きたいです！　わああ、ありがとうございます、ミレイさんっ！」

「やったぁ！　楽しみだねっ！」

私もしれっと割り込むと、ミレイさんはそこで初めて私を視界に入れた。そうなんだよ、ミレイさんはこちらから声を発しない限り、基本的に私のことはガン無視である。性格悪いぜ……さすが、森に女を放り込んでいたぶるのが趣味な男だ。

「おかしいな……ハルカを誘った覚えはないんだけど。君は友達のために身を引いてくれないのかい？」

「そんな可愛げのある玉に見えますぅ？」

「……見えない。まぁ、いいさ。護衛が俺だけでは心もとないからね、イシュメルも一緒だからそのつもりで。二人きりじゃないけどいいかな、ユメ？」

「もちろんです～、みんなで楽しみましょうね」

もちろんんって言い切っちゃうんだ。最近のユメちゃんはミレイさんに耐性がついている。それにしても、イシュメルさんも一緒なのか。いやじゃないけど、あの人は私の心臓に悪いんだよなぁ。でも、これはイベントの匂いがする。きっと街でデートをして好感度を上げるものなんだろう。ブレラやシズマくんを相手に選べないところが不思議だけど、現実だしそんなもんか。だって、シズマくんって神殿から離れることは滅多にないみたいだし、ブレラのようなカチンカチンの頭の持ち主じゃ、街でデートをするなんて思いつかなさそうだ。

でも、試しにわがままは言っておこう。

「イースとレイナードも一緒じゃだめなの？　どうしてもミレイさんとイシュメルさんじゃないといけないんですかぁ～？」

「言うと思った。残念ながらあの二人は休みだよ」

腹立たしいな、なんだその「言うと思った」とは。そして二人は休みなのか……仕方ないね。

「なんなら、ハルカはイースとレイナードが出勤している日に行ってきたらどうかな？　今日は部屋で休んで」

「なに言ってるんですかぁ、私がユメちゃんから簡単に離れると思ってますぅ？　ご愁傷《しゅうしょう》さま～ざまぁ～」

「ざまぁ？」

聞き慣れない言葉だったのだろう。不思議そうに繰り返したミレイさんに、ユメちゃんが「いい言葉ではありませんよ……」と呟《つぶや》いた。

そのあと、街に出かけるために着替えてから神殿の正面の門の近くに集合ということになった。この世界では普段着も丈《たけ》の長いワンピースで、編み上げのブーツを合わせる。胸元のリボンがクラシカルな雰囲気のこの格好は、モノクロ映画に登場しそうなものだ。

着替えて廊下を歩いているときにエミリアに会ったので、街に行かないかと誘ったが、「そんな暇ないわよ」と素っ気無く返された。残念だ。だけど、街のお薦《すす》めを聞くと、じゃがいもをすり潰して揚げたものがおいしいと教えてくれた。外はさっくり中はもっちりしていておいしそうだ。揚げ立てのアツアツをぜひ食べてみたい。でも、この国の料理ってじゃがいも率が高くない？　気のせいかな……！

集合場所に着くと、すでにイシュメルさんが待っていた。彼は白いシャツを第一ボタンまできっちりとめて、ダークグレーのベストを合わせている。そして黒の細身のパンツに同じく黒のブーツ。ブーツはよく磨かれていて、少しだけ意外だった。

イケメンオーラを感じる……！　イシュメルさんは色素が薄くて、まさにゲームの住人って感じの配色をしている上に、顔も身体も魅力的だと思う。無表情だけど怖くはないし。

それにしても地味だなぁ。白い髪のイシュメルさんは、印象がモノトーンでどこか現実味がない。ついでに言えば存在感もないので、うっかりするとその場にいることすら忘れてしまうときがある。

「ご機嫌はいかがですか、ハルカ様?」

「中の上」

「……中の上とは普通より機嫌が良いと解釈しても構いませんか?」

「はい」

「それは良かったです」

思ったんだけど、イシュメルさんの挨拶《あいさつ》、この前と同じじゃね。私の言葉にテンプレのようにしか反応しないし、良かったですと答えたけど、その表情からは安堵《あんど》も喜びも見出《みいだ》せない。いや……先日と似たような返事をした私にも非はある。

「実は街に出かけるのが楽しみでぇ」

「そうですか。それは良かったです」

テンプレ通りじゃないの。うん、やっぱり私に非はないな!

背の高いイシュメルさんを見上げ続けるのは疲れるので、視線を逸《そ》らしてユメちゃんとミレイさんを待つ。しばらくすると、慌てたように二人がやって来た。しかし、そのユメちゃんの頬が少しだけ赤い。ミレイさん、なにかやったな……! 馬鹿だ、ユメちゃ

ん の部屋まで迎えに行けば良かった……！

　気づいてしまったのだけど、ユメちゃんと私は同じようなデザインのワンピースを着ている。しかし、ユメちゃんのほうがなんだか豪華である。ローズピンクのふんわり広がった裾に、胸元を彩《いろど》る繊細《せんさい》なレース、腰をさらに細く見せるように計算されたプリーツ。私の着ているものといえば控えめな色合いで、実に質素に作られている。私とユメちゃんを並べるだけで、どちらが丁重にもてなされている救世主様かわかるというものである。いいけどね、役立たずだし。あと、年増《としま》らしいしね。泣くぞ。

「……ユメ様、とても可愛らしい服装です」

「ありがとうございます～。街に出かけると言ったら修道女さんが用意してくれたんです。それで遅れてしまいました……待たせちゃいましたよね……！　ごめんなさい！」

「女性は身支度に時間がかかると聞きましたので、大丈夫です」

　ユメちゃんを無感動に見下ろしながら褒《ほ》めるイシュメルさんに、少しばかりいらっとしたけど流してやろう。私だって褒《ほ》めてほしかったなんて、そんなことない！　逆に私がユメちゃんを力いっぱい褒《ほ》めてやるわ。

「わあ、ユメちゃん可愛い！　髪も編んでもらったんだね、よく似合ってるよ。私が男だったらユメちゃんにデートしてほしいくらい！」

「……ハルカさんって、ミレイさんと同じことを言いますね……」

嘘だろ……‼　あまりのことに目を見開いてミレイさんを見ると、肩をすくめられた。ちょっと今後の自分のキャラをどうすればいいのかわからない。

地味に落ち込んだけど、用意されていた馬車に乗り込んだら、すぐにそんなことはどうでもよくなってしまった。お尻が痛くならないようにと備え付けられたふかふかのクッションに座り、小さな窓から景色を眺める。馬車は神殿を出て、独特のリズムで揺れながら森を進んでいく。

「そういえば、精霊祭ってなんだっけ。ブレラがなんか言ってたよね？」

私がユメちゃんに尋ねると、少し困ったように彼女は答える。

「講義で話してましたね。確かミスティアーシャへの感謝祭だったと思います……ですよね？」

「はい、精霊祭は大精霊ミスティアーシャの加護に感謝し、今後も変わらず加護を賜《たまわ》るよう祈るものです」

イシュメルさんの模範解答《もはんかいとう》に付け加えるように、ミレイさんが、各都市でお祝いをするんだよと詳しく話す。聞けば王都で行われる精霊祭が一番豪華で騒がしく、楽しいものらしい。また精霊祭の期間中は神殿が民衆に開放され、二十四時間、好きなときにやって来て、供物《くもつ》を捧げてお祈りができるとも聞いた。貢《みつ》げってか。

「精霊祭の期間は三日間だけどね、王都では前祝《まえいわい》が二日あるから、五日間が祭りになる」

それは長い。けれどお祭りと聞けば胸が躍《おど》る。花火は上がるかしら。もしかしてこの世界に花火はないのかなぁ。

「人々が精霊に扮《ふん》してカーニバルをしたり、様々な屋台が並んだりするよ。今度の精霊祭では第四王子が精霊から祝福を賜《たまわ》る儀式もあるし、いっそう華やかだろうね。最終日にはランタンを空に飛ばすんだ。ユメも参加してみるといいよ」

ランタンを空に飛ばす？　想像がつかなかったけど、ミレイさんいわく、幻想的な光景で精霊祭の目玉なんだそうだ。夜空にたくさんの灯りがふわふわと漂《ただよ》うらしい。それは見てみたいかもしれない。ミレイさんの話を楽しそうに聞くユメちゃんは、王都の精霊祭に行ってみたいですね～と相槌《あいづち》を打っていた。


やがて馬車の外は木々がまばらになり、少しずつ民家が増えてきた。赤い三角形の屋根が連なる頃、窓の外は活気のある街中の風景に変わった。馬車が止まったので降りると、そこには神殿で見たことないくらい大勢の人がいた。その人波の間を、子ども達が駆け抜けていく。通りに面したお店の軒先《のきさき》には、色とりどりのフラッグが飾られていた。

「すごい……ねぇ、ユメちゃん、可愛いお店がたくさんあるね！」

まるで海外旅行に来たようである。テンションが上がった私は興奮気味に、目についた雑貨屋さんを指差しながら振り返った。

しかし、そこにはユメちゃんじゃなくてミレイさんがいて、しかもばっちり目が合ってしまった。

「……チッ」

「……まったく失礼だね」

お前に振りまく愛想なんてない。そう言わんばかりに舌打ちをすると、イシュメルさんの隣にいたユメちゃんが困った顔になる。

「また喧嘩《けんか》をしたんですか～？」

「してないよ。さ、見て回ろう」

ユメちゃんは、まるで私とミレイさんが喧嘩《けんか》ばかりしているみたいに言う。そんな彼女と無理やり手を繋《つな》いだ。すると、ミレイさんはやられたという顔をする。おそらく、人ごみを理由にユメちゃんとの距離を縮める予定だったに違いない。ふふんと鼻で笑う私の横で、イシュメルさんが売り子のお姉さんにナンパされていた。何故《なぜ》だろう、いきなり街巡《まちめぐ》りが不安になってきたのは。

その後、少し通りを歩いただけですごく楽しかった。鳥の羽が大量に飾ってあるお店や、綺麗な小瓶がずらりと並んでいるお店、美しい布で作られたぼんぼりが売られているお店が目に入り、興味は尽きない。ミレイさんが馬車の中でユメちゃんに説明していた話によると、このぼんぼりがランタンらしい。非常に軽く作られており、中のロウソクに火をつけると宙に浮かび上がるのだそうだ。大きな河川や湖の側で空に放《はな》つか、もしくは川に流すのだと言っていた。

　このランタンが空をふよふよと浮かぶ様子は、きっと綺麗に違いない。見てみたいなー。

　そうやってお店を冷《ひ》やかしながら進むと、アクセサリーのお店を発見した。お店には愛想のいいお姉さんがいて、少し鼻が低くて愛嬌《あいきょう》のある顔に親近感が湧く。

「いらっしゃい。どうぞゆっくり見ていってね、若い女の子にも人気なの」

　お姉さんは私とユメちゃんににっこり笑ってそう声をかけ、ミレイさんとイシュメルさんを見て微《かす》かに頬を染めた。お姉さんの好みはミレイさんらしく、ぽやーとした目で彼をずっと見つめている。見た目はいいんだよなぁ。

　お店の中に並ぶのは、可愛いアクセサリーと雑貨だ。花をモチーフにしたバレッタ、小さな石がついたリングとイヤリング。ユメちゃんに似合いそう。

「可愛いですね～……この青いの、綺麗です」

　ユメちゃんがきらきらと目を輝かせながら指差したのは、雫《しずく》形の、つるりとした青い石のペンダントだった。青い石は宝石だろうか。水をたたえたような光の揺らめきに惹《ひ》き付けられる。

　はしゃぐユメちゃんに癒《いや》されていたら、ミレイさんがスマートに割り込んできた。

「ユメに似合いそうだね。ほら、つけてみてごらんよ」

「え？　い、いいんですか？」

これはあれでしょう？　ミレイさんがユメちゃんの正面からペンダントをつけてあげて急接近、どきどきしちゃう！　っていう、王道の展開！　ここは私の出番だ！

戸惑うユメちゃんに、店主のお姉さんは快《こころよ》く頷《うなず》いてくれた。それを見て、私はペンダントを両手でつまみ上げるとにっこり笑い、ユメちゃんの背後に回った。

ほっそりした首にささっとペンダントをつけてあげると、予想通り彼女に良く似合っていた。青い石が鎖骨のくぼみで静かに揺れている。控えめな輝きがユメちゃんの可愛らしさを強調していた。

「ユメ、よく見せて？　ああ、やっぱり似合ってるね」

大役を横から奪《うば》われたというのに、ミレイさんはめげることなくユメちゃんを褒《ほ》める。そして彼女の首元の髪をそっとはらって甘く微笑《ほほえ》んだ。その無骨な指先がユメちゃんの首筋を掠《かす》めたのを、私は見逃《みのが》さなかった。

「ここに……キスしたいくらいだよ」

スイッチが入ったらしいミレイさんは、雫《しずく》形のペンダントトップを指先でちょんとつつく。そのあからさまなアプローチにユメちゃんは顔を赤くした。そして先程からミレイさんを見つめていたお姉さんは少しだけ嫉妬《しっと》の色を浮かべ、それでもすぐニヤニヤしだした。

……私がした邪魔って些細《ささい》なことだったのかもしれない。なんの障害にもなっていない……！

それにしても、お姉さんの反応やユメちゃんの様子を見ながら考えてしまう。

ユメちゃんがミレイさんやブレラ、そして多くの修道士さんから好意を寄せられているのは、誰が見ても明らかだ。私は面白おかしく見ているけれど……ちやほやされるユメちゃんを良く思わない人もいるのではないだろうか。ううん、どうかな……私が見た限りいないんだけど……

「お買い上げありがとうございました」

お姉さんの声にはっと顔を上げると、ミレイさんがユメちゃんにペンダントをプレゼントしたところだった。考え事をしていたものだから、スルーしてしまったようだ。悔しい。でも私はお金がないので、ミレイさんの代わりに買ってあげることもできない。救世主様って、働いた分だけお金を貰えるとかないの？

「ついでに、そう、ついでに、ハルカも欲しいものがあれば買ってあげようか？」

「ミレイさんの恋人の座とか？」

「冗談がうまいね」

お互いに作り笑いを浮かべていたら、ユメちゃんが私達の間で困っていた。その反応は小動物みたいだ。

まあ、恋愛対象じゃない男にアクセサリーを買ってもらうほど、私は可愛い性格じゃないんだよなぁ。意地を張ってしまうというか……

そういえば、元女友達は男を財布にしているところがあった。一緒にカラオケに行くと、最後の一時間ほどで男友達を呼び出し、男どもに女の二倍の支払いをさせていたものだ。酷いときには男側がすべて払ったという話も聞いた。恐ろしい女である。

「ハルカさん……顔が、イシュ、無表情になっていますよ……」

「ごめん、ちょっといやなことを思い出して」

ユメちゃん、あなた今、イシュメルさんって言おうとしなかった？　あと、イシュメルさんの存在が空気と化している。もうちょっと喋《しゃべ》ってもいいんだよ！

お店から出たあとは、広場に出て少し休むことにした。お腹が空《す》いたなぁと思っていると、ミレイさんがどこかで食事にしようか？　と気を利かせてくれた。そこで、エミリアお薦《すす》めの料理が食べたいとわがままを言ってみた。

「それだと外で食べ歩きみたいになってしまうよ？」

「じゃあ、ここで待ってますぅ！　四人分お願いしますねっ！」

ミレイさんは外で食べることに不満があるようだけど、そんなの知ったことじゃない。

「……わかった買ってくる。イシュメル、ユメの護衛を」

「はい」

「あのう、ミレイさん、ありがとうございます」

「ユメが気にすることじゃないよ」

そう言って笑ったミレイさんは、颯爽《さっそう》と雑踏《ざっとう》の中へ消えていった。


そして残された私達は、それからすぐナンパにあった。

「ねぇ、女の子二人でなにしているの？　異国から来たの？　珍しい肌の色だね？　歳はいくつ？　十代前半か半ばくらいかな」

「ねえユメちゃん、空気が綺麗だからかな、空が高く見えるよね」

「あ、俺さ、もっと綺麗な場所を知っているよ。一緒に行ってみない？　甘いお菓子だって買ってあげるし、特に星空が綺麗なんだ」

「今日の夕飯はなんだろう。おにぎりや丼《どんぶり》が食べたい。お米食べたい」

「おーにぎぃり？　どうんぶり？　オコメ？　それって異国の食べ物？　俺と一緒に来たらおいしい夕食をご馳走するよ？　それこそ貴族が食べるような。高い宝石だって買ってあげるし、絹に金糸の刺繍《ししゅう》のドレスだって」

無視してユメちゃんに話しかけているのに、ナンパ男は空気が読めないのか、ポジティブに話しかけてくる。隣に座るユメちゃんは私の腕を掴《つか》んで怯《おび》えているようだし、ここはお姉さんが頑張らねばならない。ちなみにイシュメルさんは、先程急にやって来た騎士さんに呼び立てられて行ってしまった。彼は行くのを拒んでいたけど、火急《かきゅう》の用だと言う騎士を慮《おもんぱか》って、ユメちゃんが行ってやるように言ったのだ。こうなるんだったら困り顔の騎士を見捨てて、イシュメルさんに残ってもらえば良かった。

正直言って面倒くさいな、このナンパ男。

「しょうがないなぁ……こっちは諦めるとして、それよりも君はどう？　着飾っておいしいものを食べたくない？　怖くないよ？　いつでもふかふかのベッドに、甘いお菓子は食べ放題。ドレスだって宝飾品だって、好きなだけ買ってもらえる。そりゃあ、多少は働いてもらうけどねぇ？」

笑っていればそれで大丈夫。

そう言ってナンパ男はユメちゃんの肩を掴《つか》んだ。よく白昼堂々、こんなに怪《あや》しい勧誘ができるものだ。このナンパ男……危ない匂いがする……

ぐっと拳《こぶし》を握り締めて大声を出そうとしたとき、突然飛び出してきた白い影が男を蹴り倒した。

「……イシュメルさんっ！」

「すみません、ユメ様、お怪我《けが》はありませんか？」

「な、ないですけど……！」

男は地面に背中から倒れたのに、すぐに起き上がると、にっこり笑ってこちらに手を振った。

「残念。ナイトが来たみたいだから俺は行こうかな。またね」

馬鹿みたいに明るい表情で言い、ナンパ男は雑踏《ざっとう》に消えた。イシュメルさんは男を追いかけたりはせず、ユメちゃんに頭を下げて深く詫《わ》びた。どうやらこれは、イシュメルさんのイベントだったみたいだ。ゲーマーの友達がよく言う、王道な展開ではないだろうか……！

「男の手がユメ様の肩にかかったとき、心臓が掴《つか》まれたようでした……迂闊《うかつ》に離れて申し訳ありません……」

「……大丈夫、こうしてイシュメルさんが助けてくれたし、そりゃ怖かったけど、ハルカさんもいたから……でも、ありがとうございます。すごく……安心しました」

涙目になってぷるぷる震えるユメちゃんは、本当に怖かったらしい。確かに最初はナンパだと思っていたけど、途中から言うことが怪《あや》しかった。彼女の背中をさすると、ユメちゃんは私の肩に顔をうずめてしばらくの間じっとしていた。そして落ち着いた頃、顔を上げて作り笑いを浮かべる。そんなユメちゃんの前に、イシュメルさんは服が汚れるのもいとわず地面に膝をついた。

「ユメ様……あなたを守りたい……どうぞ、守らせてください」

どうやら今回のイベントで、イシュメルさんはユメちゃんへの想いを自覚したようだ。二人を眺めつつ、私はイシュメルさんとユメちゃんから少しだけ離れて、震える手を背中に隠した。私も怯《おび》えていたのがばれて、イシュメルさんの同情を買うのは真っ平ごめんだ。ここでも私は意地っ張りだった。

ユメちゃんナンパ事件が無事に終わったあと、ミレイさんが買って来てくれた軽食を口にし、神殿へ帰ることにした。街に行ってはしゃぎすぎたのか、私は夕食を食べたあと急に眠くなり、すぐにベッドへもぐり込んで眠った。そして、ある夢を見た。

第六章　シズマくん

元彼が泣きそうになりながら、元女友達をなじっている。両者とも目の下に隈《くま》があり、顔色も悪く、一目で寝不足だとわかった。なんだ？　毎朝毎晩、仲良くベッドでにゃんにゃんしているのか？　などと下世話な想像をしてみるけれど、二人は仲睦《なかむつ》まじいというよりは、喧嘩《けんか》をしているようだった。よくわからないけれど、いい気味だ。

どうか、二人の夢に悪霊やその他もろもろが登場して魘《うな》されますように！

神聖な心で祈ると、清々《すがすが》しい気分になった。夢とはいえ不仲の二人が見られて万歳《ばんざい》である。くふくふと笑っていると……ふいに、誰かの囁《ささや》き声が聞こえた。

「……んぅ……うん……？」

「ああ……起きてしまいましたか、ハルカ様」

「……シズマ、くん？」

ベッドの傍《そば》に膝をついたシズマくんが微笑《ほほえ》みを浮かべ、私の顔にかかった髪を指先でそっと払った。そして小さな声で告げる。

「申し訳ありません、勝手に部屋へ入ってしまいました……街で妙《みょう》な男に声をかけられたと聞いて、心配していたんです」

目を開けたまま動かない私を見て、彼はなにを勘違いしたのか、そのまま私の前髪を梳《と》かし始めた。今日は髪がうるつやになる蜂蜜《はちみつ》なんとかを修道女さんから特別に分けてもらったので、シズマくんの指先はなめらかに私の髪を掻《か》き分けていく。その繊細《せんさい》な指使いに、思わずうっとりしてしまった。

昨日なら傷《いた》んだ毛先がぎしぎしと悲鳴を上げていたことだろう。今夜で良かった……って、良くない！　目が覚めた！

「ええと、あの、とりあえず起きるね」

「このままでも構いませんが……すぐに出て行きますので」

シズマくんが良くても私が構います。たとえ相手が十代前半の男の子だとしても、異性の前でベッドに寝そべっていることはできない。それにしても、部屋を警備している騎士はあっさりとシズマくんを通したらしい。これはどうかと思いますよ、いくら一番偉い人でもいけないと思います！

私に優しい眼差《まなざ》しを向け、髪を撫《な》で続けるシズマくんから目を逸《そ》らす。あの日、指先に触れたふわふわの唇の感触を思い出してしまった。

「あの、ハルカ様？　お顔が……」

「い、言わないで！」

照れが伝染したのか、シズマくんは私と同じく頬を染め上げている。口元を片手で覆《おお》って視線をさまよわせたあと、はにかみながら微笑《ほほえ》んだ。

彼は、まるで恋する少女のように可憐《かれん》だった。

「やっぱり起きます、よいしょっと」

私は身を起こして髪を整え、服のシワを軽く伸ばした。そして部屋に備え付けられているソファをシズマくんに勧《すす》める。君を意識なんてしてないんだからね、お姉さんの余裕でスルーするからね！「お茶を持って来ようか？」と聞けば、彼は首を横に振る。まだ執務が残っているのだと残念そうに答えた。

「執務が残っているって……もう、夜だよね？」

「今日は緊急の案件がやって来たのです。眠っていらしたのにすみません。街で声をかけた男の話を聞いてもよろしいですか？」

なるほど。救世主様の一大事だもんね。真面目なシズマくんらしい理由にほっと息を吐いた。そして、私は立ったまま昼のことを思い出す。

「いいけど……広場で休んでいたとき、私達の外見が珍しかったのかな……声をかけられたんだ」

「男に見覚えはありますか？」

「ないなぁ。狐《きつね》のようなつり目で、笑うと線みたいになってた」

「なるほど……細い目の男ですか」

少し考え込んでいたシズマくんだったけど、心当たりがなかったようで、首を小さく横に振る。そして次は、男が話した内容を尋ねてきた。けれど、それで男の素性が掴《つか》めるはずもなく、収穫はなさそうだ。性質《たち》の悪いナンパか娼婦への勧誘だと思ったのだけど、事態はそれ以上に深刻なのだろうか？　ミレイさんもシズマくんも少し過保護なところがあるので、よくわからなかった。私個人としては再び狙われるほど魅力を持っているわけではないので、そこまで心配するものではないと思っている。

「もしかして、緊急の案件ってそれ？」

「いえ、違います。精霊祭が近くなりましたから……各地の神殿へ挨拶《あいさつ》の使者を派遣しなければいけなくて……」

そこでシズマくんはしばしためらった。言いたくないことなのだろうか。

「イースを僻地《へきち》の神殿へ向かわせることになりました」

「そうなの？　へぇ、大変なのね」

「……一月《ひとつき》ほど戻りません」

「長期旅行みたいだなぁ」

あははと笑うと、シズマくんは眉をひそめて私を見た。

「ハルカ様はイースと離れても良いのですか？　私としては……嬉しいのですが」

恋人じゃないんだから寂しくないし、帰って来るならそれでいいと思うんだけど……でも、最後の嬉しいってなに。不穏な空気に胃が重くなる。ここでもし私がイースのことを好きだと言いながらはらはら泣けば、間違いなくイースの左遷《させん》が決定するか、彼の命が脅《おびや》かされる……気がする！　そして多分、私も危ない！

「イースは良いやつだよ、私が男だったら立派な友情を築いていたんじゃないかな！」

「そうですか……ハルカ様が女性で私は嬉しいのですが……同時に苦しくなってしまいます」

「風邪じゃない？　今日は早く休んだほうがいいよ」

絶対に「それって恋じゃない？」と茶目《ちゃめ》っ気《け》たっぷりにウィンクしたりなんかしない。死ぬわ。私は毒殺フラグを立てたいんだ。帰還したいのだ……！

「お心遣い、痛み入ります。ハルカ様はお優しいのですね」

こちらの思惑などまったく知らないシズマくんは、気遣われたのが嬉しかったのか素直に喜ぶ。その様子を見た途端、罪悪感に襲《おそ》われる。十三歳の少年の恋を手折《たお》ろうとするのは不本意だし、ここが『マイン・リヒト』の世界じゃなければ、たくさんのイケメンに囲まれて恋を楽しめたかもしれない。

イケメンがヤンデレじゃなかったらだけどね……。友達が「ヤンデレは二次元に限る！」と言っていたのを当時は理解できず笑ったけど、今ならわかる……ヤンデレはリアルにはいらない。

どうやってお引き取りしてもらうか。悩んでいるとシズマくんは熱い息を零《こぼ》した。

「けれど、この苦しみは酷く甘く私を惑《まど》わすのです。ハルカ様、わかりますか?」

わからないよ!

ソファを立ったシズマくんは距離を詰めると、穏《おだ》やかな動作で私の手を取る。引き抜こうと手に力を込めたけれど、シズマくんが離してくれるはずもなく、指先に何度も柔らかな唇を押し当てられた。まるで、そこだけに口付けることが許されたように、ついばむように。

「ミスティアーシャの加護がありますように」

その、甘く蕩《とろ》けきった声音にぞくりとした。

この前とまったく同じシチュエーションなのに逃げきれなかったのは、態度ではっきりと示されたからだ。シズマくんが私にかける祈りの言葉は、私に恋を打ち明けているのだと。薄々気づいていたけど、臆病《おくびょう》な私は認めたくなかった。

「……もう戻ったほうがいいよ。シズマくんが良い夢を見られますように」

「ありがとうございます。ハルカ様」

そんな言葉ひとつで、彼は喜びを見つけたように微笑《ほほえ》む。その純粋無垢《むく》さが怖いと言ったら、優しいシズマくんは傷つくだろうか。

出て行ったシズマくんを見送り、私は肩から力を抜いてベッドに倒れ込む。

「やばい……シズマくんってばだだ漏《も》れ。あれってユメちゃんが好きなんじゃないよね？　うわああ、死んだ。私、死んだわ」

そろそろ、シズマくんにほだされてしまいそう。でも、元彼とあんな別れ方をした以上、新たな恋には戸惑いがあった。どうすればいい？　どう動けば、私はライバルフラグを立てて帰還できるのだろうか。いや、そもそも、毒殺されようと思ったのが間違いだった。受け身ではいけない、ここはひとつ、自分で薬を手に入れて呑んでしまおう。

「頭良い！　最初からこの作戦に出れば良かった……そしたらユメちゃんだって一緒に帰れるし！　一石二鳥じゃん、冴《さ》えてる……よし」

今は夜なのでまともには動けない。それに薬の知識などないので、明日から図書室で資料を漁ろう。しかし、計画が確実になるまでは、ユメちゃんには黙っていようと思う。彼女は彼女で攻略対象達を恋に落としてほしい。特にシズマくん。

そうして次の日、ブレラの講義を放り出して朝から図書室で本をひっぱり出す。ぱらぱらと薬草の本を捲《めく》るけれど、どれが探している薬なのかすらわからなかった。危険な薬が載っている本はないだろうか。そう思って書架《しょか》を探してみたけど、見当もつかない。すぐに見つかると思ったんだけどなぁ。

でも、誰かに探してもらうのもどうかと思うし……もし、毒薬の本が欲しいって言ったらぎょっとされるに違いない。この世界の人間にとっては毒薬で、私とユメちゃんが呑むと元の世界に帰れる。そんな不思議なお薬、ゲームの世界じゃないと信じられない。

「ないな……せめて薬の名前がわかれば、手がかりになったのに」

毒々しいきのこが並んでいる本を閲覧机《えつらんづくえ》に広げて、なんとはなしに見てみる。あ、ベニテングダケってこっちでも同じ名前なんだ。異世界とはいえ文字は読めるし、食べ物だって私の世界と大差がない。個人的には本に使用されている文字が日本語で良かったと心底思う。文字が読めなければ、薬だって探せない。

「まぁ、肝心の本が見つからないんだけどねぇ。困ったなぁ、うん、困った」

救世主を元の世界へ帰す不思議な薬は、どこにあるんだろう？　意外と、街の薬屋さんに売っているかもしれない。

「いや、ないな。毒薬を普通に売ってるわけない……ってことは、入手困難ってことじゃんか」

昨日の夜は良い案だと思ったのに、冷静に考えてみれば穴だらけの計画だった。それでも、調べてみる価値はあると思うし、できることなら一刻も早く帰還する必要がある。シズマくんからどうにかして逃げたい。

図書室で調べ物をしているとお昼になり、ブレラの講義を完全にさぼることになってしまった。少しだけ申し訳ない。ひとまず、お昼時なので食堂に行くことにした。

そうして昼食を食べ終え、一息ついたところで修道女から貰ったミルクで喉を潤《うるお》し、再び図書室に向かう。

「あー、むりむり、無理だわ。見つかんないよー」

図書室で資料捜索《そうさく》を再開して、わかったことがある。それは、私一人では調べられないということ。さっそく頓挫《とんざ》した計画にため息をつきつつ、しょうがないので図書室を出てブレラがいるであろう講義室に向かった。学者としての名声を得ているブレラなら、私が探す薬についてなにか知っているかもしれない。あまり頼りたくなかったんだけどなぁ。それにさぼったくせにのこのこ顔を出すのは気が重く、難しい顔をしながら歩いていると、廊下ですれ違ったレイナードに心配されてしまった。

「ハルカ様？　眉間にシワが寄っていますよ」

「レイナード……ちょっとブレラのところに行かなくちゃいけなくてさ」

「へぇ。そういえばユメ様がハルカ様を探していましたねぇ」

やっぱり探していたか。ごめんユメちゃん。

「ユメちゃんは良い子だからね。もうお昼ごはんも食べちゃったし……あとでユメちゃんのところに行くよ」

「そうですね、ユメ様はなんというか……ハルカ様のことを随分と気にかけているみたいで」

「同じ世界から来たからじゃない?」

「きっとハルカ様が心のよりどころなのでしょうねぇ」

ふふふと笑ったレイナードは、手を伸ばして私の頭を軽く撫《な》でてきた。初対面のときから、レイナードはちょくちょく人の頭を撫《な》でる。

「ユメちゃんも心細いと思うから、良ければレイナードも彼女と仲良くしてやってよ」

「もちろんですよ。面白いことは好きなので」

そう言って笑みを深くしたレイナードに、一瞬ぞくりとした寒気を感じる。なんでだろう。昨日のお出かけでまだ疲れているのかなぁ。

「ハルカ様?」

「いや、なんでもない。身体が冷《ひ》えたのかな。また、あとでね」

手を振ってレイナードと別れたあと、ブレラの講義室のドアの前でしばし佇《たたず》む。中にいると思うんだけど、怒るかなぁ。怒るだろうなぁ。ブレラは真面目なやつだから、ユメちゃんを意識しつつも、生徒である私の面倒を最低限は見てくれようとしている。講義中、私がよくわからないと首を傾《かし》げればどこがわからなかったんだと聞くし、茶化すように変な質問をしても、怒りながら答えてくれる。ぶっきらぼうだけど、ブレラのことは好ましいと思っていた。

ここに立っていてもどうしようもないしね。入るか。

深呼吸をしてドアをノックし、返事を待たずに中に入った。講義室を見回すと、ブレラは資料で埋まっている机にいた。どうやら眠っているようである。近づくとすぅすぅと寝息が聞こえ、長いまつげがときおり震えるのが見えた。気持ち良く眠っているところ申し訳ないけれど、起きてください。机に片肘をついてブレラの頬をつんつんとつついてみたら、意外に柔らかい。もしかして私より柔らかいんじゃないか……！

「おはよーございますー」

声をかけながらもう一度つつくと、彼はぎゅっと閉じたまぶたを震わせてから、ゆるゆると目を開いた。紫紺《しこん》の瞳がぼんやりと光を宿して、そこに私の顔が映り込むと勢い良く身を起こす。私はブレラの目って紫色だったんだーと呑気に思いながら、おはよっ、ととびっきりの笑顔を見せてやった。

「な、お、お前！　ハルカ！　僕の講義をよくもさぼってくれたな！」

「ちょっと用事があって、図書室で調べ物をしていたんですぅー、それでね、ハルカじゃわかんなくてぇ……ブレラに教えてもらおっ！　って来たんだよぉ！」

「……はぁ、頭が痛い」

「痛いの痛いの飛んでいけー」

きゅるるんと指を振って見せると、思いっきり馬鹿にされたような顔で見下ろされた。けれど、ほっぺたに紙の跡が残っているブレラの不機嫌顔なんざ怖くない。私は頬を緩《ゆる》めてブレラとの距離を縮める。

「ブレラが呑んだら猛毒《もうどく》で、私が呑んだら元の世界に帰ることができる薬はなんでしょう？」

「……シヴァクの秘薬か？　待て、お前はなにを言わすんだ。いや、なにをする気だハルカ！」

「シヴァクの秘薬ねっ！　ありがとー、図書室行こっと！」

「……本当に待て」

ぐいっと襟首《えりくび》を掴《つか》まれて首がしまった。昼食を吐きそうだ。やめてほしい。

「どうしてシヴァクの秘薬について調べているんだ？　というのは愚問《ぐもん》だな……まぁ、知ったところでハルカにはどうすることもできない代物《しろもの》だけどな」

「つまり、どういうこと？」

確かに神殿で暮らす私は、ほいほいと外出もできないし、お金も人脈もないに等しい。けれど、手近なものであれば手に入れることができるかもしれないではないか。希望を捨ててはだめだ。そう息巻く私に、ブレラは可哀想な者を見るような目を向けてため息をつく。どうやら馬鹿にしているらしいです。

「シヴァクの秘薬の元になる材料は、ミスティアーシャの加護を受けるというシヴァクの実だ。シヴァクは滅多に見られない植物で、なかなか実をつけない。十年に一度結実すれば奇跡だとも言われている」

「じゃ、市場には出回っていないし、森に行ったらあるわけじゃないのね」

「そうだ。お前、話し方が変わったな」

「どーでもいいにゃん☆　さっさと教えてくださいよぅ！」

「……ふん、そのためシヴァクの実は高価だ。それがシヴァクの秘薬ともなると、簡単に買えるものじゃない……下級貴族では手が届かないし、薬を所有しているのは王族か、それに連なる高位の貴族くらいだと言われている」

お貴族様でも購入できない薬？　ブレラの言葉を理解して眩暈《めまい》がした。まさか。嘘でしょ。

「じゃあ、私が手に入れることは」

「無理だな。一生働いても買えない薬だ。それよりも世界の澱《よど》みを祓《はら》って帰還するほうが早い」

「……それは……いや」

シヴァクの秘薬で帰ることができないなら、私は物言わぬ死体になる他ないのである。

「いや？　お前はなんのために召喚されたと思っているんだ？　今はまだいいかもしれ

ない。けれど、澱《よど》みは確実に広がっている、その意味を理解しているのか？」

そう責め立て、厳しい視線を向けてくるブレラを睨《にら》み返す。

「私に澱《よど》みを祓《はら》うなんて大層な力があるとは思えないんですよぉー、期待するだけ無駄ってやつですぅ」

「それはお前が真面目に取り組まないからだろう！　澱《よど》みで世が荒《すさ》めば、一番に苦しむのは民衆だ。窃盗、強姦、殺人が日常茶飯事になる。それがわからないのか？」

「正直に言えばねー、知ったことじゃないってんですよ」

ぱん、と乾いた音と共に視界がぶれた。頬を打《ぶ》たれたらしく、じわっと痛みが広がる。

「お前、それでも救世主か！　いや、人の痛みもわからないのか！」

「は？　なにそれ、ちょっと理解不能だわー」

「……お前は態度は不真面目だが、人間味のあるやつだと思っていた。期待外れだな」

「期待外れ……？　それ、あんた達が言うこと？」

なんですかそれ。頬の痛みと共に湧き立った怒りのせいで、今まで我慢してきた言葉がふつふつと浮かび上がる。

「勝手に召喚して救世主扱いして世界を救えだ？　自分達の問題をなんの関係もない他人に押し付けないでよ！　ユメちゃんだって巻き込まないで！　澱《よど》みを祓《はら》って帰るのが一番？　何年かかるの？　私にだって家族がいるし、友達だっているわよ！　帰りた

いって言ってなにが悪いの！」

それだけまくし立てると、私もブレラの頬をひっ叩《ぱた》いて講義室を出た。私だけ叩かれるなんて割に合わないし、腹の虫がおさまらない。

今日はもう図書室で資料を漁るような気分でもなく、また、ユメちゃんに笑顔を向けられる精神状態でもない。私の頬を叩いたとき、ブレラは一瞬だけ申し訳なさそうな顔をした。一方の私には、罪悪感の欠片《かけら》もない。可哀想なのは私のほうだと言うつもりはない。だけど、当たり前のように押し付けられる期待は、今まで救世主として召喚された子達を押し潰してきたに違いない。その日、私はミスティア国に来て初めて泣いた。まさか自分がこんなにいっぱいだったなんて、気づかなかった。

ブレラと言い争った翌日、ベッドからなかなか出ない私のわがままを、エミリアが珍しくきいてくれた。体調不良ということで講義は休み。エミリアは朝食をわざわざ部屋に持って来てくれた。薄く焼いたクレープにじゃがいもをすり潰したサラダを載せたものと、熱いスープ。私がそれらをおいしく平らげるのを見届けたエミリアは、食器を下げてから戻って来た。

「今日は暇なの？　仕事は？」

「体調不良のハルカ様を見るのが仕事よ。で？　なにがあったの？」

「ブレラと喧嘩《けんか》しただけ。救世主としての自覚がないとか、人の痛みも想像できないとか、そんなことを言われたんだよね」

「あら、間違ってはいないじゃない」

「エミリアちゃん、きっつー」

そう言いながらソファの上で横になると、だらしないわねと顔をしかめられた。

「エミリアのところの坊ちゃんはどうなの？　騎士だったっけ？　それとも修道士のほう？　頑張ってるの？」

「……騎士だけど。これ以上は教えないわ。それにどうかしら。最近、楽しそうではあるわね」

「へぇ、良かったじゃん。案外、精霊様に仕えるのが向いているんじゃないの？　貴族の社交場にいるよりさ」

「さてね。私としては大人しくしてもらえると助かるわ」

肩をすくめたエミリアは向かいの席に勝手に座り、「坊ちゃんは性悪《しょうわる》なの」と寂しそうな顔で言った。聞けば、ミスティアーシャをろくに信心していないらしく、精霊の加護とやらも眉唾《まゆつば》ものだと思っているらしい。本当に、なんで神殿に仕えようと思ったのだろうか。不思議だ。

寂しそうではあったけど、坊ちゃんについて話すエミリアは活《い》き活《い》きしているように見える。しかし、はっと我に返り、まずいことを喋《しゃべ》ったといわんばかりに顔をしかめた。

私は無言で先を促《うなが》すが、彼女は首を振って口を閉ざす。エミリアの話が聞きたかったんだけどなぁ。

「そういえば二日連続で講義を休んだから、ユメ様が心配していたわ」

「ああ、昨日のうちに会いに行く予定だったんだけどなぁ。すっかり忘れちゃって」

「ユメ様もお可哀想に……ハルカ様はユメ様のこと、どうでもいいのよね？」

「……そんなことはないよ？」

ストレートな質問に笑みを浮かべて返すと、エミリアはふふんと鼻を鳴らして目を細めた。修道女とは思えないくらい鋭い彼女の視線は、まるで物語に出てくる暗殺者のようである。暗殺者や刺客《しかく》、スパイといったものは宮殿にはつきものだ。神殿には出入りしていないことを願おう。

それにしても、エミリアはどうしてそう思ったのだろう。尋ねてみると、彼女は少し考えてから、慎重に口を開いた。

「ハルカ様は、ユメ様よりも自分の用事を平気で優先するじゃない」

「……そりゃそうだけど。私にとって重要なことがあれば、しょうがないよ」

「その態度もよ。でも、誰よりもユメ様を見てるし、彼女の意志を尊重しようとしている」

「当然でしょ。好きだもの」

私が笑うと、エミリアはちょっとだけ目元を緩《ゆる》めた。

「そういえば、図書室に行って調べ物をしてたでしょ。シヴァクの秘薬について」

「そうだけど、なんで知ってんの？　エミリアって私のストーカーなの？」

呆れたようにため息をついたエミリアに、首を傾《かし》げる。すると彼女は言葉を続けた。

「……ハルカ様は本当に自覚がないのね。救世主様の行動は、逐一《ちくいち》見られていると思いなさいよ。まぁ、ハルカ様が帰りたがっていることは周知の事実だから、別に驚かないけど」

「案外……神殿も怖い場所なんだね」

「今さら気づいたの？」

馬鹿にするような言葉に、私は首を横に振る。今までも移動するたびに人に出会っていたし、中庭でのんびりおやつを食べていたら、ちらほらと人がやって来ることがあった。それに昨日の図書室だって、あとから修道士が二人ほど入って来た。

あからさまな監視はされていないし、彼らが話しかけてくることもない。ただ距離を取って、近くにいる。

「ユメちゃんといるときも人が絶えないよね。みんなが過保護なんだと思っていたよ」

「そりゃ過保護にもなるでしょうよ。それにしてもハルカ様、なんだか具合が悪そうだけど」

「ああ、うん、なんかちょっとね」

実は先程から冷《ひ》や汗が止まらないのだ。二日連続で講義をさぼった罰《ばち》が当たったのだろうか。身体の震えを抑えるように縮こまるけれど、一向に良くなる気配はない。エミリアの肩を借りてベッドまで行き、一眠りすることにする。

「また体調が悪くなったら言いなさいよね。ハルカ様のお世話をしているのは私なんだから」

「ありがとう、エミリア」

「いいわよ別に」

視界がぐるりと回るような感覚に襲《おそ》われながら、眠りについた。起きたとき、元の世界で目覚めますように。どうぞ加護をください、ミスティアーシャよ。


目が覚めたら、だるさは残っているものの、身体は大分楽になっていた。汗でべとつく身体に眉根を寄せながら窓の外を見ると、太陽が傾《かたむ》きかけている。朝から結構時間が経っているらしい。エミリアはどうしたのだろうか。

「あ、水……用意してくれていたんだ」

ベッド脇のサイドテーブルには水差しとコップが置かれている。コップに水を注《つ》いであおると、冷たい水が喉を通っていき気持ち良かった。朝から置かれていたのならぬるくなっているはずなのに、冷たいと感じるのは、私の身体が熱を持っているせいかもしれない。額や首筋に掌《てのひら》を当ててみると、自分でもわかるほど熱くて驚いてしまった。これは風邪だよなぁ。

「起きたの？　具合はどうかしら？」

「エミリア……良くなってるよ。ちょっと熱っぽいから風邪かも」

声がしたほうを向けば、エミリアが部屋に入ってくるところだった。彼女の手には洗面器とタオルがある。

「身体を拭《ふ》こうと思って。気持ち悪いでしょ？　そこの水は飲んだの？」

「飲んだよ」

「あ、そう。じゃあ、服を脱いで」

いやだよ。銭湯や温泉ならともかく、ここで服を脱ぐのには抵抗がある。無言で首を振って拒否すると、エミリアはいらっとしたようだ。眉間にぐっとシワが寄ったその顔は、「手間をかけさせせんじゃないわよ」と語っている。イシュメルさんに裸を見られたこともある私だけど、羞恥心《しゅうちしん》くらいはあるんです！

けれど、洗面器のお湯をぶっかけるわよというエミリアからの脅《おど》しに屈した私は、シャツを脱いでエミリアに背中を拭《ふ》いてもらうことにした。前は自分で拭《ふ》けると言ったところ、あっさりタオルを渡してくれたのが唯一の救いである。

「なんか、ハルカ様もユメ様も年齢の割には育ってないわよねぇ」

「これが普通だから！　平均だよ平均！」

どこが育っていないのか言わなかったけど、よくわかる。君達の体形と私達日本人の体形を一緒にしないでほしい。どうせ、胸も尻もありませんよ……！

「そういえば、ハルカ様。ブレラ様が部屋を訪ねにいらしてましたけど？」

「ブレラが？　へぇー、なんだろ、わかんないわー」

「理由はわかっているくせに、子どもじみたことを」

「エミリアちゃんマジきつい」

身体を拭《ふ》き終わって新しいシャツに着替えると、すっきりした。そしてもぞもぞとベッドの中に戻り、枕の位置を整えて眠る体勢になる。

「エミリアありがとうねー、夕飯まで寝とくよ」

「はいはい」

「あと……ブレラのことはちゃんとする」

「そうね」

相変わらず素っ気ない返事をしてから、エミリアは部屋を出て行った。

ブレラが部屋を訪ねた理由は、良くわかっているつもりだ。昨日の言い合いのことだろう。謝罪されるのかさらに咎《とが》められるのかわからないけれど、ブレラは根が真面目なので、女を叩いてしまったことについては申し訳なく思っているに違いない。それは私を叩いたときの表情からも読み取れる。

私は寝そべったまま、ふぅと息をつき、昨日のことを考えていた。ブレラは当初、私とユメちゃんに「期待はしていない」と言っていたのに、今では救世主として行動せよと言っている。それはユメちゃんが課せられた使命に一所懸命に取り組んでいる様子を見て、その努力を認めたのだと思う。

反対にふざけてばかりの私に対して、彼は始終眉をひそめて物言いたげにしている。おそらく、いつも言いたかった内容が昨日の言葉だろう。確かに普段の私は救世主にはふさわしくない。ブレラじゃなくてもブチぎれるのは当然だし、実際に神殿内では私を良く思わない人がいるのも確かだ。

でも私からしたら、この世界の人々のほうが理不尽だ。人の痛みをわからないと罵《ののし》られる謂《いわ》れはまったくない。

「まったくないんだけどね……」

ミスティア国の一大事を救う手立てとして召喚された歴代の救世主は、皆祈りでこの国を救ってきたのだろう。ミスティア国にとっては藁《わら》にも縋《すが》る思い故《ゆえ》の行為であって、そこに悪意はない。

でも、こちらの意思など一切関係なく、見知らぬ世界へ突然呼び出されたのだ。そして否応無《いやおうな》しに一国の命運を背負わされることになる。これを理不尽と言わずなんと言えばいいのか。

とはいえ、この世界の事情も理解できるのが辛い。その事情と私の考え方は対立していて、解決策を見つけようにも堂々巡《どうどうめぐ》りだ。そのとき何故《なぜ》だかふと、元彼のことを思い出した。寂しいと言った元彼に、同じく寂しいと返せなかった自分が少しやるせない。

「……考えないで寝よ」

これ以上考えていては眠れなくなる。

夕食を食べたあと、気分が良くなったのでお風呂で身体を洗い、広い浴場で足を伸ばしたり、歌を熱唱したりするうちに、いつの間にかかなりの時間が過ぎていた。やっぱりここのお風呂は良い。

身体がほかほかと温まったところで部屋に帰ると、廊下から私の部屋を覗《のぞ》き見ている三人を発見した。扉を薄く開けて中の様子を窺《うかが》っているんだけど、そこに私はいませんよ。

「ユメちゃん、なにしてるの？」

「へ？　あ、あ！　ハルカさん！　お休みしていると思ったんですけど、お風呂だったんですね～」

「汗かいたしね。で、シズマくんとレイナードも一緒にどうしたの？」

珍しい組み合わせである。彼らの用件が思いつかないので尋ねてみると、ユメちゃんが顔を歪《ゆが》めた。ぎゅっと眉根が寄って、目元が険《けわ》しくなる。

「具合が悪いって聞いたんです。講義も二日続けて休むし、食事にも来ないし……少し様子を、見るだけならと思って」

「そういやそうだったわ。うん、今は良くなったよ」

心配そうにするユメちゃんに部屋へ入るよう促《うなが》す。彼女は遠慮したけど、無理やり背中を押した。

「レイナードとシズマくんもお見舞いに来てくれたの？」

「はい。ハルカ様にもしもがあれば大変ですから、当然です」

真顔で言ってくれるのはいいけど、シズマくんが言うと怖いよね！

シズマくんは心配性なところがあって、私になにか起こるたびにこうやって訪ねては気を遣ってくれる。それはユメちゃんに対してもそうなんだけど、きっとシズマくんは、ユメちゃんの指先にキスなんてしないだろう。してたら、ちょっとやだ。

「シズマくんもレイナードもどうぞ。なにもないけどね～、お茶を頼もうか？」

「私はシズマ様とユメ様の護衛ですので、お気持ちだけで充分です」

「あ、私もすぐに戻るので大丈夫です！」

本当は部屋に招き入れたくないシズマくんだけど、ユメちゃんを入れた手前、声をかける。すると彼は、申し訳なさそうに入室した。三人をソファに案内し、私はユメちゃんの隣に座ろうとする。しかし彼女は、レイナードを呼んで隣に座らせた。

え？　二人はそういう仲なの？　そして私はシズマくんの隣に座らなきゃいけないの？

「ハルカさん、座らないんですか？」

不思議そうに小首を傾《かし》げるユメちゃんに悪意は感じられないけど、私はあなたの隣に座りたかった！　それかレイナードの！

そろそろとソファの端っこに腰を下ろそうとすると、シズマくんが立ち上がって、にっこりと私の手を取った。

「部屋の主《あるじ》はハルカ様なのですから、どうぞこちらに」

そう言われてソファの中央へ誘導され座ったはいいものの、どうしてかな！　シズマくんめちゃくちゃ距離が近いよ。肩と肩が触れ合わんばかりじゃないですか。この距離はどうかと思います。でも、そんなことを言ったら私が自意識過剰な女みたいなので、気にしていない風を装《よそお》う。

そうして取りとめのない話をする間、ユメちゃんは私の体調を気遣ってくれて、市販薬のひとつでも欲しいところですよねと落ち込んでいた。現代医学の恩恵《おんけい》を受けていた私達にとって、ミスティア国で生きていくには常に身の危険が付き纏《まと》う。おそらく、この世界でインフルエンザが流行《はや》れば、死亡率はかなり高いだろう。ここで生き抜くためには、柔《やわ》な現代日本人は高いハードルを越えねばならない。そして私はそのハードルを越えるつもりなど毛頭ない。というかシズマくん、どうか目を覚ましてください。隣から熱視線を感じる。絶対こっちを見てるよ……！

シズマくんだけじゃなくて、ユメちゃんとレイナードがいて良かった。……と思っていたら、ユメちゃんが急にそわそわし出して、唐突に膝をぽんと打つ。

「あ！　そろそろ行かないと！　行きましょうレイナードさん！」

「そうですねぇ、そろそろあれの時間ですし、失礼しましょうか」

「あれですしね、あれは大事です。ではハルカさん、無理をしないでくださいね、また明日迎えに来ます～」

「ハルカ様、おやすみなさいませ」

いやいや、ちょっと待て。二人でそそくさと退室しようとしないで！

「シズマくんを持ち帰るの忘れているから！　レイナード、あなたの上司がここにいるよ！」

「あ、今はユメ様の護衛なんで」

そう言い切り爽《さわ》やかに笑ったレイナードは、ユメちゃんと出て行ってしまった。はめられた。どうやら初めから、私とシズマくんを二人きりにさせる予定だったらしい。ユメちゃんに悪意はないのだろうけど、これはだめでしょ……。隣の彼を見ると困ったように微笑《ほほえ》み、私のせいですみませんと謝った。

「……シズマくんは悪くないよ……ユメちゃんとレイナードが悪い」

今度、シズマくんと二人きりにした理由をねちっこく聞いてやることにする。なんとなくわかるけどね。まさかユメちゃんに外堀《そとぼり》を埋められるとは思わなかった。いっそ土下座してもいいから、今後は妙《みょう》な真似をしないようにお願いしよう。

それにしても、シズマくん相変わらず距離が近いな……！　ちょっと離れよう。

「エミリアにお茶をお願いしようか？」

シズマくんと二人きりという事態に耐えられず、エミリアを呼ぶため腰を上げようとしたけれど、やんわりと膝の上に手を置かれて阻止された。さらに身を寄せられ、再び距離を詰められる。

「顔色が少々悪いですね。まだ本調子ではないみたいですし、すぐに休んでいただきたいのですが……すみません」

顔をじっと覗《のぞ》き込まれてそう言われるけど、顔色が悪いのは仕方ないと思う。だって、シズマくんと二人きりだってのに、警戒しないわけがない。

「ハルカ様からは花のような香りがしますね」

「石鹸《せっけん》じゃないかなー、おそらくイシュメルさんも同じ匂いじゃないかなー」

「そういえば以前、イシュメルと浴場で鉢合《はちあ》わせしていましたね……今さらですが、少し嫉妬《しっと》してしまいます」

「いや、お互いなにも思っていないんで」

嫉妬《しっと》って言っちゃだめじゃん。そこは胸の内に秘めておいてほしいし、あからさまに言われても私は絶対に反応してやらない。しないからな。とにかく、話題をすりかえてしまおう。

そう考えていたら、シズマくんはふふふと笑って、そんなに困らないでくださいと柔らかく告げた。

「話を変えましょうか。ハルカ様はお察しかと思いますが、今回はブレラ様の件でもお話をしたくて訪ねました」

「……ブレラに役立たずの救世主を送還しろとでも言われたの？」

「いいえ、ブレラ様からはなんのお話も伺《うかが》っていませんが……口論の内容は耳に入っています」

声が講義室の外まで聞こえていたようです。そう言われて納得する。確かにブレラはいつも以上に声を荒らげていたし、私もかっとなって、ついつい大声で言い返してしまった。廊下にいた人に聞かれていても仕方ない。

気まずくなってシズマくんから目を逸《そ》らす。

内容を知っているということは、私の本心をシズマくんは知ってしまったわけで、それは彼をいやな気持ちにさせたのではなかろうか。私の昨日の言葉は、ミスティア国がどうなってもいいと言ったも同然だ。シズマくん達が理想とする救世主様は、そんな発言をしないだろう。もしかすると、嫌われるかもしれない。それは目下《もっか》の目標だったからいいんだけど、それでも胸が痛い。

しかし、予想に反してシズマくんは静かに、そして丁寧《ていねい》に私に頭を下げた。

「ハルカ様には深くお詫《わ》び申し上げます。私達の都合に巻き込んでしまって申し訳ありません」

「な、な、んで、シズマくんが謝るの……」

不快な発言をしたのは私なのに。驚いてシズマくんを見ると、少年の幼さを輪郭《りんかく》に残した彼は、緑の瞳に悲哀《ひあい》の色を宿らせていた。

「……ハルカ様のお気持ちのすべてがわかるとは言いません。けれど、理不尽だと感じることには共感できるのです」

そう言ってシズマくんは私の膝に置いていた手を退《ど》かして、そっと拳《こぶし》を握った。耐えるようなその仕草《しぐさ》に私が眉をひそめると、彼は力なく微笑《ほほえ》んだ。

「私もミスティアーシャの加護を受けているのはご存じでしょうか？」

「あ……そっか、そうだったね」

以前、エミリアに聞いた覚えがある。シズマくんもミスティアーシャの加護を受けており、私達より眩《まばゆ》く光るそうだ。そこで、ブレラの講義を思い出した。ミスティアーシャの加護を受けた人は神殿に留まらねばならない。エミリアとブレラから聞いた話と照らし合わせてみると、自《おの》ずとシズマくんが私に共感できたという理由に行き着く。彼も、平和の維持のために、幼くして犠牲になった一人。目の前の少年はどんなに落ち着いていようと十三歳の子どもなのに、神殿を纏《まと》め上げ、また、澱《よど》みも祓《はら》うのだ。

ああ、私、馬鹿だな。

私はミスティア国の他に帰れる場所があるし、そこに帰る方法だって知っている。だけど、シズマくんは違う。彼は神殿以外に帰るところなんてない。一生をミスティアーシャに捧げ、神殿で生き、司教の仕事に従事し続けなければいけない。十三歳の少年が背負えるとは到底思えない重責が、彼の肩にのし掛かっている。

「辛く、ないの？」

「私は幼い頃に神殿に呼び出されましたから、それは幸いでした。もう両親の顔もうっすらとしか覚えていません」

「覚えていないって……ここに来てから、一度も会ってないの？　呼び出されたってどこから……」

「ミスティアーシャの加護を受けるとはそういうことなのです。寂しさや辛さを抑え込む術《すべ》が、いつの間にか身についていました。それに、元いた場所のことも今は……」

そう言って穏《おだ》やかに微笑《ほほえ》むシズマくんに、それ以上聞くことはできなかった。そして、私はそのとき初めて彼を理解した。

私は、彼のことをいつも柔和《にゅうわ》で、怒りもせず、すべてを優しく受け入れる人だと思っていた。神殿のトップはさすが違うよなぁって他人事《ひとごと》のように感じていたけれど、本当は違うのだ。シズマくんは小さい頃から我慢をしすぎて、なにが辛くて、なにが寂しいのかわからなくなってしまったんだ。そして彼は怒らないわけじゃないし、すべてを受け入れているわけでもない。

「シズマくんは……諦めているんだね」

憂《うれ》いを秘めた緑の瞳、いつも変わらない微笑《ほほえ》み。十三歳の少年にしては達観していると思ったのも当たり前だ。彼はいろいろなことを諦めているんだから。

「諦めている……そうかもしれません。どうしてでしょうか。諦めることには慣れているはずなのに、今はこんなに胸が苦しい……私は今のままで充分に満たされているはずなのに、あなたの言葉を聞いたら辛くなりました」

心臓のあたりを押さえ、くしゃりと顔を歪《ゆが》ませたシズマくんの双眸《そうぼう》から涙が零《こぼ》れる。

男の子ってあまり泣かないイメージがあるけど、シズマくんはよく泣いている。それだけ感情を溜め込んで、どうしようもなかったのだろうか。もしくは、見て見ないふりをしていたものを私が指摘したことで、彼は限界を迎えてしまったのかもしれない。

彼の涙を拭《ぬぐ》おうとそっと手を伸ばすと、シズマくんは私の指先を掴《つか》んで視線を逸《そ》らした。

「すみません、ハルカ様。いつも情けないところを見られてしまいますね……私は、あなたが温かくて、眩《まぶ》しくて、羨《うらや》ましい。最近の私はおかしいのです、ユメ様を羨《うらや》んで、誰かを疎《うと》んで、ハルカ様に心を動かされています……私はハルカ様がこの国をどうでもいいとおっしゃったと聞いたとき、あなたが羨《うらや》ましくなりました」

「それは、自分でも言いすぎたと思ってるんだけど」

「いいえ、私も、そう思っていたのです。神殿に連れて来られ、知らない他人のために祈り、見たことのない精霊を信仰する。いつしかこの国に望むものもなくなって、私はどうでも良くなっていたんです」

言葉が震えて声も掠《かす》れていくシズマくんに、それは彼の本心でもあり、同時に認めたくない部分でもあるのだとわかった。正直言って、私はできた人間じゃない。どうでもいいと思うことで、気丈に振る舞えた。それは自分でも認めたくなかった弱い私だ。

でも、こんな風に泣かれてしまったら、どうでもいいと切り捨てることができなくなる。悲しそうなシズマくんを見て、私の胸も痛む。

「お願いです、いつかあなたは帰ってしまう。だけど、どうか、少しでいいので、私のことを心の隅に置いてください。毎日考えなくてもいい、思い出さない日が続いても構いません。せめてあなたを好きでいさせてください。……私は、あなたがいるだけで救われるんです」

「……馬鹿、だね」

自分の気持ちに応《こた》えようとしない私を好きでいたいなんて言うシズマくんは馬鹿だ。もっと素敵な女の子と出会って、お互いに想い合えるようになればいいのに。シズマくんの好意に笑顔で応《こた》えてくれる、そういう子がいるはずなのに。けれど、痛ましい様子の彼に酷《こく》なことは言えなくて、私は鼻をすんすんと鳴らしながら頷《うなず》いた。

シズマくんはこれからもミスティアーシャの加護を受ける者として、神殿に留まり続ける。もし、私がいる間だけでも彼の苦痛を和《やわ》らげることができるなら、もう少しくらい頑張ってもいいんじゃないかって思えた。

「ありがとうございます、ハルカ様。おいやかもしれませんが、あなたが救世主様として来てくださって良かったと思います」

そう言ったシズマくんは私の指先に唇を押し当て、そっと目を閉じ、私の幸せを祈ってくれた。この世界で私のために祈ってくれた唯一の男の子。私は抵抗しなかった。

指に当たる唇の動きと、そこから漏《も》れる空気がくすぐったくて、ぴくりと指が震える。泣いていたシズマくんの手を振り払うことなんてできず、されるがままになっていると、唇がするすると下がり、掌《てのひら》のくぼみに当てられた。

「シズマ、くん……っ！」

「あ……申し訳ありません、その、つい、すみません、女性の掌《てのひら》にキスしてしまって……！」

恥じらうように手を離してくれたシズマくんに、私は上《うわ》ずった声で答えながら首を横に振る。変な意味でキスしたわけではないとわかっているけど、こそばゆいというか、ぞくっとするというか……！　十三歳なのにエロい！　なんか色気がにじんでいる！

元彼だって掌《てのひら》や指先にキスなんてしなかったし、そこに口付けしちゃうの!?　という驚きと相まって動揺してしまう。

もしかして、ミスティア国の方々は、いわゆる肉食系ってやつでしょうか。

＊　＊　＊

シズマくんと話した翌日の朝、ユメちゃんは昨晩の宣言通り私を迎えにやって来た。まだベッドから抜け出していない私を見て、彼女は申し訳なさそうな顔をする。別にそれはいいんだけどね！　まずは昨日の説明をしてもらおうか！

「ユメちゃん、レイナードと組んだね」

「あ、あははは〜、ちょっとお節介を焼こうかなぁって。ええと、楽しかったですか？」

「心臓が潰れるかと思ったわ。もう変な気を遣うのはやめて」

「えへへ、それで今日は体調はいかがですか？」

悪くはないけど、講義に出てブレラと会うのは気まずい。どうしようかと考えつつ、ベッドから抜け出して服を着替えることにする。寝間着を頭からがばっと脱いでベッドに投げると、ユメちゃんが顔を真っ赤に染めて慌てていた。

「きゅ、急に脱ぐなんてどうかと思います！」

「脱いだよ」

「事後報告はいりません～。もう、さっさと着替えてください。は、恥ずかしいじゃないですか～！」

なんで？　私達、一緒にお風呂に入ったこともあるし、同性だよね？　ユメちゃんは恥ずかしいと言っている割に、私の下着姿をばっちり視界に入れている。そしてしげしげと見てから、私とあまり変わりませんよねぇという感想をくださった。私はそんな彼女に、適当な服を頭から被り、背中のボタンを留めてほしいとお願いする。

「ところでユメちゃんはさ、レイナードと仲が良いの？」

「レイナードさんですか？　最近はよく護衛をしてくれます。ハルカさんがお休みしていた日は一緒にお茶を飲みましたよ」

「へぇ？　レイナードのことが好きなの？」

「な、なに言っているんですかぁああ！　わ、たしは……お茶友達です！　それでいいです。はい、ボタン留めましたよ～」

ユメちゃんは顔を真っ赤にした。そんな彼女に「ありがとう」と言うと、彼女は櫛《くし》を取り出し、私の髪を梳《と》き始めた。私は別に髪を触られるのが嫌いなタイプじゃないので、なにも言わずユメちゃんの好きにさせる。

「今度はハルカさんも一緒にお茶しましょう」

「ええー、ガールズトークになるよ？」

「はい！　友情第一です！」

友情ね、なるほど。ミレイさん、ブレラ、イシュメルさんもまだチャンスはあるのかも。安堵《あんど》した私に、ユメちゃんが言葉を続ける。

「ねぇ、ハルカさん。辛くなったら、私を頼ってくれてもいいんですからね。お話くらいなら聞けますから！」

「……ありがとう、ユメちゃん」

「それで、物は相談ですが、ブレラさんと言い合いをしたと聞きました～。良ければお菓子を作って持って行きませんか？　実は、今日は直談判《じかだんぱん》して、講義をお休みにしてもらったんです！」

つまりは、お菓子を作ってブレラに謝れという提案である。ユメちゃんの優しさに癒《いや》されて、自然と笑みが浮かんだ。確かにこのままではブレラとは顔を合わせづらいし、お菓子といえども、きっかけになるならいいかもしれない。

こうして、二人でクッキーを作ろうということになったんだけど、ユメちゃんいわく、ブレラにだけではなくお世話になった人達にもあげたいらしい。

「私は、ミレイさん、イシュメルさん、シズマくんもそうですし、レイナードさんにも持って行こうかなぁって考えているんですけど。ハルカさんは誰にあげますか？」

「ブレラ以外には……いないかなぁ」

「え⁉」

「えっ」

どうしてそんな目で見られなきゃいけないのだろうか。ユメちゃんの可愛らしい顔にはっきり書かれたアリエナイという文字に、私は首を傾《かし》げてみせた。

「シズマくんにはあげないんですか？」

「……え、あげなきゃいけない？」

「一応、保護してもらっている身ですし、あげても不思議はないと思います〜」

それは一理あると思うけど、ユメちゃんってこんな風に物事を考えるタイプじゃない。どうやら誰かに入れ知恵をされているようである。誰だ。まさかレイナードか。そう思いながら半眼で見ると、ユメちゃんは慌てて首を横に振った。そして、クッキーを作るというのはエミリアさんのアイデアです！　と暴露《ばくろ》してくれた。なんだ、エミリアなら納得である。

「まぁ、それもそうか。じゃあ、シズマくんとブレラ、エミリアにあげよっかな」

「はい！　あ、そういえば、仲の良い騎士さんがいませんでしたっけ？」

「平凡顔のイース？」

「へいぼんがお……あの、苦労……人の良さそうなお兄さんです」

イースか。でも、彼は神殿にいないみたいだから、クッキーを渡すことはできない。

大体、イースのことである。もしあげたとしても、私から貰ったクッキーに失礼なことを言うに違いない。私のことを変なところで信用してくれないのだ。それにしても、全員にクッキーを渡すとはイベントの匂いがする。ユメちゃんがミレイさんにあげるクッキーに、私のクッキーを交ぜておこう。

そうして二人で作ったクッキーを分けて袋に詰め終えた頃には、お昼も過ぎていた。

思いの外、夢中になっていたようだ。まずはブレラに持って行くべきだろうということで、ユメちゃんに付き合ってもらう。だけど、一緒に講義室に入るのかと思えば、ユメちゃんはにこりと笑って、ここで待っていますから、仲直りができたら呼んでくださいと手を振った。ですよねー、私も他人の喧嘩《けんか》に首をつっこみたくないし。

軽く拳《こぶし》を握ってドアの前で深呼吸をする。力を入れすぎたせいで、ごんごんと随分乱暴なノックをしてしまった。

「開いてるから、勝手に入れ」

ぶっきらぼうな入室許可が下りたので、遠慮がちにドアを開けて中を覗《のぞ》き込むと、ブレラが机に向かい書き物をしていた。手元の資料を捲《めく》りつつ、ペンを走らせている。もしかしてお邪魔だろうか。日本人らしく空気を読むべきか考えながら、私はそっと講義室の中に身を滑り込ませた。

なんて声をかけようか。

『よ？　元気だったか？』

近所の兄ちゃんか。

『あら、奇遇ですね、あなたもここに？』

空々《そらぞら》しいわ。

『喧嘩《けんか》売ってごめんちゃい！』

さらに喧嘩《けんか》を売るような真似はできない。

思案《しあん》しつつブレラを見つめていると、彼はふと顔を上げた。そして目を大きく見開いてから、ペンを置いて静かに立ち上がった瞬間——椅子をひっくり返し、机上に積み上げた紙束をぶちまけた。

「う、うわ、すまない、ちょっと待っていてくれ」

そう言って紙を拾うブレラに近寄って、私も落ちた紙を集めて差し出した。すると彼はもごもご口を動かしたけれど、なんと言ったかは聞き取れなかった。いつもの怒号《どごう》はどうしたというのだろう。気まずいのだろうか。それならば安心してほしい。私も気まずい。

「……これ、クッキー作ったから、ブレラにあげる」

「……あ、ああ、ありがたくもらう」

「それで、その」

「うん、そうだな、うん」

クッキーの包みを渡すと、受け取ってはくれたものの、ブレラは目を逸《そ》らしてわけのわからぬ相槌《あいづち》を打ってくる。私は私で、我ながら気持ち悪いくらい歯切れが悪い。あまりの微妙な空気に、いっそのこと一気に謝って、ピンポンダッシュのごとくこの場から走り去ってやろうかと思った。

「この間のことなんだけどね」

「いや、待て。まずは……僕から謝らせてくれないか。頭に血が上《のぼ》ったとはいえ、女性の頬を叩いてしまって申し訳ない。跡になっていないか心配したんだが……」

「大丈夫。私こそフルスイングでビンタしたけど、後悔はしていない」

そう答えると、ブレラは苦笑して、結構痛かったなと頬を擦《さす》った。だろうね。

「そしてもうひとつ謝りたい……ハルカやユメの気持ちを考えず、僕の主観を押し付けてしまっていた。少し考えればわかるはずなのに、不愉快にさせてすまなかった」

目を伏せて素直に謝罪するブレラが意外だった。今まで、真面目だけどプライドが高く、友達がいない不憫《ふびん》な野郎だと思っていたのに、目の前の彼は潔《いさぎよ》く謝ることができる好人物だ。

「……私もごめん。どうでもいいなんて酷いこと言って」

「……いや、お前はこの国の人間ではないからな。僕達の問題に一方的に巻き込んでしまった」

「うん。でも、私さ、ちょっと考えたんだよね。帰るのを諦めることはないんだけど、まぁ、もう少し真面目に救世主様の仕事をしてもいいかなって」

昨晩、シズマくんと話して思ったことだ。帰ることを最優先にするけど、その間にあるだろう澱《よど》みを祓《はら》うお仕事や祈りなどは、もう少し真剣にやってもいいんじゃないかと。どうでもいいって言ったものの、やっぱり治安が悪化して誰かが傷つくのは心が痛い。そう考え直した。まぁ、私はユメちゃんのおまけみたいなものだけど。

「一応、歩み寄りをしようとね。私とブレラの考えは、すり合わせることはできても、答えは出ないと思うし」

「それには同感だな。けれど……僕は研究者だからな。難しい問題に取り組むのは本業だ」

険《けん》の取れた笑みを浮かべるブレラを見て、私も自然と笑みが零《こぼ》れた。仲直りできて良かったと思う。講義室の外にいるであろうユメちゃんを呼ぼうとしたとき、ブレラが私の名前を呼んだ。なんだと思って見れば、彼は少し恥ずかしそうにそっぽを向いている。

「こう言うのもなんだがな……僕は自分でも気づかなかったというか。その、お前に対して特別な感情を抱いている」

そう言ってから、ブレラは照れ隠しのようにこほんと咳払いをした。私はというと、突然の展開についていけない。なにこれ、え、喧嘩《けんか》することで恋愛フラグが成立するの？　容赦《ようしゃ》なく頬を叩かれたのに好感を持っちゃうなんて、ブレラってマゾなのかな！　そんな情報は知りたくなかった。先程の爽《さわ》やかな青春の一ページが塗り替えられてしまいそうな予感がする。

「ハルカ……お前とは気を遣わずなんでも言い合えるような、そんな関係になれると思っている」

「え、あの、ブレラ、突然、そんな」

「ああ、わかっている。言うものではないかもしれんが……言わせてくれないか。僕の……」

いやいや、その先を聞きたくないんですけど。恋人になってください、とか？　そんなまさか。シズマくんからのアタックだけで、すでに私のライフはゼロに近い。

ブレラはさっきまで照れたようにそっぽを向いていたのに、急に真面目な顔つきで私に向き直った。

「僕の、友人になってほしい」

わああ！　今、すっごい死にたい！　恋人に……？　なんて思ったのに勘違いだったのか。恥ずかしくて死んでしまう。

「……もちろん、これからヨロシク」

手を差し出したら、嬉しそうに握り返された。ブレラと頬を叩き合い、口喧嘩《くちげんか》をしたらなんと友情が芽生《めば》えました。これって乙女ゲームの世界としてはどうなんだろう。でも、友人になってくれないかと恥ずかしそうにしている彼にノーと言える度胸はないし、断るほど無慈悲でもない。ブレラに異性として好かれているかもと勘違いした私は、羞恥心《しゅうちしん》に悶《もだ》えながらなんとか頷《うなず》いてみせたのだった。

講義室を出て、ショックから回復したあとは、ユメちゃんと共に鍛錬場《たんれんじょう》に行くことになった。もちろん、ユメちゃんもブレラにクッキーを渡した。ブレラ、嬉しそうだったなぁ。けれど、あいつと友情を深めてしまったら、これからどうやってイベントを邪魔すればいいのかな。せっかく築いた友情が崩壊するかもしれない。やるせない話である。

「鍛錬場《たんれんじょう》って相変わらずむさ苦しいなー」

「ハルカ様ひでぇ！　俺達の血と汗の結果で守られてんじゃないですか！」

「感謝してます。お礼に良い夢が見れますように！」

絡んできた騎士を適当にあしらっておく。ここにはユメちゃんファンの騎士が大勢いると思うんだけど、その中でミレイさんにだけクッキーをあげるのは心苦しく……ないか。騎士の皆さんは、ユメちゃんの姿を見ただけでテンションが上がるらしい。

タイミング良く休息時間だったみたいで、ミレイさんは目ざとくユメちゃんを見つけてやって来た。ちなみに、彼女の周りに群がろうとした騎士達を威圧《いあつ》しながらの登場である。

「やぁ、ユメ。俺に会いに来てくれたんだ？」

「はい。実はクッキーを作ったのでミレイさんにと思って～」

ユメちゃんの両手ごと包みを受け取るミレイさんの手に、私は手刀《しゅとう》を入れてみる。

「ハルカ……もしかして、ハルカも一緒に作ったのかな。ユメのだけで充分なんだけどね」

「残念でしたぁ！　その包みの中のクッキーは一枚だけユメちゃん作なんですぅ！　もちろん、ミレイさんは当てられますよねぇ？」

小さないやがらせとして、ミレイさんに渡した包みには、一枚以外すべて私のクッキーを入れた。見た目は同じだし、実質、どれがユメちゃんのクッキーかはわからない。そう宣言すると、ミレイさんはいやなものを見る目で私を見た。けれど、包みを開いた彼はじっと中身を見つめてから、クッキーを一枚だけつまみ上げたのである。そしてそれを得意気に口に含んで、「シナモンが効いているね」と言ってくださったのだった。

「おや、ハルカ。顔色が悪いね？　もしかして、これがユメのクッキーだったかな」

「ちょっとシナモンを振りすぎちゃったんです」

そうだよ、シナモンが効いてるのがユメちゃんのクッキーだよ。なんでわかるんだよ、お前は。逆に気持ち悪いわ。ドン引きした私は、汚いものを見るような目をミレイさんを向けておいた。腕にはぷつぷつと鳥肌が立っている。ミレイさんはおいしいよと嬉しそうに微笑《ほほえ》み、そして一枚だけ食べたクッキーの包みを丁寧《ていねい》に元に戻す。

私がぎりぎりと奥歯を噛《か》み締めていると、そこにイシュメルさんもやって来た。彼はユメちゃんと私に挨拶《あいさつ》をすると、わかりやすくユメちゃんの手にある包みをじっと見つめる。

「あ、イシュメルさんもどうぞ。この前助けてくれたお礼です」

「ありがとうございます」

ユメちゃんから素直にクッキーを受け取ったイシュメルさんは、ちらりとミレイさんの手にある包みも見る。私には彼がなにを問いたいのかわからないけど、ミレイさんには通じたらしい。肩をすくめて、「ユメとハルカのクッキーだよ」と素っ気無く言い放《はな》った。

「……これにもハルカ様のクッキーが入っているんですか?」

「それは私が作ったもので……その、ミレイさんにあげる分だけは別にしてくれと……」

「そうですか。では、ハルカ様のクッキーも頂《いただ》けるんですか?」

相変わらず真顔でおかしなことを聞いてくるな……! イシュメルさんが爆弾発言を投下する人物だということを完全に失念していた。イシュメルさんはユメちゃんのことが好きなんだから、彼女の手作りクッキーだけで充分じゃないか。

「なんでハルカがイシュメルさんにクッキーをやらねばいかんのですかぁ?」

思わず素《す》とぶりっこが混ざってしまったけど、心の底からの疑問だ。

「欲しいからです」

けれど、彼の答えはシンプルかつ意味深だった。いやでも、私は勘違いしないからね。先程、ブレラで誤解しかけた私に付け入る隙《すき》はない。なんだ、ん? お腹でも減っているのか? その図体じゃクッキーなんて腹の足しにもならんだろうが。あえて斜め上の解釈をしながら、ばちんとウィンクをして、イシュメルさんに人差し指を突きつけた。

「やだぁ! ハルカったら好かれてるー、でも、イシュメルさんはユメちゃんが好きなんですよね?」

「はい、好きです」

「じゃあ、それだけでいいじゃないですかぁ! 万事おーるおっけぇ!」

「ハルカ様も好きです」

「……くそ、どこかでやったなこの会話」

この応酬《おうしゅう》に覚えがありすぎて、私は額を押さえながら記憶を探る。確か森の澱《よど》みを祓《はら》ったあと、イシュメルさんが好きな人として礼拝に来るおばあちゃんの名前までつらつら挙げたときのことである。もしや……イシュメルさんはまだ好意の区別がついていないのだろうか。そんなまさか。前から苦手だと思っていたけど、ここまで厄介《やっかい》なタイプだとは夢にも思わなかったよ……!!

イシュメルさんとは、いつか話し合いの機会を設《もう》けなければいけないということがわかった。

「ユメちゃん。ちゃっちゃとシズマくんのところに行ってクッキー渡して来よう。多分、今日は疲れる気がする」

「疲れるって……私は楽しいですけど……でも、ハルカさんは病《や》み上がりですしね」

「体力なくてごめん。あ、一応どうぞぉ」

イシュメルさんにクッキーをあげると、彼は丁寧《ていねい》に頭を下げた。礼儀正しくていい人なんだけど、お礼を言う抑揚《よくよう》のない声と、あまりの無表情さになんだかなぁと思ってしまう。私は苦笑したユメちゃんの手を引いて、さっさと鍛錬場《たんれんじょう》をあとにした。ミレイさんがクッキーを結局どうしたかは知らない。

「ハルカさん、ハルカさんは今、恋愛する気はないんですよね？」

「うん？　そうだね、さらさらないよ」

「そう、ですか〜！」

質問の意図が読み取れないけど、ユメちゃんは私の答えに複雑そうだった。

そしてシズマくんの執務室に着くと、突然の訪問にもかかわらず、シズマくんは快《こころよ》く私達を迎えてくれた。先日、赤くしていた目は、今はすっかり落ち着いていて、泣いた跡は欠片《かけら》もない。ほっとしていいのか、それともまだ憂《うれ》いを抱え込んでいるのかと心配したほうがいいのか、悩みどころである。でも、ユメちゃんの手前、昨晩の話を持ち出すわけにはいかず、ただクッキーを手渡した。シズマくんがいつも食べているようなおいしいものではないのが少し不安だったけど、彼なら無下《むげ》にせず食べてくれるだろう。

ちなみに今日は、片手でがっちりユメちゃんの手を握っている。絶対に逃がさないし、もし二人きりにされたら、ユメちゃんのパンツを丸めて鍛錬場《たんれんじょう》に投げ込むと、あらかじめ脅《おど》しておいた。ひとでなしと言われたけど、案外クッキーよりも喜ぶんじゃない？

しかし本当にやるわけがない。さすがにそこまで酷いことはしない。

「ハルカ様のもユメ様のも、とてもおいしそうな匂いがします。ありがとうございます」

「シズマくんにはお世話になってますし。ねぇ、ハルカさん！」

その無理やりなフリはなんですか。

「ところで、他の方へも渡されましたか？　皆さん、喜ぶと思いますよ」

「ミレイさんと、イシュメルさん、ブレラさんのところを回って来ました〜」

「そうですか。ハルカ様もご一緒に？」

当然である。今回ばかりはクッキーに入れる砂糖を塩にすり替えることはできなかったけど、ユメちゃんへの好感度を知るためにも、連中が彼女から手作りクッキーを貰ってどういう反応を示すのか、調べなくちゃいけない。女神様のご慈悲である！とばかりに喜ぶものだと予想していたけれど、実際の反応は比較的落ち着いていた。ブレラは嬉しそうだったものの、私と友達になったときのほうがもっと嬉しそうだった。ミレイさんは相変わらずユメちゃん一直線なので割愛《かつあい》。反応が気になるのはイシュメルさんである。彼がユメちゃんに抱いている好意は恋愛感情なのか怪《あや》しい。

ついでに言うと、シズマくんはユメちゃんにもお礼を言っているけど、視線はわかりやすくずっと私に注《そそ》がれている。あのね、そうあからさまにされても、私はシズマくんにぐらつきませんからね！　絶対！

「そういえば、イースにも作ってあげるのですか？」

「いや、あげないよ。その代わり、感謝を祝福で表しているし」

「……それって感謝になるんですかね……」

ユメちゃんがいつの間にかツッコミを覚えてしまった。前まではこんなとき、困ったように笑うだけだったというのに。

「イースはいとこのお兄ちゃんみたいな感覚だしね。気楽っていうか、こいつにはなにしてもいいなという安心感」

「なるほど。よくわかりましたが、なんだか妬《や》けてしまいますね」

「……そうかなー」

シズマくんの目が一瞬、笑っていなかった。やっぱりシズマくんってちょっと怖い。触らぬ神に祟《たた》りなしというし、理由をつけて急いで執務室を出たんだけど、見送る彼を見て、蕩《とろ》けそうな笑みでクッキーを大事に持つ十三歳……可愛い……と思ってしまったのは許してほしい。

渡したい人には渡せたし、エミリアには顔を合わせたときにでも渡そうと思っていたので、あとは二人でクッキーを食べることになった。中庭の池のほとりに建つ東屋《あずまや》に行って、二人で並んで座る。膝にそれぞれが作ったクッキーの包みを広げて、さぁ食べようというタイミングだった。レイナードが日の光を受けて、きらきらとした笑みを浮かべながらやって来たのは。

「ハルカ様、ユメ様、ご機嫌よう。おや、お茶会ですか？」

「ハルカさんとクッキーを作ってみたんです」

「いいですねぇ、おいしそうですねぇ、女性が作ったクッキーなんて縁がなくて」

あからさまにクッキーを強請《ねだ》るレイナードに、ユメちゃんはくすくすと笑いながら、膝の上に広げていた包みを差し出した。レイナードは白々しく「いいんですか？」と尋ねながらも、手はすでにクッキーに伸びている。上品なイメージのあるレイナードだったけど、意外にもクッキーを一口で食べてしまう。ゆっくり噛《か》んでから呑み込んだレイナードは、口元を緩《ゆる》ませて私好みの味ですとユメちゃんのクッキーを褒《ほ》めた。

「良ければもっとどうぞ～……ちょっとシナモンをかけすぎたかなと思ったんですけど、レイナードさんのお口に合って良かった」

「シナモンは好きなので嬉しいですよ、おやまぁ、ハルカ様のも頂《いただ》けるので？」

私はなにも言ってないし、なにも差し出していないけどな。どこか憎めない彼に、笑いながら私もクッキーを差し出す。すると、それも丁寧《ていねい》に食べてくれた。レイナードはおっとりしているように見えて、意外と押しが強いみたいだ。そのあと、喉が渇くからお茶が飲みたいねという話になったので、ならば私が取りにいこうか？と腰を上げる。

「エミリアにクッキーを渡すつもりだったし、ついでにお茶も貰って来るから待っててね」

ひとつだけ残った包みを持ってエミリアを探しに行けば、ちょうど彼女が私の部屋から出てくるところだった。声をかけると、彼女は眉根を寄せて、「なんの用？」とつっけんどんに返してくる。もしかして機嫌が悪いのだろうか。それにしても、部屋の掃除をしていたようには見えないし、なんの用事でここにいたんだろう。

「クッキーを作ったからエミリアに渡そうと思って」

「ふぅん？　ありがたく貰うけど。ユメ様と作ったの？」

「もちろん。今は中庭でお茶にしようって」

「わかった、お茶を用意して中庭に運べばいいのね。ちなみに、ブレラ様とは仲直りできたのかしら」

「……友情が芽生《めば》えました」

「あら、意外」

先程の怖い雰囲気をなくして笑うエミリアに、少しほっとする。彼女は美人なだけあって、不機嫌な表情をするとかえって恐ろしい。

「レイナードもいるから三人分かな。あ、もし良かったらエミリアも一緒にどう？」

「……レイナード様？　確か騎士の人よね？」

その問いに頷《うなず》くと、エミリアは少しだけならと珍しく誘いに乗ってくれた。あれ？　もしかして今日は機嫌が良いのだろうか？　そうして手際良く紅茶を用意してくれたエミリアと共に東屋《あずまや》に戻ると、クッキーはほとんどなくなっていました。おい、レイナード。

「エミリアさん！　お茶をするのは久しぶりですね～！」

「そうね。今、淹《い》れるから」

「……ちょっと待って！　私、エミリアとお茶するの初めて！　どうして私を呼んでくれなかったの？　ねぇ！」

「ごめんなさい、そのときはハルカさん、シズマくんのところに行っていたので」

そのときっていつだろう。シズマくんとのユメちゃん会議は、最近は開かれていないんだけど。まぁ、それ以降にも呼び出されたことがあったからなぁ。ユメちゃんは答えを濁《にご》すし、結局いつのことなのかわからなかった。でも、エミリアとユメちゃんが仲良しだと知って、ちょっぴりショック。それを感じ取ったのか、レイナードがよしよしと慰《なぐさ》めてくれた。

しかし、問題はここからである。レイナードに撫《な》で撫《な》でされた私を見て、ユメちゃんが思わずといった調子で、いいなぁと呟《つぶや》いたのである。それを聞いたレイナードは当然のようにユメちゃんの頭を撫《な》で、残り少ないクッキーをあーんで食べさせたのである。

「ユメちゃん！　男の人に手ずから食べ物をもらうなんて！　破廉恥《はれんち》！」

「は、はれんち？　そ、そんなことないです！」

先程、パンツを男の群れに投げ込んでやると脅《おど》した女のセリフとは思えないようなことを、つい叫んでしまった。その甘ったるい空気はなんですか。レイナード、他人の唇の端についたクッキーの欠片《かけら》をとってペロリと舐《な》めるのはいただけないと思います。

恋人同士ではないかと思うくらいピンクな空気を垂れ流している二人に、私は堪《こら》えきれず紅茶を一気にあおった。ふとエミリアを見る。彼女は微笑《ほほえ》みを浮かべているけれど、その目は笑っていない。怖い！　私だっていちゃいちゃする二人の横にいたくないけどね……

「ユメ様は小鳥のように愛らしいですねぇ。ぜひ、私のために歌ってほしいものです」

「あ、ハルカさんとよく歌っていますよ～」

ユメちゃんがほっぺたをピンクに染めて照れている姿は可愛いけれど、レイナードの要求は、決して浴場での熱唱のことではない。この恋愛イベントじゃないかと思うくらいのラブラブっぷりに、私はひとつの可能性を想定していた。

もしかして、ヒロインといっても自由恋愛オッケーなんじゃない？　ユメちゃんは攻略対象と結ばれるものだと思っていたけど、実際はレイナードと仲良しである。

そんなことを考えていたのだが、心なしか吐き気がする。

「ハルカ様？　顔色が青いけど、気分でも悪いのかしら？」

「……うん、ちょっと。部屋で休んでくる」

すると、エミリアが付いてきてくれることになった。レイナードが「運びましょうか？」と言ってくれたけど、ユメちゃんとの時間を邪魔するのも忍びなく、断ってエミリアと自室に戻る。そうして私は、ベッドにもぐり込んだのだった。

クッキーを作った日から、また体調が崩れ始めた。妙《みょう》にだるくて、酷いときには頭痛と吐き気がする。これは風邪だろうか。そう思ってベッドでしばらく休むと良くなっているので、もしかしたらストレスによる体調不良なのかもしれない。

ちなみにイシュメルさんの問題発言については、あのあときちんと問い詰めた。ここ数日具合が悪い私の心配をしていたシズマくんの使いで部屋にやって来た彼を、捕まえたのである。腕を引いて部屋にひっぱり込むと、イシュメルさんは、素直にソファに座ってくれた。私も彼の向かいに座る。その整った顔でそんなに従順だなんて、いつか悪いお姉さんにいいようにされてしまわないだろうか。ちょっと心配になってしまう。

「イシュメルさん、聞きたいことがあるんですけど」

「はい、答えられる範囲でなら答えます」

「じゃあ聞くけど、ユメちゃんと私のこと、好きだって言ったじゃない？」

「はい」

「その好きに違いはあるのかな？」

「……違い、ですか？」

無表情に繰り返すイシュメルさんに頷《うなず》くと、彼は赤い瞳でじっとこちらを見つめて、しばらく動かなかった。この長いようで短い付き合いの中で、イシュメルさんが感情を言葉にするのが苦手なことはわかっていたため、視線を受け止めながら大人しく待つ。その間、なにも言わずただ見つめ合うのは憚《はばか》られるから、私はちょっと視線を逸《そ》らし、彼の考えが纏《まと》まるまでその姿をちらちらと観察していた。

「……ユメ様のことは、お守りしたいと思っています。何故《なぜ》なら、ユメ様は人を惹《ひ》き付ける方なのに、臆病《おくびょう》であるからです」

頭の中で一所懸命に組み立てただろう文章を淡々《たんたん》と口にするイシュメルさんに、なるほどと相槌《あいづち》を打つ。私が今まで聞いたユメちゃんの評判の中で最も多いのは、彼女を守ってあげたくなるというものである。どうやらイシュメルさんも、ユメちゃんに対して庇《ひ》護欲《ごよく》を抱いているらしい。

「ユメちゃんを恋人にしたいということ？」

「それはありません」

はっきりと否定したイシュメルさんの強い口調に驚いて、彼の赤い瞳を見る。まっすぐこちらを見つめ返す彼の目から感情は読み取れなかったけれど、ユメちゃんを恋人にとは思っていない様子だった。どうしてだろう、ユメちゃんはみんなから恋人に望まれる存在だと思っていたのに、実際は違うようだ。イシュメルさんはゆっくり言葉を続ける。

「性的な身体の触れ合いが、好きではない、のです」

「……あーそうなの？　斜め上の回答でどう反応したらいいのか」

「すみません」

「いや、こちらこそ、カミングアウトさせてしまってごめんなさい」

予想以上に重い理由に、聞かなければ良かったと後悔している。性的な触れ合いが好きじゃない、というのは女性に多そうだけど、まさか男性のイシュメルさんから聞くことになるとは思わなかった。謝る私に、彼は首を横に振って、たいしたことではありませんと、珍しく気を遣ってくれた。

「先程の続きですが、ハルカ様のことは、一緒にいると楽しいと思います。何故《なぜ》なら、ハルカ様は気兼ねなく会話を続けてくださるからです」

「……つまり、私は気楽に話せる人で、ユメちゃんは守りたい人というわけね」

「はい。ところで、ハルカ様はどうお思いでしょうか」

抑揚《よくよう》のない口調で投げかけられた質問に首を傾《かし》げる。それは私がイシュメルさんをどう思っているか、ということだろうか。流れからしてそうだよね。

「イシュメルさんのことは、素直でいいやつだって思ってる」

まぁ、君の言動はちょっとばかり心臓に悪いけどね。しかし、そんな本人に言わなくていいことについては、口を噤《つぐ》んでおいた。

このような会話を先日交わしたのであるが、イシュメルさんがユメちゃんに恋心を抱いていないという事実は、私を混乱させるのには充分だった。乙女ゲームの登場人物は全員がヒロインを好きになると思っていたのに、実際は違うらしい。シズマくんは言わずもがな、もしやブレラもそうなのだろうか。

もしかして、私がユメちゃんのイベントを邪魔しすぎて好感度が上がらなかったとか？　そんなまさか！

「そういえばレイナードと良い雰囲気だし、ゲーム通りに進んでいるわけじゃない……？　だとすると、結末もゲーム通りじゃないとか……？」

自室で休みつつ、新たな可能性に希望を見出《みいだ》していたとき、ユメちゃんと一緒にシズマくんの執務室に呼び出された。用件はなんだろうと二人で話し合った結果、厳粛《げんしゅく》な神殿においてお風呂場で熱唱するのは、さすがにまずかったのでは？　ということになった。そうだとしても、今さら注意されてもなーというのが正直な感想である。あと、ユメちゃんがこぶしをきかせて歌ったのも原因じゃなかろうか。救世主様のイメージが壊れるとかでさ。

二人で日頃の行《おこな》いを省《かえり》みながら執務室へ向かうと、シズマくんは待っていましたと言わんばかりに迎えてくれた。いつものふかふかソファにユメちゃんと並んで座ると、シズマくんが話を切り出す。

「申し訳ありません。実はお二人にあることをしていただきたくて」

「あ、怒られないんだ」

「良かったですね～」

「……叱られるようなことを、お二人はなさっているのですか？」

「いや、まったく、全然」

きりりとした表情で否定すると、苦笑が返ってきた。シズマくんの呼び出しイコール怒られるか迫られるとインプットされていたけれど、今回はどうやら別件らしい。話を聞けば、一週間後に開かれる精霊祭で第四王子の祝福の儀があるため、ユメちゃんと私にもそれを祝ってほしいということだった。王室からの急な依頼にシズマくんは渋ったのだそうだけど、王都は警備も万全だし儀式もすぐに済むからとごり押しされたらしい。神殿の司教として精霊祭の重要性を承知しているシズマくんは、仕方なく受け入れたみたい。

「急ですが、お二人には少しばかり講義を受けてから、祝福の儀に臨《のぞ》んでいただきます」

「それって難しくないんだよねぇ？」

真っ先に情けないことを尋ねてしまう。シズマくんは、儀式の際に祈って、王子にちょっと祝福の言葉をかけるだけだと教えてくれた。それなら大丈夫かな。懸念《けねん》すべきは私の祝福がきちんと祝福になるかである。今までの経験から言って、私の祝福の結果は悪がきのいたずらレベルである。王子が思春期の男子らしい夢を見ることくらい問題ないだろう。

「あの、ハルカ様……」

シズマくんが気まずそうに私の名前を呼ぶので、いやな予感がした。

「できれば祈っている間は眩《まばゆ》く光っていただきたいのですが」

「私に人間蛍光灯になれとおっしゃる⁉」

それは難題では？　この儀式は楽勝なはずではなかったのか。エミリアいわく淡い光しか纏《まと》わない私には、ちょっと高度すぎる。なんでユメちゃんと同じ講義を受けて毎回一緒に祈ってんのに、こうも違うんだろうなぁ。信心深さの違いってやつか。じゃあ、無理だわ。こちとら、年末には寺に行き、年始には神社へ行く。クリスマスもチキンとケーキで祝うのだ。

「ハルカさん、すでに諦めた表情になっています！　頑張りましょう、私でもできたんですから、きっとできます！」

ユメちゃんにできて私にできないことはいっぱいあるよ。そう冷静に言ったら、彼女はそんなことありませんときっぱり否定したんだけど、ユメちゃんの中の私像ってどうなっているんだろう……？

救世主の証《あかし》として眩《まばゆ》く発光してほしいとシズマくんに難題を突きつけられ、ブレラと特訓の日々が始まった。ミスティアーシャを研究する学者として何故《なぜ》祈ると光るのか解明し、そのコツを教えてくれと頼み込んだ結果である。ちなみに、祝福の儀はユメちゃん一人でいいんじゃねとさりげなく提案したら、彼女が泣きそうな顔で腕を掴《つか》んできたので断念した。しかし正直に申し上げるならば、私は断固として発光したくない。

「ハルカ、もっと心を込めろ！」

「込めてるってば！　これ以上ないくらいに祈ってるよ！　そもそも、なにを祈ればいいの!?」

「世界の安寧《あんねい》を祈り、ミスティアーシャを讃《たた》えるんだ」

「なに？　褒《ほ》めればいいの？」

「俗物的な発想をするな！」

そう言われても、讃《たた》えるって簡単に言えば褒《ほ》めることでしょう？　ブレラと言い合いをしながら、指を組んで目を閉じるけど成果はなかなか出ない。というか、信仰の心を持てだとか、感謝で心を満たせだとか、抽象的でついていけない。それができたら苦労しないわ！　ちなみにユメちゃんにどうして光っているの？　と聞いてみると、困ったように首を横に振られた。本人もわからないらしい。ブレラと一緒に講義という名の修業に明け暮れる中、イースが僻地《へきち》の神殿から帰ってきたと聞いたけど、顔を見に行く時間はなかった。

礼拝堂の祭壇《さいだん》の前に引きずり出されること数日、もうこのくらいでいいんじゃないかと妥協してもらった。ブレラの顔は納得してなかったけれど、時間もないし前よりはマシだからとのことである。友人として接していくうちに、ブレラは面倒見のいいやつだとわかった。私より真剣に悩んでくれるので、自然と私も頑張らねばという気になった。それに、救世主の仕事を真面目にやると約束したからね。

そうして王都へ出立《しゅったつ》する前日。自室で荷物を纏《まと》めるようブレラから言われて、少し不安になる。

「いいの？　私が行ってもいいのかな、やっぱり不安なんだけど」

「ハルカとユメ以外にできることじゃないからな……仕方ないだろう。不出来な救世主がいてもおかしくは……まぁ、ないだろう」

「まったくフォローできてない！　もっと励《はげ》まして慰《なぐさ》めて！」

「僕だってお前を送り出すのは不安だ！」

「本音！」

学者様、嘘も方便だし、なんでも正直に言えば良いってものではないんですよ。

「ブレラは王都に来ないの？」

「いや、祝福の儀は興味深いが、僕はここで論文を書かなければ」

「学者も大変だねぇ」

「……まぁな。ミスティアーシャを研究するだけじゃ食ってはいけないからな」

そう言って、ブレラは自嘲するように唇を歪《ゆが》めた。

「ブレラはどうしてミスティアーシャを研究しようと思ったの？」

「たいした理由じゃない。僕は僕なりに信心を貫《つらぬ》こうと思っただけだ。僕らが盲目《もうもく》に信じている精霊を学問で解明していく中で、根付いた信仰が揺らぐことがないか確かめている。簡単だろ？」

「さっぱりわからない、すまん！」

正直に答えた私にブレラは苦笑して、お前はある意味素直でいいなと返してきた。彼のどこか寂しげな様子に、深い事情があるのだろうと察した。もしユメちゃんとブレラが相思相愛になれば、彼の寂しさを理解して受け入れてあげたのだろうか。

「ハルカ様、荷物はこのトランクに詰めて。私も手伝うから」

「ありがとう、エミリア。ユメちゃんはもう終わったのかな」

「とっくに」

棘《とげ》を感じるね！　相変わらずつんつんしたエミリアに胸を痛めながら、渡されたトランクを開けてみる。そもそもなにを持っていけばいいのやら。そう尋ねると、エミリアは答えることなく、ブーツや下着、祭祀用《さいしよう》のワンピースなどを手際良く畳んで詰めていく。やることのない私は、「馬車の中で召し上がってください」と厨房《ちゅうぼう》で渡された乾燥フルーツを、服の間に詰め込んだ。

「急な話だったけど、ユメ様には丁度良いかもしれないわね」

「……ユメちゃん？　なんで？」

「……知らないならいいわ」

そっぽを向かれたけど、すごく気になる。しつこく聞いてみたら、私の知らないところで、一部の人達がユメちゃんにきつく当たっているという話だった。例えばイケメンをはべらせている淫乱《いんらん》な娘だとか、修道士や騎士に色目を使っているとか、気弱そうなふりをして私をダシにしているとか、陰口を叩いているらしい。また修道士達の中に、あからさまにアプローチする男がいて、ユメちゃんはいやな思いをしているのだそうだ。

エミリアの話によると、救世主様はすべての民に歓迎されているわけではないらしい。一部の貴族や商人の中には疎《うと》ましく感じる者もいるのだとか。何故《なぜ》かというと、平和じゃないことで得られる利益もあるからだ。それは下衆《げす》のすることではないですか。

「だから、ユメ様は神殿にいるより、王都に行って気晴らしでもしたほうがいいわ」

「うん、そうだね。それにしても、なんでそんな噂が……」

「神殿にいる私達でも、妬《ねた》みくらいは持っているわ」

そりゃそうかもしれないけど。あっさりしたエミリアの言葉に素直に頷《うなず》けない。私の悪口が流れるのはわかるんだけどなぁ。ろくに仕事していないし、しょっちゅう帰りたいって大声で言っているし、絶対に心証《しんしょう》は悪い。それに比べてユメちゃんは真面目である。

なんだか、薄っぺらい悪意に違和感を覚えた。

第七章　王都での祝福

　王都へ行く日の午前、シズマくんが見送りに来てくれた。彼は神殿に残り、この地区の精霊祭を取り仕切るらしい。

「ハルカ様、お気をつけください。人の多い場所には近づかないようお願いします。あ、でも人気《ひとけ》がない場所にも行ってはなりません」

「大丈夫だよ、ミレイさんとイシュメルさんもいることだし」

「そうですが……私が一緒に行けたら。でも、足手纏《あしでまと》いになりかねませんね」

　王都でなにか起きるのではとシズマくんが危惧《きぐ》しているようで、先行きが不安になる。

他のみんなは楽しんでおいでよと笑顔で送り出してくれたのに。シズマくんにとって、王都は魑魅魍魎《ちみもうりょう》が跋扈《ばっこ》する不穏な場所なのだろうか。

「シズマくんも王都に行きたかった？　お土産《みやげ》、買ってくるよ」

　ミレイさんの金でな。

「ありがとうございます。でも、私に気遣う必要はありません」

　そう言われても、お土産《みやげ》を買わなきゃプチ旅行気分が味わえない。それに精霊祭では珍しい屋台も出るというから、そこで素敵なものを発見できる可能性だってある。例えば、シズマくんにあげたいと思えるようなものが。

目の前で心配そうにするシズマくんには、そんなこと言ってやらないけどね。お土産《みやげ》くらいなら……変な風に捉《とら》えられることはないだろうし。

ちなみにブレラからは、祝福の儀の様子を詳しく聞きたいから眠らずにきちんと見聞きして来いというお達しが出ている。失礼だよね、いくら私だって真面目な場では起きているわ。

「じゃあ、行ってくるね」

「はい、行ってらっしゃいませ。お気をつけて」

シズマくんの繊細《せんさい》な指先がするりと私の頬を撫《な》でて、名残惜《なごりお》しそうに離れていった。

その遠慮がちな感触に頬が染まるのを見られる前に、私はシズマくんに背を向けてユメちゃんのもとへ走る。

「ユメちゃんおはよー、精霊祭楽しみだね。馬車は別だけど、あとで合流して観光しよう！」

「え？　ハ、ハルカ、さんと別の馬車に乗るんですか……？」

「聞いてなかったの？　珍しいね」

ちなみに私達と王都へ行くのはイースとレイナード、ミレイさんにイシュメルさんである。

ユメちゃんの不安そうな言葉にミレイさんは頷《うなず》き、理由を話した。護衛の都合上、救世主が同じ馬車に乗って一度に襲撃《しゅうげき》されるのを防ぎたいらしい。襲撃《しゅうげき》と聞いて、ユメちゃんは青ざめる。レイナードはそんな彼女の背中に手を添えて、馬車へ案内しようとした。

大丈夫ですよ、そういう不届き者はそんなにいませんしねぇ、と慰《なぐさ》めになるかわからない言葉をかけながら。最近、レイナードの発言にサディスティックな嗜好《しこう》を感じるのは気のせいだろうか……！

「ユメちゃん、途中で休憩もあるっていうし、そのときにお茶でもしようよ。最近はあんまり一緒にいなかったしね」

「……ハルカさん！　はい、絶対です！」

気落ちしていた彼女は私の言葉に笑顔を見せて、何度も頷《うなず》いた。私が祈りの修業をしている間、どうやら心細かったらしく、落ち込んでいるとエミリアから聞いていた。あんな謂《いわ》れのない噂を立てられちゃ、疲弊《ひへい》するのも無理はない。それにしてもユメちゃん可愛いなー。私が笑い返したら、レイナードが顎《あご》に細い指を当てて、困ったように微笑《ほほえ》んだ。

「やはりハルカ様には敵《かな》いませんねぇ。残念だな」

「そりゃ同郷だしね。じゃ、またあとで！」

騎士団の皆さんが馬で先導し、私の馬車とユメちゃんの馬車が続くそうだ。私も案内された馬車に乗り込む。相変わらず、ふかふかのクッションである。ぽふぽふ叩いて座り心地を確かめていたら、あとから乗り込んできたイースがこちらを見て変な顔をした。なにか不服があるらしい。聞いてやらんけどな！

「ハルカ様の護衛を担当します」

そう言って入ってきたのはイシュメルさんである。おおう、すまないイシュメルさん。ユメちゃんを守りたいと言っていたのに、私の護衛で。

正面に座ったイシュメルさんは身長が高いせいか、馬車の中では窮屈《きゅうくつ》そうに見える。足も長いし、正面に座られたら私と膝がくっつきそうだ。

けれどね、問題は私の隣に座るブレラだ。お前、留守番するんじゃなかったのか。

「馬車が出るまでの間、最終確認をする！　祈りの姿勢は覚えてるな？　背筋はまっすぐだぞ。あと、眠るな。絶対だ。祈りの言葉も忘れるんじゃないぞ」

王都までの移動中も、一心不乱に祈れと言われた。あんまりじゃないかな！

「ブレラって、手加減がわからなくて女子《おんなこ》どもを泣かせるタイプだよね……！」

「女子《おんなこ》どもに接する機会が、まずないな」

「ユメちゃんはどうなの！　顔を赤らめたりしていたじゃない」

「……だから、言っただろう。今まで女子《おんなこ》どもに接する機会がなかったからだと」

ごほんと咳払いをしてそっぽを向くブレラに、事情を察してそれ以上言及するのはやめてあげた。

これはつまり、ユメちゃんに恋していたわけではなく、女の子とのやり取りに照れていただけということだろうか。「ユメちゃんに惚《ほ》れていたんじゃないの？」と尋ねると、ブレラは眉間にシワを寄せた。

「救世主の教育係だぞ。恋愛感情を抱けるはずがない」

「……堅物《かたぶつ》だよねぇ。いいと思うけど？　先生と生徒の恋」

「貴族の令嬢と家庭教師ならありうるかもしれんが、僕は興味ない」

きっぱりと言い切るブレラは、相変わらずつまらない。やっぱり、彼の恋愛フラグもいつの間にか折れていたようである。

その後、ブレラに促《うなが》されて何度も祈りの言葉を暗唱したけど、やっぱり不満そうな表情でブレラは馬車を降りた。最後くらい、太鼓判《たいこばん》を押して送り出してほしい。それにしてもイシュメルさん、シズマくん、ブレラの三人がユメちゃんに恋心を抱いていないとなると……残るはミレイさんである。みんな、途中までいい感じだったのに、なにがどうして恋愛対象から外れちゃったんだろうか。ミレイさんの他に恋仲に発展しそうな人物は……と思い返すと、あっさり該当者の顔が浮かぶ。

控えめイケメンのレイナードだ。思えば、ちゃっかりユメちゃんと同じ馬車だし、よく彼女の護衛をしているし、この前のお茶会ではバカップルか！　ってくらいいちゃついていた。

「ねぇ、イース。レイナードってどんな人なの？」

「さぁ、実はよくわかっていないんですよ。どこの出身か聞いても教えてくれないですし」

「ふぅん？」

私は乙女ゲームに関する記憶を呼び起こし、繋《つな》ぎ合わせてみる。攻略対象達について、友達はなんと言っていただろうか。確か年下くん、無表情、顔に傷のあるイケメン、インテリ馬鹿がいて、友達の推《お》しメンは無表情。つまりイシュメルさんのことだ。なんだか、感動した！　といって涙ながらにイシュメルさんの良さを語ってくれたし、攻略したときのエピソードも話してくれたんだけど、私にはさっぱりであった。なんで泣けるのか良くわからなかったのだ。おそらくうわの空で聞いていたせいかもしれない……ごめん！

そういえば、隠しキャラについても話してくれたっけ。

『ようやく最後の一人も攻略したんだよ～、ライバルがなかなか紹介してくれなくてさ』

ふと思い出した友達の何気ない言葉。四人だけじゃないの？　と聞いたら、隠しキャラがいるのだと楽しそうに言われたっけ。ガチャガチャのシークレットみたいなやつ？　と首を傾《かし》げると、そんな感じだと適当に返された。確か、その人物は……王子様と呼ばれていた気がする。ええとつまり、これから会う第四王子が攻略対象なのかも？

「レイナードは考えすぎか」

「……また変なこと考えてるんじゃないですよね？」

「真面目に考えてるわ」

「ハルカ様、レイナード様の出自は確かです」

　それまでずっと静かにしていたイシュメルさんが呟《つぶや》いた。知っているの？　と聞くと、彼は頷《うなず》く。しかし、これ以上喋《しゃべ》る気はないらしく、視線を逸《そ》らされてしまった。イシュメルさんは嘘をつけない人なので、彼が言うことはきっと正しい。じゃあ、レイナードは単にユメちゃんと仲良しの、その他キャラでいいんだろうか。

　神殿を出発した馬車は森を抜けて、ゆっくり街道を走る。救世主が乗っているとわかるのか、街道では大勢の人が声をかけ、手を振ってくれているようだった。まるでハリウッドスターを迎えるかのような熱狂的な人達もいて、それを見たイースは、「本性を知らないっていいですね」と呟《つぶや》いた。聞こえてるよ！

　途中、窓の外をちらりと見ると、前にお出かけしたときにユメちゃんと入ったアクセサリーのお店の前を通った。お店のお姉さんは元気かな。

　街を抜けると、急に田舎風《いなかふう》の場所に出た。周辺には畑が広がっていて、色づく前の麦の穂《ほ》や、じゃがいも畑が目に入った。遠くにぽつぽつ見えるのは、牛か羊かな。バターもあったし、酪農《らくのう》をしているのだろう。

外を眺めていた私は、ふとあることを思い出してイースに話しかける。

「あ、そうだ。王都にいったらお土産《みやげ》を買いたい」

「なに言ってんですか。そんな暇なんてないですよ」

「お前こそ、なに言ってんですかだよ！　観光もせず、なにしに行くの？」

「祈りに行くんですよ！」

ちょっとくらいいいじゃないの。上目遣いで頬を膨《ふく》らませてみたけど、イースには効かなかった。ここはイシュメルさんだと思い、同じ交渉をしてみたところ、けんもほろろ。ミレイさんから、私がなにか言い出しても了承しないようにと言われているらしい。そこは馬鹿正直に話さなくてもよろしい。

「ま、お金なんかびた一文ないんだけどね……じゃ、リストアップしとくからさ、買って来てくれないかな。お金はミレイさんに請求してもらえばいいから」

「護衛が離れることはできませんので」

「ええー、まさかお風呂も一緒？」

「それは違いますが」

ですよねー。冗談で言ってみただけです。

次第にひどくなる臀部《でんぶ》の痛みと闘いつつ、私はイースとイシュメルさんにしりとりを教えた。お互いに知らない単語が飛び出すせいで、しりとりの結果は散々だったけど。最後のほうは、私が単語を言うたびに、イースが「本当にあるんですか？」と疑いの眼差《まなざ》しを向けてきたのだ。どんだけ私を信用していないんだお前は。

神殿と王都は、近いといっても馬車で半日以上かかる。神殿を出発したときは青く爽《さわ》やかだった空も、今では茜がかっていた。

「ハルカ様、王都に入ります」

抑揚《よくよう》がなく静かなイシュメルさんの声を聞き、窓から外を覗《のぞ》いてみる。すると、そこには神殿の近くにある街とは桁外れの風景が広がっていた。

「すご……大きい……！」

煉瓦《れんが》造りの家がずらりと並び、ショーウィンドウには様々な品物が陳列されていた。きらきらと輝いて見えるのは調香師《ちょうこうし》の店らしく、香水の瓶がずらりと揃《そろ》えられている。それらが夕日の光を反射していて、とても綺麗だった。その店先をかっちりしたジャケットに身を包んだ紳士達が通り過ぎ、近くでは小さな仮面を額に載せて子ども達がはしゃいでいる。道を行く女性達は胸元や背中が大きく開いた鮮《あざ》やかなドレス姿で、顔を寄せ合ってなにやら楽しそうにさざめいている。

王都は想像した以上に華やかな場所だった。目に映るひとつひとつが物珍しい。

窓に張り付いて王都の光景を眺めていると、ひときわ目を引く建造物が飛び込んできた。見上げるほどに高いその建物は夕日に染まり、窓ガラスのひとつひとつが光を反射して眩《まぶ》しかった。周囲には堀《ほり》がぐるりと巡《めぐ》らされており、水が豊かにたたえられている。

「王宮ですよ」

思わず口を開けたまま眺めていたら、イースが教えてくれた。田舎《いなか》出身だって言ってたけど、物珍しくはないみたいだ。何度か来てるんだろうなぁ。

馬車は堀《ほり》にかかった橋をゆっくりと渡る。正面を見ることはできなかったけど、壁面に彫像が飾られているのは見えた。イースにあれはなんだと聞いたところ、ミスティア国の歴代の王様達が並べられているらしい。神殿の礼拝堂も豪奢《ごうしゃ》だったけど、王宮も負けていないなぁ。

空には星がいくつか煌《きら》めいていた。茜色の空はすっかり暗くなり、夜の帳《とばり》が下り始めている。

もうすっかり観光気分の私は、第四王子の祝福の儀のことなんてさっぱり忘れていた。頭の中は泊まる部屋やごはんのことでいっぱいである。あと……お尻がね、痛いんだよね。車や新幹線なら余裕なんだけど、クッションがあっても、馬車に揺られるのって体力がいる。

「先に降ります」

到着すると、イシュメルさんがそう声をかけて先に降りる。しっかりローブを被った私は差し出された彼の手を素直に取り、続けて馬車から降りた。しばらくして、ユメちゃんも私の隣にやって来る。イシュメルさん達は後方で待機しているようだった。

「王宮へようこそ。我らが救世主様」

ローブを目深《まぶか》に被っているので顔は見えないが、お偉いさんが長ったらしい口上を述べ始めた。ようやくそれが終わり、部屋に案内されるのかと思いきや、今度は陛下のお言葉をいただくために拝謁《はいえつ》の間に向かうという。そこでもまたお偉いさんが登場し、これまた長ったらしく喋《しゃべ》る。陛下にお目通りするための拝謁《はいえつ》の間とやらは金で装飾されており、おそらく建国の物語だろう絵が壁に描かれていた。生まれて初めて見た王様は、立派な口ひげをたくわえた貫禄《かんろく》あるおっさんである。でも、そろそろ人の話を聞いているのが辛い。陛下ごめんな、お言葉は聞き流してしまった。

ようやく部屋に案内された頃には、到着してから三時間は経っていた。王宮の人間はもっと簡潔に喋《しゃべ》ることを心がけるべきね。

「あー、疲れた。なんかコーラとか飲みたい。スカッとするやつ」

「コーラ？　用意させますか？」

「いいのいいの、気にしないで」

私の護衛として室内までやって来たイシュメルさんがそう言ってくれるけど、この世界にコーラはないんじゃないかなぁ。天然の炭酸水なら探せばあるかもね。ちなみに、イースはドアの前の警護についているらしい。

イシュメルさんは部屋の中を見回して安全だと確認したのか、静かに出て行ってしまった。

誰かに尻や腰をマッサージしてほしいけれど、こう男ばかりでは頼めそうにない。食事は部屋で取る手はずになっているので、ユメちゃんのところに用意してもらおう。さっそくイシュメルさん達にお願いすべく、顔を覆《おお》うようにローブを被って、勢い良くドアを開けるとなにかにぶつかった。ごつんと鈍《にぶ》い音がしたな。

「あらあら。もしかしてぶつけちゃった？」

ドアからひょこりと顔だけ出すと、見知らぬ男性が頭を押さえている。その隣でイースが「うわあー」とドン引きしていた。イシュメルさんは無言である。どうやら王宮の騎士らしい。随分な挨拶《あいさつ》をしてしまった。

「ごめんね！　痛いの痛いの飛んでいけ～！　ハイ！　これで大丈夫！　もう治った！」

適当な言葉をかけると男性はこちらを見て、すぐに姿勢を正して敬礼をする。それにしても、任務早々ついていない人だなぁ。三人にユメちゃんのところに行ってくると告げると、護衛にイシュメルさんが来ることになった。部屋を訪ねたところ、ユメちゃんは腰に手を当てて結構痛いですね～と、馬車での旅の感想を漏《も》らしていました。激しく同意。

そうして私とユメちゃんは二人で食事を取り、お風呂も済ませてから休むことにした。

あ、楽しみにしていた食事は、香ばしいローストチキンが特においしかったです。

おそらく、すっごく疲れていたんだと思う。最近は体調も良くなかったし。ベッドに入った途端、朝までぐっすりだった。


「うわああ、まだ尻が痛い……!!」

翌朝、呻《うめ》きながらベッドから這《は》い出ると、窓を開けて外を見てみた。

「……すっごい」

朝の王都は想像以上に華やかで、痛みも吹き飛んだ。大通りは馬車で通るのに苦労しそうなほど人が溢《あふ》れていて、中には仮装をしている集団もいる。混雑した王都は、ミレイさんの言っていた通りとても賑やかだった。それに、煉瓦《れんが》の建物とその奥に広がる森、青空の美しい色彩は、日本で見られそうにない。

よし、ストレッチをしたあとにユメちゃんのところにでも行ってみようか。多分、起きているはずだ。

「ユメちゃーん、おはよう」

「おはようございます、ハルカさん！　よく眠れたみたいですね～、顔色が良いですよ～」

「ぐっすり眠ったからかなぁ。朝ごはんなんだろうね、豪華そう！」

そう言ってはしゃいで見せると、彼女はおいしいといいですね～と、ぽやんとした笑みを浮かべた。エミリアからは落ち込んでいると聞いたけど、こうやって顔を合わせるとそうは見えない。夕べ、なにかあったのかなぁ。でも、幸せそうに微笑《ほほえ》む彼女に野暮《やぼ》なことは聞けなかったので、私はなにも知らないふりをしている。やっぱりレイナード絡みだろうか。いつもいちゃついてるし……ミレイさん……頑張れ。

ユメちゃんと仲良く食事をしたあと、ブレラに言われたことを少しはやろうと思い、本番前に光る練習をしたらユメちゃんに励《はげ》まされた。自分ではうまくできたと思ったんだけどな……！

「で？　いつ祈って祝福するんだっけ？」

警護のために私達と同じ部屋にいるイシュメルさんとイースに聞くと、今日の午後から王宮の広場で祝福の儀を行《おこな》うらしい。

「え、明日じゃないの？　観光は……やっぱり、ない？」

「当たり前じゃないですか……こっちは極力、救世主様を神殿から出したくないんですよ。それが安全ですし」

イースの言葉に思い当たることがあった。

「……それって、救世主様はんたーいの人達から守るため？」

「知っていたんですか……気をつけたほうがいいですよ。あと、念のためにですが、第四王子の名前は知っていますか？」

「王子様？　てへぺろ」

「リアム殿下です。祝福をするときに、絶対に名前を間違えないくださいよ！」

「あいあいさー、リアム殿下ね。リアム殿下」

念押しされて名前を繰り返す。このとき、私はイースの忠告をもっとよく聞くべきだったのだ。エミリアやイースの話を総合するに、フラグはすでに立っていた。そう、祝福の儀はゲームの一大イベントだったのである。


儀式の本番前、私とユメちゃんは控え室に案内された。イシュメルさんは扉の前で待機。イースとレイナードは違う場所へ配置されているらしい。そういえば、王宮に入ってからレイナードの姿を見ていない。どこに行ったんだろう。ちなみに着替えにくい祭《さい》祀《し》用《よう》のワンピースは、朝のうちに、ユメちゃんとお互い着せっこした。今日はローブは羽《は》織《お》らなくてもいいということで素顔を晒《さら》しているんだけど、できればあったほうが良かったなぁ。

「緊張してきましたね……うまくできるでしょうか」

「大丈夫じゃない？　ブレラがお前でもなんとかなるはずだって言ってたし、ユメちゃんは自信を持ったほうがいいと思うよ」

さりげなくブレラの責任にしておこう。

「そうですか？　でも、緊張して噛《か》んだらと思うと」

「大丈夫大丈夫！　声を張り上げるわけじゃないんだから、噛《か》んだところで聞こえるのはリアム殿下ぐらいなものだって」

拡声器を使うわけじゃないので、かろうじて周囲を警護してくれる騎士の皆さんの耳に入る程度だろう。そのくらいで救世主様への信仰がなくなるわけがないことは、この世界の人々の信心ぶりを見ていればわかる。

でも、もう少しで儀式が始まると思うと、そわそわしちゃうのはわかる。儀式には、見物の人々が押しかけるらしい。ある意味、一度経験したら度胸がつきそうな舞台だよね。

「リアム殿下ってどんな方なんだろうね。第四王子らしいけど」

「神殿では王宮の話は聞きませんしね。優しい方だといいんですが」

どうやらユメちゃんは、まだ祈りの言葉を噛《か》まないか心配しているらしい。まぁ、これればかりはしょうがないか。そういえば召喚されてすぐ、緊張とショックで気絶したくらいだもんなぁ。そんなに前の出来事じゃないのに、随分と昔のことように思えた。

「よし、ちょっとトイレ」

「え、えええ、トイレですか？」

「始まったらなかなか行けないと思うしね」

「そりゃそうですけど、ハルカさん、緊張感なさすぎです〜」

脱力したように苦笑するユメちゃん。それくらいでいいんじゃないかなー。

昨晩みたいに急にドアを開けたら人にぶつかるかもしれないと思い、ゆっくり開けた。

その瞬間、無表情なイシュメルさんとばっちり目が合う。びびった。一瞬だけぴしっと固まってしまったけれど、無害な相手だと知って安堵《あんど》する。

「イシュメルさん、お手洗いに行きたいです」

「わかりました」

案内してくれるらしく、歩き出したイシュメルさんのあとを追う。扉の前にはイースと王宮の騎士が残った。ユメちゃんは行かなくていいのかな。

さっさと用を済ませてお手洗いから出ると、廊下に置かれた彫像の陰に男の子がいることに気がついた。何故《なぜ》か彼とイシュメルさんが睨《にら》み合っている。男の子は警戒しているようで、彫像の側から動こうとしなかった。子どもには優しくって言っても、イシュメルさんには無理か。

「なに？　友達？」

首を傾《かし》げながら尋ねると、イシュメルさんよりも早く男の子が反応した。

「お前が救世主か！　思ったよりもおばさんだな！」

「よし、君の枕元におばけが出るおまじないをしてあげるぞっ」

人差し指を立てて「じゅげむじゅげむごこうのすりきれ！」と唱えると、彼は顔を歪《ゆが》めて「やめろおお」と叫びながらこちらに飛び込んできた。ぼすんと膝にぶつかった彼を受け止めて、その顔を見る。怖かったのか、大きくて丸い瞳に涙が浮かんでいた。キッと睨《にら》みつけられ、拳《こぶし》でふとももを叩かれたんだけど、お前が子どもじゃなかったらセクハラだからな。

「で？　迷子かな？　貴族の坊っちゃん？」

男の子は光沢《こうたく》のある絹のブラウスに、赤いジャケットを着込んでいる。縫《ぬ》い付けられたボタンは純金に見える。推定八歳くらいで、少し暗めの金髪はさらさらだ。すっと描かれた眉のラインに既視感を覚えたけど、すぐに霧散《むさん》してしまった。

「ぼくを知らないのか！　ぼくはお前を知っているのに！」

「ほら、私は有名人だからさ。もしかして私のファン？　ありがとう！」

「ちがう！　おばさんじゃないか！」

「よし、君の枕元におばけが」

「ごめんなさい！」

学習能力はあるらしい。すぐに謝った彼の頭を偉い偉いと撫《な》でてやると、男の子は驚いた表情を浮かべた。そして小さく「あにうえ」と呟《つぶや》く。どうやらお兄ちゃんがいるみたいだ。

「お兄ちゃんを探しに来たの？」

先程脅《おど》してしまったので、目線を合わせてできるだけ優しく尋ねると、男の子は戸惑ったように、けれど確かに頷《うなず》いた。もう少し詳しく事情を聞いたところ、お兄ちゃんが王宮に来ているはずなんだけど、どこにいるかわからないから探し回っていたのだそうだ。いつもなら会いに来てくれるのに、今回はなかなか姿を見せない兄に焦《じ》れて、ここまでやって来たのだとか。

ちょっと困ったなぁ。これから祝福の儀があるから戻らないといけないので、私は一緒にお兄ちゃんを探すことはできない。しかし、これだけ身なりの良い子どもである。王宮の騎士に預けても無下《むげ》には扱われないだろう。

「王宮の騎士に聞いてみようか。一緒に行こう」

そう言って手を差し出すと、男の子はぎゅっと眉根を寄せて、私の掌《てのひら》を睨《にら》みつけた。警戒しているらしい。今さらじゃないの。ほらほらと催促すれば、渋々といった様子で小さな手を重ねる。すると、彼の袖口からちらりと赤い色が見えた。

「それ、怪我《けが》？　大丈夫？」

「けがじゃない。アザだ。赤いアザ」

すっと袖をまくって見せたそこには、手首から肘にかけて、赤色の鮮《あざ》やかな模様が走っていた。

「痛くないの？」

「生まれつきだから痛くない。ぼく達の一族は、けっとうをこのアザで証明できるんだ。特別だからな！」

ふふんと鼻で笑った様子が生意気だったので、ついデコピンをしてしまった。血統って発音、怪《あや》しかったぞ。あと、どういう意味なのかよくわからない。彼の一族は全員赤いアザを持つ、ということなのだろうか。

「お前、ふけいざいだぞ！」

男の子が片手で額を押さえて騒ぐのを受け流しながら、静かにあとをついてくるイシュメルさんを見た。足音ひとつ立てない彼は、子どもに対してなにも思っていないらしく、静かな眼差《まなざ》しのままだった。いや、イシュメルさんの表情から感情を読み取るような高等技術は持ち合わせちゃいないんだけどね！

それにしても、この子の名前を聞くの忘れちゃったなぁ。ま、いっか。そんな楽天的なことを考えながら男の子の手を引いて歩いていると、廊下の先が騒がしいのに気づいた。なんだなんだ？　ユメちゃんが気絶でもしたのか？　ありうる。

「殿下がいなくなった！　このあたりで見かけなかったか？」

黒いマントを肩にかけた男が、焦ったように叫ぶ。控え室の扉を警護しているイースと王宮の騎士は、首を横に振る。

「八歳の男児であらせられる。金の髪に赤い服をお召しだ！」

そこまで聞いて、手を繋《つな》いでいる男の子を見れば、彼も上目遣いで私を見ていた。目がばっちりと合う。まさかお前か。視線で尋ねれば、彼は気まずそうに顔を逸《そ》らす。

どうやら私は、殿下におばけが出るぞと脅《おど》し、デコピンをしてしまったようだ。知らないって怖いなー。私の背後に静かに立っていたイシュメルさんが、感情の籠《こも》らない声音でぼそりと言った。

「不敬罪ですか？　ハルカ様？」

うるさい！　私もそれを考えていたところだよ！

とりあえず、そろりと私の手から抜け出そうとする、小さくて柔らかい彼を逃《のが》さぬよう力を込めた。

「すみませーん、殿下を保護しましたー」

「なに？　殿下……！」

声をかけた途端、黒いマントの騎士は素早く身を翻《ひるがえ》して、こちらに駆けて来る。

「ぼくを売るのか！　おばさん！　このおばさん！」

「じゅげむじゅげむ」

「うわあああごめんなさい！」

騎士は目に涙を浮かべた男の子、もとい殿下を見てぴたりと動きを止めてしまった。なにしてんだろ。不思議に思いながらも彼の前に殿下を連れて行くと、イースが「また厄介事《やっかいごと》を」と表情だけで語っていた。やつは思っていることが顔に出やすいのである。これでは昇進できないぞ。あとでいらぬ忠告をしてやろうっと。

「リアム殿下、探しましたよ」

「部屋から出ちゃいけないのはわかってるよ……でも、あにうえが……」

殿下は、つんと唇を尖らせて拗《す》ねているようだ。それにしても、彼が第四王子のリアム殿下だったのか。あれ？　攻略対象的に八歳はどうなの？　四捨五入したら十代だからいいの？

王子が隠しキャラだと思っていたんだけど、違ったのだろうか。もしかしてお兄さんのほう？

「おい、お前！　祝福の儀でさっきのおかしな呪文をとなえてみろ！　ケインズがお前をつかまえるからな……！」

私が考え込んでいると、リアム殿下はふんぞり返って高らかに宣言をした。仮にもミスティア国の運命を左右する救世主様に向かって、敬《うやま》いの欠片《かけら》もないその態度に、黒マントの騎士は慌てる。

「えー、リアムくん知らないのー？　男の子はね、おばけ退治をしなきゃ大人の仲間入りできないんだぞ」

今度は神殿のツッコミ代表イースが慌てふためく。まぁ、本物の王族だもんね。

「そ、そうなのか？　ケインズもおばけを退治したのか？」

やや青ざめた殿下は、黒いマントの騎士に向かって尋ねる。素直で可愛い。

「……はい。ですから、きちんとお勉強なされて、剣を扱えるようになりませんと、おばけには敵《かな》いませんよ」

「そうだったのか……！」

ケインズさんだっけか。いい性格してるなぁ。どんな話を想像したのかわからないけど、リアム殿下にお勉強させる方向に持って行ってしまった。

それにしてもリアム殿下のお顔……誰かに似ている気がする。これって気のせい？

一騒動が終わったあと、ユメちゃんと共に祝福の儀に臨《のぞ》む。入場する際、広場に詰めかけた人々の熱気と歓声を直に受けて、一瞬だけ怯《ひる》んでしまったのは内緒だ。割れるような拍手に包まれながら壇上に上がる。そこにはリアム殿下が緊張した面持《おもも》ちで佇《たたず》んでおり、その顔が可愛くてぷっと噴《ふ》き出してしまった。

ごめん、リアム殿下。そんなに怒った顔をしないでよ。そう声をかけたいけど、ぐっと堪《こら》えて用意されたセリフを粛々《しゅくしゅく》と読み上げることに専念する。

「大精霊ミスティアーシャの深い慈悲と清らかな光が、リアム殿下に注《そそ》がれますよう、祝福させていただきます」

よし、噛《か》まずに言えた。次はユメちゃんがミスティアーシャの偉業を褒《ほ》め讃《たた》える。大勢に注目されている中、緊張するなというほうが無理で、ユメちゃんの声は僅《わず》かに震えていた。もちろん、私も例外ではない。

でも、普段より集中できたし、言葉だって一言一句間違えずに言い切った。

「これより私どもから祈りを捧げます」

頭《こうべ》を深く垂れて、祈りという名の、ミスティアーシャを褒《ほ》めちぎる言葉をつらつらと挙げていく。自分ではうまくできた！　と思ったんだけど、やはりユメちゃんのようには光を宿せなかったようです。結果、ユメちゃんに視線が集まってしまっているのを肌で感じる。形だけは謝っておく！　すまんブレラ！　これが私の限界だった。

「無事に終わって良かったです……緊張しました～」

「そうだよね。思った以上に人が多かったし、歓声もすさまじかったもの」

広場から王宮内部に戻るため、人目から外れた場所を通ることになった。ちなみにリアム殿下は列席者に祝ってくれてありがとう！　という挨拶《あいさつ》をしなければならないらしく、まだ広場に残っている。

移動は素早く！　と言われているので、ユメちゃんと急ぎ足で角を曲がる。それにしても……警備が手薄なのは気のせいだろうか？

そんなことを考えていたら、いきなり横から腕を掴《つか》まれ口を押さえられた。

とっさのことに抵抗するけど、一瞬のうちに私の腕は後ろ手にしばられ拘束される。身体が硬い人間にとっては拷問《ごうもん》だ。

「ようやく捕まえた～、や、久しぶり。さっそくだけど、気絶してくれる？」

目の前で笑った男の顔をどこで見たか思い出す前に、意識が強制的に飛ばされた。こいつ、絶対に呪《のろ》う……！

＊　＊　＊

お腹に鈍《にぶ》い痛みを感じながら目を開けると、周囲は薄暗くてはっきりと見えなかった。ここはどこなんだろう。祝福の儀が終わり、手はず通りに通路へ移動したあとに襲《おそ》われたはずだが。

暗闇に目が慣れた頃、自分が見知らぬ場所の床に転がされていることがわかった。四角い小さな部屋で、床も壁も板張りが剥《む》き出しになっている。人が生活している様子はなく、窓は塞《ふさ》がれていた。少し視線をずらすと、ユメちゃんが意識を失って横たわっているのに気づく。私の手足は幅広の布で拘束されていて、緩《ゆる》く巻きついているようでいて、なかなか外れない。プロの仕事だろう。しばらく息を潜《ひそ》めていたけど、誰かが助けに来る様子もなかった。まだ目を覚まさないユメちゃんに声をかけて起こすと、彼女は事態を呑み込んだ瞬間、身体を震わせた。

「これって、誘拐、ですよね……？」

「人聞きの悪いことを言うねー！　久しぶり、覚えているかなー？」

いつの間に部屋に入って来たのか、軽薄そうな男が現れた。細いつり目と張り付いたような笑顔に見覚えがある。街に出たときにナンパしてきた男だ。まさか、あのときからずっと私達を狙っていたのだろうか……！　垣間見《かいまみ》える男の執着《しゅうちゃく》に、肌がぞわりと粟《あわ》立《だ》つ。

「そんな怖い顔をしないで。困っちゃうなぁ、こんな可愛い女の子に怯《おび》えられるなんて。ところで、ハルカ様はどっち？」

男は私達の顔を覗《のぞ》き込んで首を傾《かし》げる。ユメちゃんは男が私の名前を呼んだ瞬間に顔を上げた。いやいや、君が反応しちゃだめでしょ……！

「だんまりはごめんだよ？　でも怖いよねぇ、わかるわかる。じゃあ、ユメ様はどっちかな？」

「答えるわけ、ないじゃないですか……！」

「そうだよねー。そこまで馬鹿じゃないよね。もう、しょうがないなー、本当はやりたくないんだけど。こっちにしようかな」

「や、やだっ！　なにするんですかっ！」

男はユメちゃんの腕を掴《つか》んで無理やり立たせると、引きずるようにして連れて行く。

「待って、なにするの、ハルカに用があるんでしょう!?　なら、私がハルカで、彼女は違う！」

とっさにそう口にしたけれど、男はにんまり笑いながらユメちゃんの腕を捻《ひね》り上げる。

「信用できないね。残念～」

男はそう言って、ユメちゃんを部屋の外に押し出した。

「その子はお前らに任せるよ。じゃあね～、自称ハルカちゃん」

待ってと叫んでも男は止まらず、無常にもドアは閉められた。入れかわりで部屋に入って来た男は二人で、どちらもがっしりと鍛《きた》えられた身体をしている。彼らは一瞬、気の毒そうな顔で私を見つめ、首を振りながらこちらにやって来た。

「すまないな、自称ハルカ様。ちっと痛い目にあってもらえればそれでいい」

「大丈夫、傷物にはしないからよ」

そして、男はいきなり私の頬を叩き、髪を鷲掴《わしづか》みにしたかと思うと頭を床に押さえつけた。うつぶせになった私の足をもう一人が押さえ込む。背中に回った腕を掴《つか》まれたと思った瞬間、関節がしなって筋《すじ》がみしりと音を立てた。痛みに息を呑んだ私に男が囁《ささや》く。──声を出せば楽になるぜ。

その後、散々悲鳴を上げたせいで喉は嗄《か》れ、じんじんと痛んだ。骨を折られるわけでも、爪を剥《は》がされるわけでもない。ナイフで切りつけられたわけでもなかった。ただ腕を捻《ひね》られ、関節を外され、暴れれば何箇所か殴られる。その繰り返しだった。男達は悲鳴を上げ続ける私にも容赦《ようしゃ》ない。服が邪魔だとナイフでワンピースを切られたときは、犯されやしないだろうかという恐怖に歯の根が噛《か》み合わなくなった。

大丈夫、きっと、大丈夫。これはイベントだからユメちゃんは死なないはず。そう唱えていたけれど、私はある可能性に気づいてしまった。

──じゃあ、私は？　死ぬかもしれない？

そこから恐怖を抑えられなくなり、身体の震えと悲鳴を止めることができなくなった。怖い、怖い、怖い！　平和な日本では遭遇することのなかった危機に、全身が強張《こわば》る。捻《ひね》り上げられた関節がみしりと音を立てるたびに空気が吸えなくなる。

痛みと涙で私の顔がぐしゃぐしゃになった頃、男達は急に私を放って部屋を出て行った。今度はなにをされるのだろうか。手足を縛られて動けない私は不安に押し潰され、もういやだいやだと首を振って現実を否定する。でも、そうしたところで状況は変わらなかった。

男達が戻ってくるのが怖い。怖くて仕方ない。けれど、次に現れたのは見知らぬ男達ではなく、ミレイさんだった。

「ハルカ！　大丈夫か？　ここを出よう」

ドアを開けた彼は中に私以外の人がいないことを確認すると、腕と足の拘束を素早く外し、上着を脱いで私の肩にかけてくれた。そのまま背中と膝の下に彼の腕が回り、抱きかかえられる。ドアを出ると、脇に家具が乱暴に積み重なった廊下があり、その奥に外の光が見えた。

「イース！　中を調べろ！」

私達と入れかわりに誰かが建物の中に入る。イースだったのかな……わかんない。ただ、日の光が眩《まぶ》しくて、暖かい。

「ハルカ、大丈夫だ。ここは安全だからね」

そう言って馬車に連れて行かれた。何度も大丈夫だと声をかけられたけど、まったくその実感が湧かなかった。ミレイさんは、私のぐちゃぐちゃになった顔を拭《ふ》いてくれる。ぴりぴりした痛みが襲《おそ》ってきて、それだけで悲鳴が漏《も》れた。彼は私の身体に傷がないか確かめてから、温かな毛布でぐるぐる巻きにした。大丈夫だ、もう大丈夫だからここにいて。そんなことを言われた気がするけど、返事をする余裕もなかった。

だけど、どんなになってもユメちゃんのことだけはどうにかしなきゃとミレイさんの腕を掴《つか》む。

「ゆ、め、ちゃ……ユメちゃんが、連れて、どうしよ、う、ユメちゃん……っ」

喉が震えてうまく喋《しゃべ》れない。

「ミレイさん、ユメちゃ、ん、が！」

「ハルカ、落ち着いて。ユメならもう助けた。先に神殿に向かっているよ。ちゃんと助けた」

そっか……じゃあ、もう、大丈夫だね。

「ハルカ、少し眠ったほうがいい」

その言葉と共に、目元を大きな手で覆《おお》われた。ごつごつとした硬い掌《てのひら》に、先程の男達を思い出して震えてしまう。ミレイさんはすまないと謝ると、馬車から出て行った。気遣ってくれたのに、怯《おび》えることしかできなかった。ごめん、ごめんなさい。助けてくれたのに。

「ふっ……うっ、く」

大きな石を呑み込んだように、胸が痛くて重い。

「……帰り、たい……帰りたい、よぉ……っ！」

なんで、私だったんだろう。私じゃなくても良かったじゃない。胸の中に、ぐるぐるとやり場のない憤《いきどお》りと恐怖が渦《うず》巻く。近頃の私は散々な目にあってばかりだ。元彼の件もそうだった。なんで、あいつだったんだろう。他にも男はいるのに、どうしてよりによって、情けなくて優柔不断で、優しいだけが取り得みたいなあいつに、女友達は目をつけたのだろうか。

救世主の件もそうだ。私じゃなくても、イケメンに囲まれるお仕事と聞けば、挙手する女の子は掃《は》いて捨てるほどいる。それにさっきの男達は私を痛めつけながら、目的はユメちゃんだと言っていた。

男達は、私がハルカだと知っていたのだろう。物のついでのように扱われ、私の価値なんて存在しなかった。

「……なんで、わた、しが……なんで、なんで」

だめだ、考えたくない。その先は知りたくない。誰でもよかった、なんて。

そのあと応急処置を受け、王宮から神殿に帰ってすぐ、切り裂かれた服を取り払われ、風呂場に入る前に身体の無事を医師に確かめられた。幸運なことに一生残るほどの傷はないらしいが、腹や手足には紫色のアザができていた。鏡を見ていないからわからないけれど、顔も青くなっているということだ。エミリアにお風呂で手足を温めてもらって、すぐにベッドに入れられる。いつもならありがとうと笑うのだけど、今は喋《しゃべ》るのも億劫だった。ただ、ひとつだけ気になる。

「ユメちゃん……は?」

「ユメ様はショックで……呆然《ぼうぜん》としているわ」

「あいたい」

「……今はだめよ。もう少し、体調が良くなってからにして」

ユメちゃんに関しては、他の人に尋ねても同じ答えだった。彼女はたいした外傷はないが、思いつめたように押し黙ったままだという。

眠ったら、良くなるだろうか。けれど、ベッドに入ったからといってすぐに眠れるものではない。また、時間が経つにつれて心身の疲労がたたって、熱が出たようだ。だけど人を呼ぶのもいやで、仰向《あおむ》けになってひたすら天井を睨《にら》みつけていた。誰にも会いたくないのに、誰かに会いたかった。矛盾している。

そんなとき、控えめなノックの音がした。返事をしないままでいれば、その誰かは帰ってしまうだろうか。けれど、来訪者は静かに部屋に入って来て、小さな声で私に声をかけてくれた。

「ハルカ様」

優しく消えてしまいそうなくらい、ささやかな声。心の底から気遣ってくれるような優しい声に、堪《こら》えていた涙がにじむ。来てくれると思っていた。彼以外、来てほしくなかった。

「シズマ、くん」

ベッドの脇に立った彼を見て、思わず起き上がる。駆け寄るシズマくんに手を伸ばして抱きついて、顔を彼の胸に押し付けた。シズマくんは息を呑んだけれど、私の好きなようにさせてくれた。温かい匂いがする。

年下の少年に縋《すが》るなんて情けないと思うのに、彼の姿を見て安心してしまった。子どものように張りつく私を、シズマくんがそっと抱き締めてくれる。

「ここは、怖くない、よね？」

「大丈夫です。必ず守ります、私がすべてをかけてハルカ様を守りますから」

「シズマくん……ぎゅって、していいかなぁ」

普段なら絶対にしないことをお願いする。返事はなかったけれど、代わりに力強く抱き締められた。傷が痛んで息を呑んだら、慌てたように腕の力を緩《ゆる》めてくれる。そんな彼に、私はいやだと首を振った。

「すみません……っ」

「いいよ、大丈夫」

こちらからきつく抱きつくと、シズマくんは恐る恐る腕に力を込めて、ちゃんと抱き締めてくれた。思いの外、広い胸。逞《たくま》しい腕。強い力だった。ずっと年下の男の子だと思っていたのに。涙は零《こぼ》れる前に、シズマくんの胸元に吸い込まれていく。

「なんで、私だったの」

涙とともに、今まで吐けなかった本音と弱音が、ぽろぽろと零《こぼ》れていく。

「私じゃなくてもね、良かったの。ここでは私にはね、なんの価値もないって、気づいたんだよ……どうでもいい存在なんだって」

元彼や女友達を恨《うら》んでいたのは、そうすることで自分を保っていたからだ。だけど今、ユメちゃんが主人公の世界で、理由がないと自分を保てそうになかった。私じゃなきゃだめだっていう理由。

痛かった、怖かった、と言葉を落とす私に、シズマくんは大丈夫ですよとか、よく頑張りましたねとか、短くて優しい言葉をかけていく。私の呟《つぶや》きのひとつひとつに律儀《りちぎ》に答えてくれる彼の誠実さに、強張《こわば》っていた身体の緊張がほぐれていく。ただ唇を噛《か》み締めても漏《も》れる嗚咽《おえつ》はどうしようもなくて、しばらく彼の胸に頭を預けていた。

「ハルカ様、私はあなたの支えになりたい」

私の髪をシズマくんが撫《な》でる。

シズマくんは、初めから私の支えになりたいって言ってくれていたね。私はそれを素直に受け取ることができなかった。そっと顔を上げると、シズマくんはエメラルドグリーンの瞳を辛そうに細める。

「頬に……触れてもいいですか？」

「ん」

小さく返事をすると、シズマくんは顔を近づけてきた。さらりとハニーブラウンの髪が私の頬を掠《かす》める。彼の長いまつげが震えるのが見て取れた。ぴたりとお互いの視線が絡み合う。息遣いさえ伝わるような距離で覗《のぞ》いた瞳は、奥のほうにきらきらと星が見えた気がした。その美しい光に魅せられながら、そっと目を閉じる。シズマくんの柔らかな唇が目元に触れて、頬まで滑る。

「痛かったら言ってください」

そう言って手首を取られた。思わず目を開けると、縛られてアザになってしまった箇所に、シズマくんの赤く色づいた唇が這《は》う。傷口を癒《いや》そうとするように、彼の熱が往復する。彼の表情は、どこまでも慈愛《じあい》に溢《あふ》れていた。

ああ、そうか。シズマくんも私と同じように痛いと思ってくれている。

「ごめん、シズマくん……ごめん。お土産《みやげ》、忘れちゃったよ」

痛みを堪《こら》えて笑みを浮かべると、彼は静かに首を振って言った。

「ハルカ様が帰ってきてくださった。それだけでいいんです。価値がないなんて、悲しいことをおっしゃらないでください。私がどれだけハルカ様に救われたか、わかりますか？」

わからないよ。私は普通の人間だ。

「あなたが大切なんです。だから」

その続きをシズマくんは言ってくれなかった。ただ身体のアザに唇を寄せる。

「ミスティアーシャの加護が、ハルカ様にありますように」

その言葉は、シズマくんの今までのどんな祈りよりも切実な響きだった。

ふっと、緊張の糸が緩《ゆる》んだ。身体から力の抜けきった私をベッドに横たえ、シズマくんは両方のまぶたにキスを落とし、眠りにつくまで傍《そば》にいてくれた。


翌日、やっぱり熱が出て、またしても寝込んでしまった。お見舞いには、意外にもミレイさんがやって来た。守れなくてすまなかったと赤い頭を下げられる。いつもの皮肉や嫌味がまったくない言葉に、戸惑ってしまったのは内緒だ。

「いいよ。ミレイさんは助けてくれたしね。ありがとう。あのままだったらと思うと……まぁ、次は許さないけど」

「……それは怖いね。犯人は、必ず見つけるよ」

「うん。よろしくー」

力強く約束してくれたミレイさん。今まで目の敵《かたき》のようにユメちゃんとの仲を邪魔してきたけど、先日真っ先に助けてもらったため、今日は良いやつに見える。それに、ぶりっこを演じる元気もないです。

そのあと、ミレイさんだけじゃなく、イースとイシュメルさんもやって来て、床に頭をこすり付ける勢いで謝罪してくれた。私が気にすんなよ、と笑うと、イースは変な顔をしたんだけど、失礼じゃないかな、それ。そんなになじられたいのか。私はノーマルだから、特殊な要望には応《こた》えかねます。

私のお世話はエミリアがしてくれているのだけど、彼女はひっきりなしに訪れる見舞い客に辟易《へきえき》しているようだった。これじゃあお仕事しに行けないじゃないのと、愚痴《ぐち》を零《こぼ》している。

「エミリア、ユメちゃんに会って来てもいい？」

「ユメ様も寝込まれているの。今はやめておいたほうがいいわね。それにハルカ様も体調が悪いじゃない」

「……ユメちゃん、大丈夫かな」

心ない噂で落ち込んでいた上に、今回の仕打《しう》ちである。寝込んでもおかしくはない。さらに追い打ちをかけるように、ユメちゃんの立場が危うくなっているのだとエミリアから聞いた。

今まで皆に可愛がられていたユメちゃんを取り巻くなにもかもが、ガラリと変わっていく。彼女に会って話がしたいのに、渦中《かちゅう》のユメちゃんのところには行かせてもらえない。ぶうたれる私を宥《なだ》めるように、エミリアが冷たい水をくれたんだけど、頭に血が上《のぼ》ってしまったのか、手を伸ばすと眩暈《めまい》がして倒れ込みそうになった。

「軟弱になってしまった……！」

「……私は、丈夫だと思うけど……」

どこがですか。断固抗議する。エミリアはもう少し私を気遣ってくれないだろうか。

そりゃ、ツンツンなところがいいんだけど、私だって優しさが欲しいときくらいある。

いや、彼女の優しさが厳しさと紙一重なことは百も承知だけどね。

「そういえば、エミリア……あの、聞きたいことがあるんだけどさ」

「手短にしてくれる？」

「レイナードの出身ってどこ、なのかな」

「知らないわよ、そんなの。どうして気になるの？」

訝《いぶか》しげな様子のエミリアに首を横に振った。今はまだ話せないけれど、私の中で、レイナードは王家出身では？　という疑いが強まっている。

リアム殿下の顔をどこかで見たことがあると思っていたけど、なんとなくレイナードに似ている気がするのだ。くすんだ金色の髪とか、眉のあたりが。あと、なんかひっかかるんだよなぁ。大事なことをひとつ、見落としているような。

そんな確信のないことをエミリアに話したところで、取り合ってもらえないかな……。

彼女は突拍子《とっぴょうし》のない話題を嫌うし。

「迷惑な客はもう来ないみたいね。仕事があるから行くけど、くれぐれも出歩かないで。ベッドからも出ないで。極力、目を閉じて動かないで」

うん、厳しい優しさかな……きっと、心配してくれているんだよね……そう信じたい。

エミリアが出て行って一人になったところで、状況を整理してみることにした。情報源はお世話してくれた修道女や扉を警護している騎士から聞きかじったものだが、どうも怪《あや》しいのである。

まず私達を攫《さら》った犯人についてだが、祝福の儀が終わった直後に救世主が攫《さら》われたということもあり、ミスティアーシャと王族への反逆者に違いないと、修道士のおっさんが怒り狂っていた。また、戦争推進派の貴族と商人の仕業《しわざ》では、と懸念《けねん》する声も。

「あとは、私は殴られたのに、ユメちゃんは無事だったたって話が何故《なぜ》か広まってるんだよなぁ。こう、私がとても可哀想みたいな」

私を引き立て役として使っているという心ない噂に加え、今回の騒動でも、ユメちゃんは何故《なぜ》か悪者の立場に追いやられようとしている。エミリアいわく、彼女は神殿の中で孤立しつつあるらしい。

「馬鹿らしい……ユメちゃんがそんな真似するわけないじゃない」

一番近くにいたからこそわかる。彼女はいつでも一所懸命に前に向かっていた。それが神殿の人には伝わらなかったのだろうか。そんなこと、あるわけないのに……

「なんとかユメちゃんに会えないかなぁ。でも、見張りの騎士が出してくれないし」

これって監禁じゃない？

「もう！　絶対におかしいよね！　なんかのイベントかフラグだよね……！」

そうだとしか思えない。一体、なにが起こっているのだろうか。


ユメちゃんに会えなくなって数日。私の体調は相変わらず悪い。心身共にダメージを受けたとはいえ、これはいかがなものだろう。先日、お見舞いに来てくれたブレラは、私の顔を見るなり思い切り顔をしかめて、私をベッドに押し込んだ。また、シズマくんも心配性を発揮しており、仕事の合間によく訪ねてきては私の世話を焼いてくれる。

鏡を覗《のぞ》くと、肌が青白くどこかやつれた自分が力ない姿で映っている。少し前までは元気だったのに、今ではころりと死んでしまいそうなくらい顔色が悪い。これがいわゆる死相ってやつでしょうか。

「まさかこれって……死亡フラグってやつじゃね」

血行を良くしようと頬をマッサージしながら思い当たった事実に、口をあんぐりと開く。鏡の中では間抜けな顔がこちらを見ていて、もしこの顔を見たらシズマくんの恋も冷《さ》めるかもしれないなと思った。試してみる価値はあるけど、私の乙女心が耐えられそうにない。

今まで面白いくらいピンピンしていたのに、いつの間に私は死にかけているのだろう。無自覚だった生命の危機に冷《ひ》や汗がじっとりとにじむ。そのまま思索《しさく》にふけっていると、部屋の外がふいに騒がしくなった。

「喧嘩《けんか》？　珍しいなぁ……あら、あら？　ユメちゃん？」

野次馬《やじうま》よろしくドアから顔を覗《のぞ》かせてみれば、ユメちゃんが複数の騎士に押さえられて泣いているところだった。彼女は髪を振り乱しながら、騎士のお兄さんの腕に思い切り爪を立てている。何事……？　その荒ぶる姿に鬼気迫《ききせま》るものを感じたので、巻き込まれないうちに退散したい。だけどユメちゃんは私と目が合うと、大きな声で名前を呼んだ。

「ハルカさん、ハルカさん！」

何度も名前を叫ばれて返事をしないわけにもいかず、よ！　と片手を上げると、彼女は騎士達を振り払って手を伸ばしてきた。

「ハルカさん！　ハルカさん、は、るか、さっ……！」

「どうしたの？　なんかあったの？」

抱きついてきたユメちゃんを、たたらを踏みながらなんとか支え、背中を撫《な》でて優しく聞いてみる。すると、彼女は泣きながら首を横に振った。ぼろぼろと滝のように涙が流れている。どうやら事態は私が思っていたより深刻だったらしい。

ユメちゃんが落ち込んでいたというのは本当のことで、彼女はそれを隠していたようである。なにかあれば相談しにくるだろうと高を括《くく》っていたけど、ユメちゃんは私が思う以上に、人に頼ることができない性格らしく、吐き出さずに溜め込んでしまったようだ。不安を抑え込んでいた箍《たが》が、今回の誘拐事件で外れてしまったのだろう。ごめんね、ユメちゃん。もっと気をつけてあげれば良かった。珍しく後悔が襲《おそ》う。

「ハルカさん、わたし、ハルカさんのこと大切に、おも、思って、いるんです……利用とかっ、そんなの、か、考えたことも、ないのにっ！」

「うん、知っているよ。ユメちゃんは私に限らず、人を利用するようなことはしないでしょ」

「……なら、なんで、なんで、会って、くれな、いんですか……！　私のこと、きらっ、いになっちゃ……！」

「わああ、恋人みたいで照れちゃうわ」

「真面目に聞いて、ください！」

くわっと目を見開いたユメちゃんは、ガラガラ声で叫ぶ。いつもの彼女からは考えられない、般若《はんにゃ》のような形相に気圧《けお》されてしまった私は、小さな声ですまないと謝るしかない。

「うん、わかった。これ以上ないってくらい、真面目に聞くから。ほら、落ち着いて、ね」

ぎゅっと力いっぱい腕を掴《つか》むのはやめてほしい。そこには贅肉《ぜいにく》しかありません。

さて、会ってくれないとか嫌いになったとか、まったく身に覚えがないし、ちらりと思ったこともない。少し考えて、お互いがなんらかの思い違いをしているのではと思いついた。私はユメちゃんに会いに行こうとしたけれど、理由を付けられて会いにいけなかったし、さっきの様子からして、ユメちゃんもそうみたいだ。まずは落ち着ける場所に移動すべきだろう。そう考えて彼女を部屋に入れようとすると、先程ユメちゃんにひっ掻《か》かれた騎士のお兄さんが止めた。

「ハルカ様、ユメ様には安静が必要かと……」

それを聞いてぶちぎれたのはユメちゃんである。

「……なんで、なんでですか！　ハルカさんは唯一の、私と一緒に日本から来た人なんです！　なんでそれを邪魔されないといけないんですか！」

激昂《げきこう》したユメちゃんに、騎士のお兄さんは口を噤《つぐ》んでしまう。多分、お兄さんはユメちゃんの体調を慮《おもんぱか》った発言をしたんだけど、ユメちゃんはそう受け取らなかったようだ。

雲行きが怪《あや》しくなってきたなぁ。どろどろの展開になりそうな気配に、小心者の私は現在進行形でびびっている。いつも思い出しては忘れるんだけど、『マイン・リヒト』ってヤンデレゲームだったよね……！

「ごめんね、お兄さん。ユメちゃんに無理はさせないから。あと、もし変な噂が立っていたら、それはデマだよって周りに教えてくれると、感謝して祝福しちゃう」

「あ、それは……いいです」

救世主様のありがたい祝福を遠慮されたんだけど、一体どういうことだ。

「お前、危なかったな」と騎士のお兄さんの肩を叩くやつらからも、詳しく説明を聞きたいところである。

しかし、今はユメちゃんを優先させないと。死にそうな顔をして私にしがみつくユメちゃんを部屋に入れ、ソファに座らせると、彼女は私の膝に縋《すが》り付くようにして泣いた。

周囲から向けられる悪意が辛いのかと問うと、彼女は首を横に振って意外な本音を漏《も》らす。

「嫌われるのが、怖い、んです」

「ああ、わかるわかる。胸に突き刺さるよねぇ。ところで、誰に嫌われるのが？」

「……ハルカさんに」

「私かい！」

膝に顔を押し付けたユメちゃんの言葉に、理解が追いつかない。嫌っていないし、むしろ可愛がっていると思うけど。私が寝込んでいる間に、一体なにを吹き込まれたのだろうか。

「だって、私は無傷、で……ハルカさんの、悲鳴が……ずっと聞こえて、と、なり、の……部屋でっ……聞いて……いたんです……！」

「……男の人が、狙いは私、だって、邪魔だから、私が痛い方法を……ハルカさんを……！」

「聞いていたって？」

つまり、私をいたぶることでユメちゃんを追い詰めるという手に出たらしい。隣室から悲鳴が聞こえるたびに、彼女は心を痛めつけられたのか。私の姿が見えないぶん、余計にいやな想像をしてしまったはずだ。

私のせいでハルカさんが、と言って泣きじゃくるユメちゃんの背中を機械的に撫《な》でながら、私はどこまでいってもユメちゃんのおまけだったのだと思い知った。今までそれがいいと思って行動してきたけど、それだけで痛い目にあうのは割に合わないな、とどこか冷静な頭で考える。

そして、この世界では生きていけないという思いがますます強くなった。私はやっぱり戻らないと。たとえシズマくんにどんなに縋《すが》られても、ブレラの初めての友達だとしても、ここに残る理由とするには弱すぎる気がした。

何よりも、惨殺《ざんさつ》エンディングが現実味を帯びる。

私は大きく息を吐き出して、落ち着いてから口を開く。

「お互い、無事で良かったじゃない。私はユメちゃんに怪我《けが》がなくて安心したよ。それじゃだめかな？」

「……ごめん、なさい」

「謝らなくても。それに、ユメちゃんのこと好きだよ」

年下だし、後輩みたいな感覚である。彼女を慰《なぐさ》めると、ようやく顔を上げてくれた。目が赤いのはご愛嬌《あいきょう》ってことで、充分に可愛らしい範囲だ。しかし、ユメちゃんの悩みは他にもあるらしい。

「ハルカさんが、私を置いて帰ろうとしているって……本当ですか？」

「唐突だねぇ」

本当に誰から情報を貰っているんだろう。私は一度としてユメちゃんを置いて帰る宣言はしていないのに。でも、ここで肯定するわけにはいかないのはわかっている。冷《さ》めた思考で一気に答えをはじき出す。

「一緒に帰れたらいいのにって思ってるよ。でも、方法がわからない」

サブヒロインの帰還ルートならわかるけど、ヒロインであるユメちゃんがどうやって帰るのか。それがわからなかった。ゲーム、私もやっておけば良かった……

王侯貴族しか手に入れることができないというシヴァクの秘薬。それを、びた一文持っていない私が手に入れるのはとうてい無理な話である。それに、ひとつだけ気になっていることは、ユメちゃんはさ。本当に帰りたい？」

「ユメちゃんの意志だ。

「え……？」

「辛い思いをしているのはわかるよ。だけど、ユメちゃんは帰る？　レイナードのことはもう、いい？」

「レイナード、さん」

ユメちゃんがレイナードに惹《ひ》かれているのは、傍目《はため》から見たらすぐにわかる。どんな恋愛初心者だろうが、どれだけ破滅的に空気が読めない人間だろうが、あの甘ったるい空気を吸えば、自《おの》ずと気づいてしまう。自分の気持ちに気づいていないのは、ユメちゃん本人くらいじゃないかなー。

「会えなくなる……？　それは、いやです……でも、でも」

どちらかなんて選べない。首を振って私に縋《すが》りつくユメちゃんに、それ以上の言葉をかけることはできなかった。これは彼女自身の問題だからだ。すんすんと鼻をすすりながら、やがてユメちゃんは泣き疲れて眠ってしまった。

「それにしてもきな臭くなってきたなぁ」

眠っているユメちゃんをそのままにするわけにはいかないので、部屋の外で待機している騎士に、イシュメルさんを呼んでくるよう頼んだ。最近知ったんだけど、イシュメルさんにも立派なお役目があって、普段はシズマくんの護衛兼執務の補佐を行《おこな》っているらしい。イシュメルさんのことをふらふらしている人だなんて思っていたのを改めます。ごめんなさい。イシュメルさん。ごめんなさい。

「ハルカ様、お呼びですか」

ほどなくしてイシュメルさんが部屋にやって来た。

「ああ、ユメちゃんを部屋に運んでくれる？」

「はい。わかりました」

ユメちゃんを落とさないようにしっかりと腕で支えたイシュメルさんが部屋を出て行く。初対面のときより気遣いが見えるその動作に、彼もいつの間にか成長したんだなぁとしみじみする。気分は子を見守る親のそれだった。

「で、シズマくん。お仕事は？」

イシュメルさんを見送りながら、どうして彼も一緒に来ちゃったかなーと苦く思う。今は会いたくなかった、というのはわがままだろうか。自己中な女ですみません。

「……溜まっています。きちんとやりますから、追い出そうとしないでください。顔色は、まだ戻りそうにないですね」

そう言って微笑《ほほえ》んだシズマくんは、私の手を引いてベッドに座らせた。目の前に立つ彼を見上げると、グリーンの瞳が近づいてくる。

「あ、シズマくんの目って、ちょっと金色が入ってるんだね。綺麗」

近い距離にどきまぎしながら、シズマくんの瞳の色に見とれていると、彼は頬を染め、片手で私の目を覆《おお》い隠した。

「あまり、見ないでください。余裕が、なくなってしまいます」

十三歳の少年とは思えない甘さを含んだ声に、首筋がぞわりと緊張する。あの夜の触れ合いを思い出して、熱が上がったように感じた。同時に頭の中で冷静な私が警告をする。

この状況はまずいぞ！

目隠しされてベッドに座っている私！　少々マニアックだけど、十三歳の男の子を刺激するには充分ではなかろうか。急に身の危険を感じて、慌てて目隠ししている手を退《ど》けようとしたけどできなかった。目元を押さえる彼の手が震えていたからだ。……どうして？

「そう、ハルカ様にお話しすることがあります。非常に、言いづらいのですが……先日の監禁事件の犯人捜索《そうさく》が、打ち切りになりました」

「打ち切り？」

「犯人探しより、救世主様の心労を取り除くことに心血《しんけつ》を注《そそ》げという命《めい》が、王宮から発せられたのです。事件は王都で起きたので……捜査権は神殿ではなく、王宮が持つことになりました」

「そんな、だって……！」

「……私達にできることはなくなりました。お力になれずに申し訳ありません」

シズマくんの声は冷静で、いつも通り穏《おだ》やかだった。けれど、彼がすさまじく怒っていることは容易に汲《く》み取れた。その彼の説明によれば、どこぞの有力者が絡んでいる可能性があり、神殿側として抗議をしたが、まったく意見を聞き入れてもらえないらしい。

「今の私では、あなたを守ることができない……悔しいのです。ハルカ様を守るとお約束したのに……っ」

　泣いているのかもしれない。以前は私に泣き顔を見せてくれたのに、彼は私の目元を覆《おお》った掌《てのひら》を頑《かたく》なに外そうとしなかった。守りたい、と思ってくれているからだろうか。だから、弱みを見せたくない、と。それは少し嬉しくて、同時にとても苦しかった。

　なんとなく、私の運命が決まる日が近づいていることはわかっている。殺されるのか、元の世界に帰れるのか。サブヒロインの私には、ユメちゃんのようにたくさんのエンディングがない。だからこそ私は、シズマくんへの好意を、ひっそりと胸の奥へしまった。

　今朝、やつれて青白くなった自分の顔を見て、ようやく確信を得た。私は誰かに薬を盛られている。それも随分前からだ。これは求めてやまなかった毒殺帰還ルートだろうか。そうだとしたら、これを逃《のが》せば私はもっと酷い目にあう。殴られただけでも怖かった。それ以上は？　考えたくもない。

「ねぇ、シズマくん。私がもう少しでいなくなったとしてもさ、ここで強く生きていってよ」

「どうして、そんなことを言うんですか？」

「なんとなく」

「……無理、です。あなたなしで生きていくなんて、耐えられません。あなたが、離れるなら……わたしは……」

震えるシズマくんを抱き締めて、ごめんねと謝る。

「いなくならないでください。あなたが傍《そば》にいてくれるなら、私はなんだってします、なにも惜しくなんかない」

「ありがとう。この前、私に救われたって言ってくれたよね。私もね、あの夜。壊れそうだったのを、シズマくんが助けてくれた。ありがとうね」

そして、約束の返事ができなくてごめん。内心でそう謝って抱き締める力を緩《ゆる》めたら、ふいに視界が晴れて、今にも泣き出しそうなシズマくんが見えた。彼は「やつれていますね」と目を細め、私の頬を唇でなぞる。やがてシズマくんは視線を落とし、熱のこもった瞳で私の唇を見つめた。

ああ、キス、されるのかも。

甘い予感がしたけれど、彼は唇を寄せたまま、最後まで触れることはなかった。

「いつか、あなたの唇を私に許してくださるときまで、我慢します」

「……叶う、かな」

「叶えさせてください」

なにも言えず俯《うつむ》いてしまった私はずるいと思う。帰るって決めたくせに、のらりくらりとシズマくんの気持ちから逃げ回っている。好意を拒否することも受け入れることもできず、中途半端なまま。酷い女だ。でも、もう少しで縁が切れるなら、私は全部をここに置いていってしまおう。初めから私は帰ることが目標だったのだから。

シズマくんはなにも言わない私を急《せ》かすことなく、ただ慰《なぐさ》めるように祈りを捧げて部屋を出て行った。

「ハルカ様に祝福がありますように」

どんな思いで言ってくれているの？

「優しすぎるよ……シズマくん。私は、君を置いて帰るんだから」

ぽろり、と涙が零《こぼ》れたけれど、知らないふりをした。

シズマくんが出て行ったことで、私は少し冷静になった。彼はなんといってもまだ十三歳で、未来ある司教だ。犬に口を舐《な》められるのとはわけが違う。

「ほだされるな私……！」

精神面でも肉体面でも弱っていたのは事実だったし、ここで雰囲気に流されなくて良かった。シズマくんの理性に乾杯。ここでほだされたら、せっかくのチャンスを棒に振ることになる。

よし、思考を纏《まと》めるほうが先である。空元気《からげんき》で行こう！

「まずはユメちゃんよね。彼女を取り巻く環境の変化、攫《さら》われた場所が広場とはいえ……王宮であること。神殿が捜査に介入できなくなったこと……」

そして私の体調不良である。おそらく、狙いはいくつかあるんだろうけど、そのひとつがユメちゃんだ。

「どうして彼女を傷つけるような真似をするんだろう……」

誰がそんなことを実行しているのか。おそらく実行できるのは、神殿が下手に手出しできない権力者ぐらいだ。

「そんなの、王宮しかないじゃない」

そこまで考えて、ふとリアム殿下のことを思い出した。

「レイナード……やっぱり」

どこか似ている二人。そして、私は前にも見たはずだ。リアム殿下の腕に刻《きざ》まれた赤いアザを。紋章《もんしょう》のように浮かび上がる、王家の証《あかし》を。

「澱《よど》みを祓《はら》いに森に出かけたとき、レイナードの袖口から確かに赤い肌が……」

でも、彼だけでは説明がつかないことも多い。

「……ああ、そういえばもう一人いるんだ」

違和感を覚えた人物が身近にいることに気づいて、思わず頭を抱えてしまう。やはり彼女なくしては、今回の件はうまくいかない。

「ハルカ様、入るわよ」

シズマくんが出て行ったのを見計らったようにやって来たのは、エミリアだ。彼女が就寝前の薬だと温かいお茶を持ってきて、私がそれを飲むのが常なのだが、今日はカップを受け取っても口をつけなかった。

「ハルカ様？　ちゃんと飲まないと元気にならないわよ」

「ねぇ、エミリア。あなたの坊ちゃんは元気？　その彼、ユメちゃんに夢中なのかな？」

さぁ、これから一勝負しようではないか。強張《こわば》った顔のエミリアに作り笑いを向けて、虚勢《きょせい》を張る。

「なんのことかしら。あの人のことは話さないって言ったわよ」

そう言ったエミリアの表情が怖く見えるのは、私が彼女を疑っているからだろうか？　口をつけずにカップを置くと、彼女はそれ以上なにも言わず黙ってしまった。ユメちゃんと話をして、食い違いがあったことに気づいてから考えてみたのだけど、これはやはりイベントの一環なのではなかろうか。

私の予想が正しければ、ユメちゃんは厄介《やっかい》な人物に目を付けられたに違いない。

さらに言えば、このイベントはユメちゃんのためだけのものじゃない。私が攻略対象に嫌われて排除《はいじょ》されるための、待ち望んだイベントだと確信した。それが毒殺によるサブヒロイン帰還ルートであることを願う。

ここまで来たら引き下がるわけにはいかない。現状を切り開くために、息を大きく吸う。はたしてエミリアを問い詰めることは吉と出るだろうか？

「エミリアの仕えている坊ちゃんってさ、レイナードのことじゃないの？」

「……なんのことだかさっぱり」

「だってエミリアは、レイナードがユメちゃんを手に入れるために協力していたんだよね？ 私達を会わせないようにしたのも、ユメちゃんの悪い噂を流したのも、エミリアかな。ううん、そもそも悪い噂は本当に流れていたのか、不思議なんだよねぇ」

それとなく修道女のお姉さんに話を聞いたところ、ユメちゃんはいじらしく頑張っているけれど、今はホームシックなので、そっとしておいてあげてほしいという伝言が回っているらしかった。

一部の人達は、ユメちゃんや私を悪し様《あざま》に言っていたけど、最初からそうだった。

「レイナードって穏《おだ》やかそうに見せて、実は性格悪いでしょ」

レイナードのやり方に、ぴんと来たのである。狙った女の子を周囲から切り離して手中に収めようとするのは、友達の言うところのヤンデレではないだろうか。ミレイさんは女をいたぶる猟奇的《りょうきてき》なタイプだけど、陰湿《いんしつ》ではないから除外した。他の攻略対象も、ユメちゃんに抱いているのが恋情《れんじょう》ではないのは確認済み。そう考えていくと、有力な人はレイナードしかいない。あと、私の勘がレイナードは危険だぞと告げたのである。

「好きな女を手に入れるにしては、酷く手のかかる方法じゃない？　わざわざユメ様を傷つける理由もないでしょ？」

エミリアはそう言うが、私は首を横に振る。

「……多分、レイナードは女性に甘く愛を囁《ささや》くだけの男性じゃないと思うんだよねぇ。

ううん、おそらく他の人から見たら、病的な部分があるんじゃないかな」

言葉を選びながらエミリアの様子を見ると、彼女は押し黙ってしまった。もうひとついこうか。

「あとさ、私の体調が悪くなったのって、エミリアが用意したものを食べたり飲んだりしたあとなんだよね。もしかして、毒を盛ってた？」

「相変わらず酷い救世主様ね……私を疑うの？」

「エミリアならありだなぁっていう確信じみたものだよ。私、ちょっとずるっこくてさ。なんとなくね、私を消すなら、エミリアが一番いいポジションにいるってわかっちゃった」

ゲームのプレイヤーのように俯瞰《ふかんてき》的に眺めれば、エミリアが私とユメちゃんへ悪い噂を吹き込むのは簡単だし、私へ毒を盛るのも適任だ。本当は否定してほしいけれど、彼女は目を逸《そ》らすことで私の言葉を肯定した。

胸が痛いけれど、ここで逃がすつもりはない。そろそろかなぁと思ったところでノックの音がする。入室許可を与えると、坊ちゃん疑惑の渦中《かちゅう》にいるレイナードがやって来た。イシュメルさんに、あとで彼を寄越すようにお願いしていたのである。

「おや、なにやら空気が重いですねぇ」

「レイナードについて話していたの。エミリアはあなたに仕えているんじゃないの？」

ここまできたら引くつもりはない。私は毒殺フラグを全力で回収する。

「直球ですね。何故《なぜ》そのような質問を？」

「エミリアに毒を盛れって命令したのはあなたじゃないかと推測したのよ」

歯《は》に衣着《きぬき》せず、淡々《たんたん》と口にする。彼は私より話術に長《た》けているから、遠回しに勝負をかけるよりは真っ向勝負を挑んだほうがいいと踏んだ。

「なん、で……ハルカ様、私への疑惑でレイナード様を疑うなんて酷いわ！」

「レイナードを疑ったから、エミリアが怪《あや》しいって思ったの。レイナード、あなたが第三王子で間違いないよね？」

そう言うと、彼はきょとんと無防備な顔をした直後、ふふふと笑って涼《すず》やかな双眸《そうぼう》を細めた。

「どうしてそのようなことを。証拠はあるんですか？」

「ないけど。レイナードが見せてくれたらあるわよ。腕の包帯を取ってくれる？」

「……何故《なぜ》、と聞いても無駄なんでしょうねぇ。あなたには見られてしまったし」

あのとき以外に包帯が緩《ゆる》んだことはないというのに、とレイナードは皮肉そうに唇を歪《ゆが》めた。そして袖を捲《めく》り、きっちり巻かれた包帯に指をかけ、するするとほどいていく。

「赤いアザ……」

包帯の下から現れたのは、腕に蔦《つた》が絡みついているかのような文様《もんよう》だった。それは、リアム殿下の腕にあったものと一緒だ。

「どうして、このアザが王家の証《あかし》だと知ったのです？　一部の者しか知らないはずなのに」

「いや、リアムくんが普通に喋《しゃべ》ってくれましたが」

「……リアムが」

弟の名前を出すと、レイナードは初めて困ったように眉を下げる。

「教育が必要ですねぇ。仕方がありません。私が第三王子ですよ」

レイナードは意外にもあっさりと頷《うなず》いたので、私はなんだか拍子抜けしてしまう。

「ハルカ様にはばれたみたいで残念ですねぇ」

「ユメちゃんから私を切り離して、毒を盛るようにエミリアに指示をしたのはあなたで合ってた？」

「簡単でしたか？　やはり杜撰《ずさん》な計画だったようですね」

レイナードは勧《すす》めてもいない椅子に座り、置きっ放しのお茶を見て「飲んでないんですね」と笑った。控えめなイケメンだと思っていたけれど、実はとんでもない食わせものだったらしい。彼の顔には、命を奪《うば》う行為に対する躊躇《ちゅうちょ》や罪悪感は一切ない。男にしては細い指を組みながら、レイナードは舌なめずりをした。

「もうお気づきでしょうが、ユメ様をどうしても手に入れたくて。そこで一番邪魔なハルカ様を彼女から引き離そうと思ったのですよ」

「あなたへの妨害は、した覚えがないんだけど」

「いえいえ、まさか。ユメ様とあなたの友情は美しいですけどね。なにかあるたびにハルカ様と名前を呼んで、あなたのことを話すのですよ。まるで恋する乙女のように、あるいは親を慕《した》う雛鳥《ひなどり》のように。彼女の口から出てくるのは、あなたのことばかりです」

初耳である。ぽかんとした私にレイナードは眉を僅《わず》かに寄せ、「今日もあなたに会えないと知って泣いていましたよ」と呟《つぶや》いた。確かに泣いていたし、目を血走らせながら髪を振り乱していたけれど、そこまで好かれていたとは思いもよらなかった。

「見知らぬ世界で同郷の人が一人きり。それで依存するなというほうがおかしいかもしれませんが、実に邪魔でしてねぇ……ユメ様の中のハルカ様の位置に、私がつきたいと考えるのも無理はないでしょう？　そのために、彼女をじわじわと孤立させて優しい世界で囲うのですよ」

自分しか見なくなるように仕向けて——そう口にし、うっとりと瞳を揺らめかせたレイナードの薄い唇には、歪《ゆが》んだ笑みが浮かんでいる。

「ハルカ様に恨《うら》みはありませんが、あなたがユメ様を構うたびに、喧嘩《けんか》を売られているのかと感じました」

「レイナードに喧嘩《けんか》を売った覚えは一切ないけどね！」

「知っていますよ、自覚がないことくらい」

無意識だったわ。素《す》の行動が人様の神経を逆撫《さかな》でしているとは思わなかった。つまり、ぶりっこせずとも喧嘩《けんか》を売ることに成功していたわけである。何故《なぜ》だろう、当初の計画は達成されたのに、ちょっぴり落ち込む。

「ところで、私の仕業《しわざ》だと確信したのはいつですか？」

「捜索《そうさく》が打ち切られたと聞いて、おかしいと思ったわ。救世主に危害を加えると重い刑罰が下されるらしいのに、その様子がないのも不審だった。つまり王族が関係していたんじゃないかってね」

「まぁまぁですね。ほとんど勘みたいですが。ハルカ様も結構好みなんですけどねぇ、このような形でお別れすることになりそうなのが残念です」

「うわあ……チキン肌立った……！」

「チキン肌？」

生理現象レベルで気色悪さを感じた私は腕をさする。その動作でチキン肌が鳥肌だとわかったレイナードは、失礼な人だと苦笑を浮かべた。私もイケメンに言い寄られて鳥肌が立つとは思わなかった。見つけたくもなかった新しい発見である。

「私達を誘拐したのもあなたの指示よね？」

「そうですよ。ユメ様がハルカ様に罪悪感を募《つの》らせ、ますます依存するように仕向けました。成功したようでなによりです」

「どうして？　私が邪魔なのに、さらに依存させるような真似をするの？」

「簡単なことですよ、ハルカ様の存在が大きければ大きいほど、あなたが消えたあとのユメ様の喪失感は深くなる。私が入り込む隙《すき》もできます」

暴《あば》かれていくレイナードの本性に、ぞわりと背筋が凍る。そして、こいつに好かれなくて良かったと心の底から思った。ごめん、ユメちゃん。こんな男を紹介してしまって。

ただ、このイケメン狸《たぬき》にはどうやっても勝てる気がしない。レイナードの本性にドン引きし、センチメンタルな私はどこかへぶっとんでしまった。

また、エミリアが毒を盛ったことについて、私が暴露《ばくろ》したらどうするつもりだったのか尋ねた。唇を噛《か》み締めていたエミリアは、刑は私が受けると素晴らしい忠誠心を見せてくれた。そんなに素晴らしい主人でもないと思うんだけどなぁ。

そんなエミリアに対し、レイナードは事もなげに言う。

「それは道具ですので、主人の言うことを聞くのは当然のことです。いざとなれば、彼女を切り離せばいいことですしねぇ」

「……レイナードって顔に似合わず下衆《げす》だね」

「魑魅魍魎《ちみもうりょう》が蔓延《はびこ》る王宮育ちですので」

でも、一発くらい殴ってもいいんじゃないだろうか。レイナードのおかげで痛い目にあったし、やっぱり五発くらい蹴りを入れても、構わないと思う。

「……それで、私をどうするの？」

「話が早くて助かります。取引をしましょう。あなたの願いを叶える代わりにユメ様から離れてほしい。つまり、シヴァクの秘薬を差し上げますよ。身体が弱っているようだし、毒はすぐに回るでしょう……ああ、先に申し上げますが、王室にもシヴァクの秘薬は現在一つきりですから、ユメ様を連れて行こうとしても無駄ですよ」

「このために毒を盛ったわけ。その歪《ゆが》んだ性格で、ユメちゃんは落ちるかしら」

「ぬかりはありません」

正直言って、レイナードの申し出は私には好条件だった。けれど、彼が差し出す薬が本当にシヴァクの秘薬だとどうしてわかるだろう。返答に慎重になる私に、レイナードは見透《みす》かしたように笑って言う。

「王族とはいえ、救世主様を殺したとなれば、罪は免《まぬか》れない。あなたをこの国から完全に消し去りたいから、シヴァクの秘薬を使うのですよ」

レイナードの言い分は、筋《すじ》が通っている。大分、歪《ゆが》んではいるけれど。それに、この話を断れば、私の未来はお先真っ暗だろう。シズマくんに守ってもらうことはできないし、イシュメルさんも国家権力へは太刀《たち》打ちできないだろう。ブレラはもちろん論外である。学者って、インドア派の細腕だしな！

冷静に身の振り方について考察するけど、どれをとっても安全性は保障されない。

「……この話を断った場合も消されるんだよね？」

「もちろん。ですから腹を割って話しているじゃありませんか」

にこりと笑いながら、断っても構いませんよと余裕の態度を崩さないレイナードに、こいつは戸惑いなく残酷《ざんこく》なことをやってのけるだろうと感じた。この提案を断れば惨殺《ざんさつ》フラグか……？　それだけは回避したい。そのために今までやって来たのだから。

初めから選択肢はひとつだった。この国にいると本当に殺されてしまうだろう。私はユメちゃんを思って、じっとレイナードを見つめた。こんな男でも、ユメちゃんはレイナードが好きなのだ。

それに、ユメちゃんは帰るのを迷っているようだった。こんな男を好いた彼女の見る目のなさと、男運の悪さに同情を禁じ得ない。彼氏を寝取られた女が言うことではないけどね！

「わかった。取引に応じるよ。でも、ひとつ聞きたいの。ユメちゃんを大切にしてくれるんだよね？」

「手に入れたものは愛《め》でる主義ですからね。それに私の美徳は約束を守ることです。薬の件も信用してもらって構いませんよ。ここであなたが死ねば、ユメ様の依存がますます深まりますからねぇ」

レイナードが出て行ったあと、エミリアがなにか言いたげにしていたけれど、彼女も無言のまま出て行ってしまった。残されたお茶は、誰も飲まないように捨てる。レイナードは去り際、明日の昼にシヴァクの秘薬を持って訪ねると言った。早いなぁ。もしかするとこちらから接触しなくても、そのうち薬を盛られたかもしれない。

指先が震えているのは、やっと帰ることができる喜びのためか、それともユメちゃんへの罪悪感のせいか。彼女を思うと胸が張り裂けそうになるが、せめて幸せになってほしい。ねえ、ユメちゃんはどうしたいのかな？

第八章　シヴァクの秘薬

翌朝。このベッドで寝起きするのもこれが最後だと思うと感慨深いものがある。ブレラの友人代表である私としては、まず彼に挨拶《あいさつ》をしなければなるまい。そう決めて講義室に行けば、早朝だというのにブレラはすでに起きていて、黒板に貼り付けた大きな地図になにやら書き加えていた。

「おはよう、なにしてんの？　卓上旅行？」

「ハルカか。早いな。澱《よど》みの発生した地点と神殿の位置関係を把握《はあく》しているところだ。なんだ？　用か？」

ペンを置いて私の話を聞こうとしてくれるブレラの態度は、以前と比べて随分と軟化したように思う。初めの頃は仲良くなれる予感なんてこれっぽっちもなかったというのに。

「たいした用じゃないよ、続けて続けてー」

「いや、大丈夫だ。大切な友人が来たのに、向き合わないのは失礼だろう」

「……ブレラって甘いセリフも吐けるんだね……！」

「な、ば、馬鹿を言うな！」

顔を赤くするブレラをにやにや見つめると、気分を害したらしくむすっとした表情を浮かべる。不器用で真面目なブレラの交友関係が広がることを祈る。彼はつっけんどんで近寄りがたいけれど、真摯《しんし》に相手を見つめてくれるいいやつである。

「ブレラが友達で良かったー」

「……それは僕のセリフだ。お前は少々能天気で、物事を深く考えるのは苦手だが……好ましいと思う」

「私も好きよ、ブレラの意外と面倒見がいいところや気兼ねなく話せるところ。融通《ゆうずう》が利かなくて石頭だけどね。私達、いいコンビになると思う」

「そうだな、それは同感だ」

いつもの眉間のシワがとれて、穏《おだ》やかに笑うブレラに切なくなった。

「ブレラ……友達作れよ！　素敵な友達と仲間と恋人がたくさんできますように！」

「いらん世話だ！　それに恋人はたくさん持つものではないだろう！」

「幸あれ！」

最後に無理やり握手をすると、ブレラは奇妙なものを見るような目をしていた。けれど、「わけがわからないやつだな」とふっと微笑《ほほえ》む。そこで改めて、こいつもイケメンだったんだよなぁと思い出した。

次に鍛錬場《たんれんじょう》へ急ぎ足で向かうと、ミレイさんが無防備に背中を晒《さら》していたので、助走をつけて飛び蹴りをくらわせてやる。前から一度やってみたかったのだけど、鍛《きた》えていない一般人相手にはできないので、ミレイさんにやってみた。周りの騎士団の皆様は、「ハルカ様の怖いもの知らず！」「見事な蹴りだった」と絶賛してくれた。その騎士達の中に見覚えのある平凡顔を見つけたので呼び寄せると、彼は「勘弁してくださいよぉお！俺を巻き込むなって言ったでしょうが！」とうるさく喚《わめ》いた。けれど、渋々とやって来てくれるところ、嫌いじゃないぜ……！

「ハルカ……なにするんだい……！」

「ミレイさんに言いたいことがあって。ミレイさんとユメちゃんの仲を散々邪魔してきたけど、ミレイさんのこと嫌いじゃないから！」

背中を押さえるミレイさんに親指を立てて宣言すると、彼は目を丸くして、時が止まったように固まってしまった。まさか私からそんなセリフが聞けるとは思わなかったのだろう。そんな彼の様子を見て、へへんと鼻で笑ってやる。クッキーの件は心底気持ち悪いと思ったけどな！

「イシュメルさん、あと、私もイシュメルさんのこと好きだわ」

「ありがとうございます。これが両想いというものですか？」

「ちょっと違うね！」

まさか両想いで返してくるとはな……!!　やっぱりイシュメルさんって心臓に悪い。

首を傾《かし》げた彼は白いまつげをぱちぱちさせ、赤い瞳で私をじっと見下ろす。

「私が好きでハルカ様も好きであれば、両想いと聞きました」

「じゃあ、イシュメルさんはシズマくんやミレイさんとも両想いじゃん」

「その通りです」

相変わらず表情の変化はないに等しいけれど、当然というように頷《うなず》く彼は、きっと彼なりにしたり顔をしているのだろう。脱力してしまった。最初から最後まで、イシュメルさんには振り回されてばかりだったなぁ。彼のこれからにも幸がありますように。とりあえず、恋人ができるくらいには、過去のいろいろなものを払拭《ふっしょく》してほしいと思う。

最後に平凡顔の代名詞と言ってもいいイースに向き直ると、彼は上司に囲まれて居心地悪そうにしていた。

「イースにはお世話になったし、いざとなったら実家に連れて帰ってもらうのもありかなーなんて考えていた」

「絶対にいやですよ！　俺の苦労が目に浮かぶじゃないですか……！」

「平凡なイースには幸福を授けたいと思う！　最後の祝福だ。幸せにな～れ！」

「……すっごく前途多難な気がするんですけど。あんた、俺にかけた呪《のろ》いを忘れたんですか」

「幸せにな〜れ！」

「祝福強化はいらないです」

感謝の心を表明しているのに、イースは相変わらずつれない反応である。もう少し救世主様である私を敬《うやま》ってもいいのではなかろうか。まぁ、いいか。満足したので鍛錬場《たんれんじょう》をあとにしようとすると、思わぬ人物から呼び止められた。ミレイさんだ。

「ハルカのこと、嫌いじゃないよ」

それがお世辞だとしても嬉しい。思わず笑ってしまった私を見て、彼がまたしても目を丸くしたのは解《げ》せなかったけれど、なかなかいい終わりじゃなかろうか。

最後はシズマくんのもとへ行くことにした。精霊祭が終わった直後で、仕事に追われているとイシュメルさんが言っていた。ていうかイシュメルさん、シズマくんの傍《そば》にいなくていいの？　まぁ、私としては二人きりのほうがありがたいんだけどね。

執務室に行くと、シズマくんはやっぱり快《こころよ》く迎えてくれた。変わらない彼に多少の安《あん》堵《ど》を覚える。けれど、これからのことを考えると、私の視線は自然と下を向いた。

「シズマくんに話があるんだ」

「……はい、なんでしょう？」

「私は、ね。やっぱり、元の世界に帰ろうと思う。シズマくんを、ここに、置いて……いくね」

拳《こぶし》を握り締めたシズマくんが息を呑む。

「……どうしてもですか？　私がハルカ様を守れないからですか……！」

「違う、そうじゃない。シズマくんは充分、私を支えてくれてる。でも、やっぱり、私はこの世界じゃ生きていく自信がない」

「……それでも、あなたを諦めることなんて、私には……」

「ごめん、シズマくん」

私は彼に手を伸ばしかけてやめた。なにも言うことはないし、過度の馴《な》れ合いは慎《つつし》むべきだ。

なにか言いたげなシズマくんを置いて、執務室から足を引きずるように帰って来たときには、運命のお昼前だ。こちらにやって来たときの服をひっぱり出して着ると、少しぶかぶかになっていて、ダイエットに成功したわーと苦笑いするしかない。そりゃまぁ、毒を盛られて寝込んでいれば、いやでも痩《や》せるに決まっている。

ずきずきとした胸の痛みを感じながらレイナードを待っていると、意外にも彼はユメちゃんと共にやって来た。

最後に会おうかどうか迷った彼女を目の前にして、うまく笑えるか心配だ。けれど、それ以上にユメちゃんを連れて来たことに違和感を覚える。こいつはなにをするつもりだろうか。

「突然すみません。あれ、ハルカさん……その服ってもしかして、こちらに来たときの？」

「そうだよー。呪《のろ》いをかけに神社に走ったときの服だね！」

ユメちゃんはどん引きするも、ハルカさんらしいですねと笑ってくれた。

「それで、体調が悪いハルカさんに良く効くっていう薬湯《やくとう》を持って来たんです！」

「……その手にしてるやつ？」

めちゃくちゃいやな予感がする。

「レイナードさんが特別にと用意してくれたんです〜。シヴァクの秘薬っていう、ありがたいものらしいんです。これを呑んで、早く良くなってくださいね！」

「ありがとう、って言うべきなんだろうね」

手渡された湯飲みには、薄桃色《うすももいろ》の液体が満ちている。レイナードを見ると、にこりと微笑《ほほえ》んで呑むように促《うなが》された。彼の考えていることが手に取るようにわかる私も、下衆《げす》の仲間だろうか。ユメちゃんから手渡された毒によって、彼女は私を失う。それは彼女の心に深い傷を残すだろう。

それでも、私はこの薬のためにこれまで進んできたのだ。今さら無理だとは言えない。

ただ、こんなに自分勝手な私でも、ユメちゃんは最後まで気になる一人で——だから、もう一度だけ、ユメちゃんの意志を確かめたい。

「ありがとうユメちゃん。ひとつ、聞きたいの。この前ユメちゃんに帰りたい？　って聞いたよね？　今でも答えは出ない？」

　もし、彼女が帰りたいのなら、どうにかして連れて行く手段を見つけよう。神殿も王宮も巻き込んで、一騒動を起こすのも悪くない。ユメちゃんの答えによって、私の未来は変わる。痛い目にはあいたくないけどね。

「私は……まだ、帰りたくないです。怖い目にあいました。でも、やっぱり、救世主としてできることがあるなら、それをやりたい」

召喚されたときは不安に震えるばかりの頼りない少女だった。だけど、今のユメちゃんは強い芯《しん》を持っていて、目にはしっかりと意志の光が宿っている。

帰りたいと言うのではないかと思っていた。いつの間にか、彼女は強くなっていたみたいだ。気づかなかったなぁ。ずっと、頼りなくて、可愛い少女のままだと思っていたのに。

「それに、ハルカさんに言われて気づいたんです」

そう言って照れたように口元を緩《ゆる》ませたユメちゃん。そっか、レイナードが好きなことにようやく気づいたか。

ここで私とユメちゃんの別れが決定した。まだ帰りたくないと彼女が言うなら、私は向こうの世界でユメちゃんに会えることを楽しみに待とう。別にレイナードと幸せになってもいいんだけどね……いや、それはなんだか癪《しゃく》だ。

「私、ユメちゃんのこと大好きだよ。そして、レイナード」

「……なんでしょう？」

「あなたの人生が素晴らしく豊かになりますように、全身全霊で祝福してあげるね！」

私の祝福が一種の呪《のろ》いであると知っているレイナードは、言葉の意味を理解した途端に表情を引きつらせた。ははは、簡単にユメちゃんを手に入れて、順風満帆《じゅんぷうまんぱん》な人生を送れると思ったら大間違いである。これくらいはやってやるわ。

覚悟が揺らがないうちに、シヴァクの秘薬を一気にあおぐ。とろっとしていてほのかに甘い。身体がぽかぽかと温かくなったかと思うと、急に寒気が襲《おそ》い、つま先から感覚が失われていく。立っていられなくて膝をつくけれど、それでも身体を支えられず倒れ込んでしまった。ユメちゃんの悲鳴を聞いて駆けつけた修道士や修道女が大騒ぎしているのがわかったけれど、大丈夫という軽口も言えない。

気分は悪くない。ただ寒気が強くなるにつれて、感覚が鈍《にぶ》くなっていく。やがて、それは眠気へと変化した。視界には私を支えるユメちゃんと、修道士に指示を出しているレイナードが見える。お前は役者だな。恐れ入るよ……！

「ハルカ様……！」

まだかろうじて開かれている私の目に、ハニーブラウンの髪が映った。執務室から来たんだろうか、早いなぁ。何事ですかと取り乱して駆け寄ってくる彼に、ユメちゃんはシヴァクの秘薬を……！　と口走った。それを聞いたシズマくんは目を見開いて、私を激しく揺さぶる。

「どうして、それを呑んだのですか！　だめです、眠ってはいけません、目を覚ましてください。ハルカ様！　ハルカ様！」

笑おうと思ったけど、うまく表情が動いてくれない。

「むり、だ、よ……もう、感覚ないもん……ごめん、ユメちゃん……シズマくん、も、ごめ……」

「いやです、許しません！　起きてください、起きて、ください！　あなたがいないと私はこの世界になんの価値も見出《みいだ》せない！」

シズマくんが身体を揺さぶるけど、強い眠気に思考が捕らわれていく。

「ハルカ様がいれば私はどんな責め苦でも耐えます……！　あなたを、愛しているのです……！　どうか、目を開けてください、ハルカ様！」

悲痛な彼の叫び声に応《こた》えたい。でも声が出ない。

「間に合わない……っ！　お許しくださいハルカ様。この痛みをどうか、持っていって……私を忘れないでください。この世界を夢にしないでください……！」

ぼやけた視界にきらりと銀色のもの――ナイフが光る。シズマくんはそれを振り上げて私の腹に刺した。ユメちゃんの絶叫が響く。ナイフが身体に食い込むけど、シヴァクの秘薬の影響か痛みは感じない。でも、ごめん、死にかけながら、ひとつ物申していいかな。腹に風穴を空けるのはやめてほしい……！　ストップ、ストップ、シズマくん！　私はナイフで刺されても喜ばないよ……！　初めにナイフで人を刺す人間は大嫌いだと言っておけば良かった。馬鹿だ。

でもね、感覚がないはずなのに、頬に涙が落ちた気がする。シズマくんが、泣いているみたい。

いつの間にか視界は真っ暗で、音も聞こえなくなった。

「私の前から消えるなら……いっそのこと、あなたのもとへ。それまでどうか……」

ごめん、聞き取れないよ。そして意識が引きずられるように、深い闇に呑まれた。

＊　＊　＊

意識が揺らぐ感覚に身を任せていると、目を閉じているのに眩《まぶ》しさを感じて呻《うめ》いた。こじ開けるようにしてまぶたを僅《わず》かに開くが、ぼんやりとした像が見えるだけだ。ここはどこだろうか。しばらくして目が慣れた頃、どうやら病室らしいということがわかった。周囲をぐるりと見回すとベッドの横には点滴があって、チューブが私の腕と繋《つな》がっている。そっと身体を動かすとお腹や背中に痛みが走り、顔をしかめながら起きた。

「……戻って来たんだ」

シヴァクの秘薬は本当に効いたらしい。どうやらヤンデレばかりの世界から逃げ切ったようである。勝敗がつくものではないが、逃げたもん勝ちといったところか。レイナードにはあのような形でしか一矢《いっし》を報《むく》いることができず無念だった。でも、今までにないくらい気持ちを込めたので、それなりに効果を発揮するに違いない。

それにしても、どうして病室にいるんだろう？　状況がわからずぼーっとしていると、ベッドの周りを覆《おお》っていたカーテンが開いた。

「あ、おはよー。今、起きたわ」

挨拶《あいさつ》をするとカーテンを開けた人物……母さんは目を丸くして口を押さえた。ちょっとやつれている。驚いている様子に首を傾《かし》げると、母さんは涙を流しながら走り去ってしまった。もしかして起きてはいけなかったパターンだろうか……！　なにそれしょっぱい！

動揺したので、痛みを堪《こら》えながら横になって目を瞑《つむ》ってみる。なんかお腹に鋭い痛みが走るのは気のせい……じゃない！　ちょっと確かめるのが怖いなぁ。やっぱり最後のあれだろうか。

もんもんと考えていると、ぱたぱたと複数の足音がした。

「あんた、まだ寝てるの！　相変わらず寝起きが悪いわね！」

「ええと、娘さん、起きたんですよね……？」

「そうですよ、起きて馬鹿みたいに軽いノリでおはようと言いました……！　春賀、起きなさい、叩くわよ！」

「人としてどうなんだろう！」

暴力に訴えるとは、とんだ人間性の母親だな。しかし、私もその血を確実に受け継いでいるだろうと思うと、なにも言えない。返事をした私に、看護師さんが「気分は？　脈をはかりましょうね、お医者さんを呼んできますから」と声をかけて慌ただしく出て行ってしまった。多分、大部屋であろう病室は少しばかりざわつく。起きたのかーと呑気な声が聞こえたが、もしやずっと眠っていたのだろうか。手首を見ると、確かに以前より細くなった気がするなぁ。でも、ミスティア国でも痩《や》せたしね。

とりあえず、元の世界に戻って来れたようなので、良くやったと自分を褒《ほ》めてやりたい。

「ところで、なんで私、入院してんの？」

「……あんた、車にはねられたのよ！　しかも、そのときお腹から血を流していたっていうじゃない！」

「へ？　そうなの？」

そういえば車が突っ込んできた記憶はあるけど、あのときはお腹に怪我《けが》なんかしていない。むしろ神社まで走ったくらいなので、ぴんぴんしていた。おかしいな……

「それにしても良かった。一週間も意識がなくて……目を覚まさないと思ったんだからね……」

「うん、ごめん。でも、もう大丈夫だよ。検査結果も良かったでしょ？　車には気をつけるし」

「当たり前じゃない！」

数ヶ月くらい眠っていたのかと思いきや、元の世界ではそれほど時間が経っていないらしい。それから父さんも駆けつけ、地元の友達もお見舞いにやって来てくれた。久しぶりにスマホを見ると、少しだけ傷がついている。電源を入れてみると、次から次へと届く大量のメールにびっくりした。

いやがらせ？　と思ったら、そのほとんどが元彼氏や元女友達からのメールである。お前らのことはすっかり忘れていたよ……！　内容はごめんなさい許してという言葉の羅列《られつ》であり、しかも執拗《しつよう》で気持ち悪い。地元の友達からの情報によれば、彼らの夢の中で私が呪《のろ》ってやると睨《にら》んできたそうだ。どうやら救世主様の神々《こうごう》しいお力は、この世界にも及んでいたようである、めでたい。

また車に轢《ひ》かれた傷とは別に、腹に刺し傷のような跡があったので警察沙汰になって、正直に言うとそれが一番面倒だった。でも、お腹の傷跡って……シズマくんだよねぇ？　夢じゃないのか……でもゲームの人物名を言えるはずがなく、真相は謎となったのでした。ちなみに元女友達と元彼氏は、痴情《ちじょう》のもつれによる犯行という線で疑われたらしい。ご愁傷様《しゅうしょうさま》でした。

車に轢《ひ》かれたときの傷は軽い打撲《だぼく》くらいだった。目が覚めてから体調も良くなり、数日で退院の目処《めど》がついた。そして私がミスティア国より帰還してから半月が経ち、大学の講義にも復帰した。ちなみに元彼と元女友達は私を刺しただとか、警察に取り調べされたとか、大いに醜聞《しゅうぶん》を広めたらしい。地元には非常に居づらい状態だという。それに加え、ショックで部屋を飛び出した私が交通事故にあって意識不明の重態に陥《おちい》ったことも彼らには衝撃《しょうげき》だったみたい。元彼は「春賀のことを考えてやれなかった、ごめん」と涙していたんだけど、お前は悲劇のヒーローに酔っているだけだ。私は泣いて部屋を飛び出したが、それは鬼のごとく恨《うら》みを吐き出すためである。

でもまぁ、私が可哀想な女の子という誤解が広がり、非難の目はますます厳しくなったというから、ちょっとすっきりしたかな。

「春賀、刃傷沙汰で入院したって聞いたけど」

「誤解だね。車に轢《ひ》かれたんだよ」

そうして今日、久しぶりに大学の食堂でお昼を食べている。ちなみにカレーうどんだ。懐かしいこの薄味～、まずくはないけどうまくもない。でも、落ち着くというか、日本人って感じでいい。久しぶりに白米を食べたときは、感動したね……！　じゃがいももいいけど、お米が一番である。

ずるずるとうどんをすすりながら、目の前の友人を見る。乙女ゲームをこよなく愛する彼女の言葉を思い出したおかげで帰ってくることができたので、彼女は私の恩人だ。ありがとう！

「ねぇ、ずっと前に話してくれたヤンデレの乙女ゲームなんだけど、レイナードってどういう人なの？」

「レイナード？　ああ、隠しキャラの王子様でしょ。どうって、性格のこと？」

「うん、性格とかエンディングとかさ、ちょっと気になって」

思い出すのはユメちゃんのことだ。あのときユメちゃんは、涙を零《こぼ》して私に手を伸ばしていた。彼女は私が死ぬと思っていたみたいだけど、実際の私は元の世界に帰ってきている。それを知っているのだろうか。また彼女の名前をネットで検索しても、ゲームの主人公しかヒットしない。この世界で行方不明や意識不明の女の子がいる、という話はまったく聞かない。

何気ない風を装《よそお》うと、友達は「そんなこと聞くなんて珍しいね」と笑いながら、楽しそうに語ってくれた。

「レイナードはヒロインをじわじわ孤立させて、自分に依存させて飼い殺すタイプなのね。ヒロインにトラウマを植え付けるのが得意で、約束は守るけど裏をかいてくる。性格はひねくれてるかなぁ」

「……ひねくれているで済まないけどね」

「あはは、そうかも。でも、レイナードとフラグが立ったら、他のルートには行けなくなるからねぇ。最後に攻略するのがお薦《すす》めー」

なるほど。だからいい感じだったみんなとユメちゃんは、恋愛に至らなかったらしい。

でも、改めて聞くとレイナードって怖い。迂闊《うかつ》に近寄るんじゃなかったな……

「ちなみにレイナードとフラグを立てるためには、ランダムイベントで、サブヒロインがヒロインにレイナードを紹介しないといけないの。私はこれがなかなか発生しなくて！　サブヒロインに、仕事せんかい！　ってつっこんだわー」

「わ、わ、笑えねぇ……！」

さらっと言ってくださったけど、笑えないよ、まったく、これっぽっちも！　私がユメちゃんにレイナードを紹介したから、彼女はレイナードとのフラグを立ててしまったのか……！　カレーうどんを食べる気がしなくなり箸を置くと、いらないと判断したのか、友達は私のカレーうどんを引き寄せて勝手に食べ始める。いいんだけど、一言くらい欲しい。

今の話を聞けば、ユメちゃんは今頃レイナードに絡め取られ、愛されてミスティア国にいるんだろうというのは予想できた。

私が黙っていると、友達はふと言葉を続ける。

「レイナードのルートは鬱《うつ》展開だけど、最後は溺愛《できあい》だし」

「……それって、紆余曲折《うよきょくせつ》あるんだよね？」

「まぁ、相手がレイナードだからねー、でも、ヒロインのメンタルが成長するよ、すごく強くなる」

乙女ゲームのヒロインに対して可愛いはわかるけど、すごく強いって褒《ほ》め言葉なんだろうか。しかも、紆余曲折《うよきょくせつ》って私の祝福のせいだったりするのかなぁ。する、よなぁ。

でも確かに、ユメちゃんはこっちがびっくりするくらい、きっぱり残ると言っていた。泣き虫だったはずなのになぁ。そんな彼女が溺愛《できあい》されると聞いて少しは安心した。

「興味出た？　ゲーム貸そうか？」

「いや、そういうわけじゃないんだけど……あのさ、シズマくんっていたよね？」

「いるいる。可愛いよね」

意図的に考えないようにしていたシズマくんのことを、つい思い出してしまう。泣きながらナイフを突き刺した彼に、恐怖と憐憫《れんびん》の情を感じた。あなたがいないとこの世界になんの価値も見出《みいだ》せない、そう言って縋《すが》る彼を最終的に突き放したのは私だ。最後のあたりはなにを言っているのか聞き取れなかったのが、少しだけ残念。好意をまっすぐ向けてくれた彼を怖がってはいたけれど、決して嫌いなわけじゃなかった。刺されたのに嫌いじゃないっておかしいよなぁ。あっちで刺されたときは痛くなかったけど、こっちに戻ったら痛かったしね……！　傷は浅く、そのうち消えると言われたのが救いだ。

「シズマのエンドはナイフでぐさぐさと刺されるんだけどねー、そこからバッドとトゥルーエンドに別れるの。プレイしてみる？」

「絶対いや」

「ええぇ、トゥルーとか面白いよ？　お薦《すす》め。驚きの展開が君を襲《おそ》う」

「お断りします」

「ここまでするか！　ってくらい、執着《しゅうちゃく》されるよ？　あと乙女ゲームってなんでもありだなと」

我が身をもって知っているから、ゲームなんかしたくない。それにゲームをプレイしたらきっと、ミスティア国が私の頭で作られた妄想みたいに思えてしまう。やっぱり、夢だったなんて思いたくなかった。

そして友達とそんな話をしてから数ヶ月が経った頃。傷跡が消えていくにつれて、私は記憶を隅へと追いやり始めていた。そうしないと、ユメちゃんも含め、シズマくん達が気がかりでしょうがなかった。

けれど、私はもっと用心深くなるべきだったね！

一度経験したじゃん！　事態は予測できないくらい急速に変わるって！　あるいは、友達の言葉を真摯《しんし》に受け止めるべきだった。シズマくんのエンディングには驚きの展開が待っていて、ものすごく執着《しゅうちゃく》されるということを。

その日、講義が終わり、私は帰ろうとしていた。スマホでメールをチェックし、大学の門の脇で立ち止まって、合コンのお誘いの返事を考える。行ってもいいけど、未成年だし、アルコールはまだ飲めないからなぁ。どうしようか、とスマホから顔を上げると、前方にきらきら光るハニーブラウンの髪が見えた。緩《ゆる》やかに波打つ髪は、触れれば指先をくすぐるように柔らかそうだ。その青年はすらりとした体形で、足も長い。誰かを探しているのか、しきりにあたりを見回している。

懐かしい色だと目を細めたとき、ハニーブラウンの青年もこちらを見た。

煌《きら》めくようなエメラルドグリーンの瞳で。

「ハルカ様！」

私を視界に入れた彼は、花が綻《ほころ》ぶような笑みを浮かべた。他の誰も目に映らないといった様子で、まっすぐ私のもとにやって来ると私を力強く抱き締める。ふわりと優しい匂いがした。外見や声は大人っぽくなったけれど、変わらない彼のぬくもりに抵抗する気が失せてしまう。

私をハルカ様と呼んで抱き締める男の子なんて、一人しか知らない。ここにはいないはずの、彼しかいないのに。

「会いたかったです……ミスティア国は、ユメ様にお任せして戻って来ました」

彼は、耳元で切なげに囁《ささや》く。落ち着いた声音だったけど、毒のような甘さを含んでいる。背中に回された腕が緩《ゆる》んだことで、ようやく青年の顔を見ることができた。

すっと通った鼻梁《びりょう》に、形のいい唇は赤くてつやつやしている。鮮《あざ》やかなバラ色に染まった頬は滑らかで、顔のラインは無駄なく美しい。

瞬《まばた》きをするたびに頬に影を落とす長いまつげから覗《のぞ》くエメラルドの瞳は、よく見れば僅《わず》かに金色が混じっている。

「シズマ、くん？」

「はい、そうです」

穏《おだ》やかな眼差《まなざ》しは、十三歳だった頃のシズマくんとなにひとつ変わらない。やっぱり夢じゃなかったんだ。

彼の長くて繊細《せんさい》な指が私の頬をそっと撫《な》でる。そして私はぐっと引き寄せられた。これ以上、距離を縮めることはできないのに、それでも僅《わず》かな隙間が許せないとでもいうように。

甘い痛みに胸が締め付けられたが、どこか冷静な頭は緊急避難すべしと警告を出していた。目の前の人物から逃げるべきだと。

「シズマ、くん……なんで、ここに……？」

というか、半端なく成長していませんか。

「ああ、ようやくお会いできました。ハルカ様に会いに来たんです、あなたがいない日々は死んだようでした。ハルカ様、愛しています。ずっとお傍《そば》に」

人前だというのに、抱き締めながら頬にキスをしてくる。

「……お、落ち着いて！」

「無理です。私の胸が弾んでいるのがわかるでしょう？」

シズマくんは悪戯《いたずら》っぽく微笑《ほほえ》んだかと思うと、私の手を彼の心臓のあたりに導いた。

触れた胸は大きく脈打っていた。掌《てのひら》へ伝わる彼の温度に戸惑って離れようとするけれど、シズマくんは離さないとばかりに腰へ手を回す。前より強引になっている気がする……！

あと、私の質問に答えてほしいな！　なんでここにいるの！　なんで成長しているの！

そんな心の声を、思い切り口にしていたらしい。シズマくんはにっこり笑って答える。

「言ったではありませんか。幼い頃に神殿に連れて来られたと。私もハルカ様と同様に、日本からあの世界に召喚されていまして……シズマは、漢字で静眞《しずま》と書くんです」

「……うっそだ！　どう見ても日本人じゃないよ！」

「母が外国生まれなので……それにしても、五年ぶり、でしょうか？　お元気そうで安心しました」

「五年？　私が帰ってきたのは数ヶ月前だよ？」

「実はミスティア国とこの世界では、時間の流れが違うのです。おかげで年齢差が縮まったようですね。ハルカ様は私の記憶のままです」

嬉しそうに頷《うなず》いた彼は、これでずっと一緒にいられますね、と頬擦りをしてきた。待ってください、まったく意味がわかりません。シズマくんは元は日本人で、私に会うためにミスティア国を出たらしい。私が混乱して事態が呑み込めないのがわかったのだろう。にっこり笑って、「あなたと会えた今が大切だからいいじゃありませんか」と言われた。いや、誤魔化《ごまか》されないからな！

慌ててシズマくんが戻って来たときの話を詳しく聞く。彼は自宅のベッドで目を覚ましたらしい。幼い頃に行方不明になり、そのうえ本来の年齢より随分成長した姿なのだから、大騒動になることを覚悟していたそうだ。けれど現実はあっさりしたもので、彼のご両親はなんの疑問も持たなかった。シズマくんが混乱しながら聞いたところ、なんとその前日までお母さんの親戚に預けられて、海外に居住していたということになっていたとか。こっそり戸籍なども確認したら、年齢からなにからうまく辻褄《つじつま》が合っていたらしい。本当に便利だなゲーム世界！　アフターフォロー付きか！

そこまで説明したシズマくんは、だから現代社会については勉強中だと恥ずかしそうにする。

「ええと、シズマくんは十八歳ってことでいいの？」

「はい！　つい先日、誕生日を迎えましたので、それになにより……婚姻が許される歳になりました」

「おお！　誕生日だったのね、おめでとう！」

「ありがとうございます」

ちなみに婚姻うんぬんはスルーさせていただく。つっこんだら最後、戻れない気がするんだ……！

そんな私の心境を知らないシズマくんは、嬉しそうに頬を寄せてくる。柔らかい……

じゃない！　これはピンチ！　人生最大のピンチ！

「ちょっと待ってシズマくん。お願い、ちょっと待って！」

シズマくんの事情も知りたいんだけど、もうひとつ気になることがある。

「ユメちゃんに任せてきたって言ってたけど、え、ユメちゃん？」

「ええ、そうなんです。ユメ様はあれから落ち込んでいましたが、きちんとわかっておられますよ」

わかっていたって、なんのことだろうか。ユメちゃんと聞いて、私は不安と心配で情けない表情を浮かべてしまう。

「ハルカ様が最後まで、ユメ様の意志で未来を選ばせようとしていたことを——帰らないと決めたこと、レイナード様を好きになったこと、すべては自分が決めたことだと」

「そう……そうなの」

ユメちゃんは自分の道を自《みずか》ら決めた。けれどその道は、厳しく辛いものだったに違いない。

「浄化が終わると、ユメ様はレイナード様とご結婚されました」

「ええ、レイナードと……結婚!? レイナードと!?」

ユメちゃんはそこまで追い詰められてしまったのだろうか。そう考えると全身から血の気が一気に引いた。くらりと眩暈《めまい》までする。

「一時期は神殿と王宮を巻き込んだすさまじい痴話喧嘩《ちわげんか》をし、ユメ様が圧勝されました。ご成長が喜ばしい限りです」

「さらっととんでもないことを言ったね……」

シズマくんは柔らかく微笑《ほほえ》むと、私の頬をそっと親指で撫《な》でた。まるで心配はいらないとでも言うように。

「ですから、彼女は幸せだと。世界は離れていても、姉として、友として、あなたを慕《した》っていると」

「それは……ユメちゃんが？」

「ええ、伝言を頼まれまして」

そっか。ユメちゃん、幸せなんだ。その言葉は、ミスティア国から帰ってきてから、どこか空虚《くうきょ》だった私の心にじんわりとしみた。

「私も、ユメちゃんのこと、好きだよ」

涙が零《こぼ》れないようにまつげを瞬《またた》かせながら言うと、シズマくんが「ハルカ様のお気持ちは伝わっていることでしょう」と慰《なぐさ》めてくれる。ちょっと前までは大人っぽい子どもだったのに、今じゃすっかり青年になっていて、私はちょっとどぎまぎしてしまった。

「それで、私としては、ハルカ様にも幸せになっていただきたいのです」

「うん、ありがとう、頑張る」

「いいえ、頑張らずとも良いのです。どうか、私の手で幸せにさせてほしい」

「……うん？」

ユメちゃんからの言葉で潤《うる》んでいた目を、大きく見開いてシズマくんを見上げる。彼は形のいい唇で私の名前を呼んだ。成長して低くなったシズマくんの声が甘く響く。

「ハルカ様、結婚してください」

その言葉は、強烈な衝撃《しょうげき》を私にもたらした。なんて答えればいいのか……!? カチンコチンになった私を見て、シズマくんはくすぐったそうに笑い声を上げる。

「返事はまだ待ちます。でも、覚悟はしといてくださいね、いろいろと」

どんな覚悟をすればいいんだろうか？　いろいろって、なに？

聞きたいことがたくさんあったけど、それらは置いといて——私は熱くなった顔で頷《うなず》くことしかできなかった。

現在の私は、ゲームのヒロインそっくりの状況である。そしてゲームでは語られなかったその後を、私はこれからシズマくんと歩んでいくわけで——正直、心臓がどきどきしている。ナイフで刺される展開がないことを祈りたい。

私は大きくなったシズマくんに抱き締められたまま、愛を囁《ささや》かれる。

「ハルカ様が小さく感じられます。とても可愛らしい」

にっこり微笑《ほほえ》んだシズマくんは、この五年で女性の口説《くど》き方を学んだらしい。誰だ、彼に悪影響を与えたのは！

逃げ切ったと思ったヤンデレによる、まさかのどんでん返し。世の中ままならない。

「ハルカ様、傷は大丈夫ですか？　私のせいで痛かったでしょう？　治りましたか？　確かめてもいいですか？」

「大丈夫だから確かめなくていいです！　近い、近いよ！　洋服に手をかけるな！　服の上から撫《な》でるのもだめ！」

ここは人前です。公共の場です！　シズマくん、お願いだから周りを見てほしい。こんなところを知り合いに見られたら、なにを言われるか。

「これからはずっと一緒にいられるんですから、照れずとも」

一切、照れてないよ……！

だめだ、シズマくんは再会の喜びに正気を失っているらしく、話をまったく聞いてくれない。隙《すき》あらば私の指先や頬にキスをしてくるし、唇の端ぎりぎりにちゅっちゅと口付けてくる。セーフだとでも思っているんだろうか……！　華麗にアウトだよっ！

これからについて考えると頭が痛くなり、思わず額を押さえた私を、シズマくんは以前と変わらない様子で心配してくれた。

「もしかして体調が優《すぐ》れないのですか？　ハルカ様」

「……とりあえず、様をつけるのはやめようか」

「……は、はい！　で、では……ハルカ、さん……と呼んでもよろしいですか？」

シズマくんは頬をバラ色に染め、はにかみながら微笑《ほほえ》んだ。それを見て可愛いと思う私もどうかしているよなぁ。どうやら私は毒殺フラグと共にヤンデレとの恋愛フラグも回収したらしい。

ちなみにあとで友達から聞いた話によると、シズマくんのトゥルーエンドは……ヒロインはナイフで刺されたあと元の世界に戻り、しばらくは普通の生活を送る。そんなヒロインのもとに彼が姿を現したところで終わるらしい。しかも五年もの間、ヒロインを一途に想い続け、シヴァクの秘薬を探し求めていたのだという。なにその執着、怖い！

＊　＊　＊

「ハルカさん、お疲れ様です！」

大学の講義が終わって門を出ると、そこには忠犬よろしく美青年が待っている。

十八歳になったシズマくんは美少年から美青年へと変貌《へんぼう》を遂げ、きらびやかな空気を纏《まと》っていて眩《まぶ》しい。ハニーブラウンの髪は指通りが滑らかで、私はそれによく人差し指を絡める。くるくると髪を指に巻きつけて遊ぶのだけど、そうするとシズマくんは困ったように眉を下げる。少年のあどけなさが抜けたシズマくんにちょっぴり寂しさを感じていたので、その表情を見るのが好きなのだ。本人には教えないけどね。

「待っていてくれたの？　メールを送ってくれたら良かったのに」

「ちょうど送ろうと思っていたところなんです。その前に会えて良かった」

「うーん。というか、今日の講義の終わる時間、なんでわかったの？　教えたっけ？」

「知っていますから問題はないですよ。駅前のカフェに寄りませんか？」

シズマくんはにっこり微笑《ほほえ》み、講義のレジュメやテキスト、大学図書館から借りた本が数冊入ったトートバッグをさり気なく持ってくれた。ありがとうとお礼を言うと、シズマくんは「どういたしまして」と嫌味なく答える。

それにしても、教えた覚えはないのに「知っていますから問題はない」とはどういうことだろうか……！　知っていることが問題じゃない？　どこで情報を入手したの……

「それとも、気分を変えて違う場所に行きますか？」

「いや、いつものカフェでいいよ。慣れちゃったし」

「そうですね」

頷《うなず》いて苦笑するシズマくん。今日の彼は、グレンチェックのジャケットに細身のパンツを合わせていて、スタイルの良さがわかる。足が長くていいなー。前にそう言ったら、ハルカさんは柔らかくて好きですよとセクハラ紛《まが》いのことをさらりと言ってきた。お前は私の腹の肉をいつの間につまんだんだ？　いくら美青年でも許されないよ！

さりげなく歩調を合わせてくれるシズマくんの隣を歩きながらちらりと彼を見上げ、彼の楽しそうな横顔を見た。シズマくんは私に目を向けていることが多いから、こうやって彼の横顔をまじまじと見る機会はあまりない。じっと彼を見ていたら足元が疎《おろそ》かになり、ヒールをひっかけて転びかけた。

「びっ……くりした！」

「怪我《けが》はありませんか？」

「ない。大丈夫」

「それは良かったです……でも、危ないから」

そう言ってシズマくんは少し身体を寄せて、そっと私の手を取る。その動作はとても自然で、気づけば私の手は彼の大きな掌《てのひら》にすっぽりとおさまっていた。やるなこいつ……！

「そうだ、今度の土日は一緒に出かけませんか？」

「ごめん、バイトのシフトが入っている」

あっさり断ると、シズマくんは残念ですと肩を落としてしょんぼりしてしまった。それに罪悪感を抱くことはない。何故《なぜ》なら毎週のようにお誘いがあるからで、さっきの彼の言葉を正確に言い直すとしたら「今度の土日も一緒に出かけませんか？」だ。平日もこうやってシズマくんが大学までやって来て、一緒に過ごすことが多いというのに。ただ、特に面白いことがなくても、会話が途切れることがないのは不思議かな。そういえばミスティア国でも、シズマくんとのお茶会はそんな感じだった。

「バイトならしょうがないですね……それに、ハルカさんのゼミは課題が多いのでしょう？」

「そうなんだよねぇ。少しずつ進めているけど。あとでやるのは面倒だしね」

「そうですね。書類は溜まると決裁するのが一苦労です」

シズマくんは司教をやっていた頃を思い出したのだろうか。神妙に頷《うなず》いている。真面目なシズマくんでも、仕事を溜めることがあったのかな。ちょっと想像できない。

「でもさ、今度の土日はだめだけどね。その次の土日なら空《あ》いてる」

そう言ったら彼は頬をぱっと色づかせて、ぎゅっと手を握った。

「本当ですか！　ならどこか出かけませんか？　ハルカさんのお好きなところへ。そうだ、都内に新しいショッピングモールができたでしょう？」

嬉しそうに笑うシズマくんは、私の好みを大体は把握《はあく》している。この前は見たいと思っていた映画に連れて行ってもらった。上映中、彼は涙ぐむ私をずっと見ていたので、スクリーンを見ろと途中で頭を無理やり正面に向かせた。カップルシートだから常に身体が触れ合っていて、どきどきしたのがちょっと悔しい。

特に最近は、シズマくんのアタックがすごい。それにシズマくんは私を優先してばかりで、私は彼がなにをしたいのか、どこに行きたいのか、なにが好きなのかまったく把《は》握《あく》してない。知っているのは、カフェではいつも紅茶を頼むことくらい。

「ショッピングモールよりさ、ちょっと遠いんだけどね。プラネタリウムに行かない？」

だから、一所懸命に考えた。シズマくんが好きなこと。そういえば、ミスティア国にいたとき、天体観測が趣味だって言っていたよなぁ。とはいえ彼はまだ未成年。夜間の外出にお誘いするわけにはいかない。それにまだ彼の誕生日を祝っていなかったから、この機会にバースデーケーキくらいは用意してやろうと思ったのだ。

「プラネタリウムですか？」

「シズマくん、好きかなって思って。本物の夜空はさ、成人したら見に行こうね」

「……ハルカ様、そのときまで一緒にいてくださるんですか……！」

「様はつけないで。多分、ね」

多分と言ったのに、シズマくんはそれをさらりと流して、「そのときは自宅に望遠鏡がありますからぜひ泊まりに来てください」と微笑《ほほえ》んだ。いや、泊まるのは遠慮しようかな！　最近、身の危険も感じ始めているしね！　遠回しにそう言うと、シズマくんは困ったように頬を掻《か》いて、「ハルカさんが好きなだけです」と小さく呟《つぶや》く。どうやら拗《す》ねてしまったようだ。意外なことに、最近のシズマくんは穏《おだ》やかな表情だけじゃなく、こうやって拗《す》ねたり、意地悪く笑ってみたりと様々な表情を見せてくれる。

「でさ、欲しいものとかある？」

「欲しいものですか？　ハルカさんが傍《そば》にいてくれたら充分です」

「いや、他に」

「ハルカさんを頂《いただ》けたらそれ以上望むものはありません」

他にって言ったじゃん！　まずは私から離れようよ！　精一杯抗議しても、シズマくんは嬉しそうに笑うばかりだ。悔しい！　いつの間にか手玉に取られている！

「本当ですよ。あなたがいてくれるだけで、幸せなんですから」

そう言って、シズマくんは腰を少し曲げて、私の唇の横に素早く口付けた。まだ正式には付き合っていないから配慮してくれていると思うんだけど、もう君のマシュマロのような唇と私の唇が重なってる部分があるよね！　これってアウトじゃない？　あと道を歩いているときにやらないでほしい。私の顔が真っ赤になっているだろうから、人には見せたくないのだ。もう、なんでこうなったんだろう。

「で、プラネタリウムは？」

「もちろん行きます。楽しみです」

悪《わる》びれないシズマくんのエメラルドグリーンの瞳は、きらきらと輝く。その瞳を眺めるのが一番好きだ。ふぅ、と息をひとつ吐いてから、繋いだ手を一度離してするりと指を絡める。少し力を込めてきゅっと握ると、シズマくんは穏《おだ》やかな表情を浮かべた。

「私だってシズマくんと出かけるのが楽しみだよ」

素直になるのは恥ずかしかったけれど、ちょっと背のびをしてシズマくんの耳元でそっと囁《ささや》く。私の中で育っているこの想いを、いつの日か彼に届けられたらいいな。

私の言葉を聞いたシズマくんはもう何度も見せてくれた、甘くてとびきりの笑みを浮かべたのだった。

＊＊＊

——ユメちゃんとレイナードが幸せそうだってことはわかった。じゃあ、ほかのみんなはどうしているんだろうか。

ある日の午後、部屋に遊びに来たシズマくんに尋ねてみた。彼は私の横に座り、ぴったり身体をくっつけながら話し始めた。密着する必要はあるのだろうか……いや、ないんだけれども、これが彼にとっての普通らしい。

「ミレイは騎士団長として活躍していますし、相変わらず女性を口説《くど》いているそうです」

予想に違《たが》わないミレイさんの姿に苦笑が零《こぼ》れる。

「基本的に彼は世話焼きな面もありますからね。イシュメルとはいいコンビでやっています。一方のイシュメルといえば、リアム王子からの覚えもめでたく、顔を合わせると遊んでいるようです」

「え？　リアム王子とイシュメルさんが？」

それは意外な組み合わせだった。この二人の出会いは、トイレの前での睨《にら》み合いである。どこからどう仲良くなったんだろう。でも、イシュメルさんはある意味、無垢《むく》な人だからなぁ。王宮で腹の探り合いをしている大人に囲まれたリアム王子にとって、信頼できる人なのかもしれない。

「ブレラ様は旧神殿跡から、ミスティアーシャに関する大発見をしまして——今では知る人ぞ知る学者です」

「友達はできたのかな？」

それが心苦しい。ううっと呻《うめ》きながら恐る恐る尋ねると、シズマくんはするりと私の手の甲をさすった。

「ご心配には及びません。ブレラ様は聡《さと》い方ですから。ハルカさんとの友情は、彼を変えるのに十分でした。あなたが帰られたあとも、不機嫌そうに悪口を言いながらも、最後には楽しそうに笑っておられました」

「……ブレラって案外、懐《ふところ》が広いのね」

「そうですね。私が見た中では一番ではないでしょうか。ユメ様もブレラ様を頼ってミスティアーシャの研究を積極的に進めておられました」

そう言ってシズマくんは懐かしそうに目を細め、私の目元にキスをした。

「……っ！　いつも、なんで！」

「たまらなくて。それで、ハルカさんがお気に入りのイースでしたか？」

その名前を聞いて、恥ずかしさが吹っ飛んだ。イース、なんて懐かしい響きだろう。

思わず身を乗り出して、シズマくんに彼の話をねだる。するとシズマくんの雰囲気ががらりと変わった。

エメラルドグリーンの瞳をかげらせ、おっとりと小首を傾《かし》げて見せるシズマくん。それだけなのにぞくっと背中に悪寒《おかん》が走った。

「やはりイースが気になるんですね」

嫉妬《しっと》の声に慌てて首を横に振る。いや、気になるっていうか、迷惑をかけた相手というか、悪友みたいなやつだったというか。本当にそれだけの関係だ。恋愛的に好きといった感情はない。

「ふふふ、冗談ですよ」

冗談には見えなかったんだけどな！

「イースは癖のある人とでもうまくやっていけるタイプですから、現在は王宮の人材交流で派遣されているはずです」

なるほど。確かにイースはレイナードとよく一緒にいたもんなぁ。納得していると、シズマくんが私の手を持ち上げる。まるでこっちを見てとでも言うように。

ううう、見た目は美青年でかっこいいのに、なんて可愛いことをするんだろう。計算かどうかはわからないが、私はシズマくんに甘えられると弱い。

「みんなが元気で嬉しいよ」

いつか、ブレラの研究が進めば、ユメちゃんに会える日が来るかもしれない。そのとき、ユメちゃんの隣にはレイナードがいるのだろう。そして私の隣にはシズマくんが……そこまで考えたところで、焦《じ》れたシズマくんが私の指をぱくりと噛《か》んだ。

「シズマくん……！」

「私のことも考えてください」

そう言って拗《す》ねたように眉尻を下げるものだから、おかしくて笑ってしまった。シズマくんのことを考えていたのに。ごめんねの意味を込めて彼の頬にキスをすれば、満足そうに笑ってくれる。

さて、せっかく今日もまた会えたのだ。まずはシズマくんの好きな紅茶でも飲んで、午後の予定を話し合うとしよう。私達には、これからもたっぷり時間があるのだから。

平凡OL ゲーム世界に
突然トリップ!?
Eiko Mutsuhana
六つ花えいこ
泣き虫ポチ
上 ゲーム世界を歩む
下 愛を歩む

六つ花えいこ
泣き虫ポチ
平凡OL ゲーム世界に 突然トリップ!?
六つ花えいこ
泣き虫ポチ
下
平凡OL 旅仲間との会合で“愛しの君”と再会!?

本書は、2014年9月当社より単行本として刊行されたものを文庫化したものです。

アルファポリス文庫

ヤンデレに喧嘩を売ってみる！

花唄ツキジ（はなうた つきじ）

2016年 12月 20日初版発行

文庫編集－宮田可南子
編集長－塙綾子
発行者－梶本雄介
発行所－株式会社アルファポリス
〒150-6005 東京都渋谷区恵比寿4-20-3 恵比寿ｶﾞｰﾃﾞﾝﾌﾟﾚｲｽﾀﾜｰ5F
TEL 03-6277-1601（営業） 03-6277-1602（編集）
URL http://www.alphapolis.co.jp/
発売元－株式会社星雲社
〒112-0005 東京都文京区水道1-3-30
TEL 03-3868-3275
装丁・本文イラスト－gamu
装丁デザイン－ansyyqdesign
印刷－株式会社暁印刷

価格はカバーに表示されてあります。
落丁乱丁の場合はアルファポリスまでご連絡ください。
送料は小社負担でお取り替えします。

ISBN978-4-434-22640-3 C0193